Kaira Rouda

UNE JOURNÉE EXCEPTIONNELLE

Roman

Traduit de l'anglais par
Amélie de Maupeou

CHARLESTON
NOIR

Pour ma fille, Avery Robinson Rouda

Continue d'écrire les histoires qui parlent à ton cœur
et ne cesse jamais de croire en ta capacité
à rendre le monde meilleur.

LE MATIN

9 Heures

I

Je regarde ma femme s'installer sur le siège passager. Le soleil se reflète dans sa chevelure d'un blond clair et elle lance des étincelles, comme ces cierges magiques qu'on allume pendant les célébrations du quatre juillet. Je suis confiant. Les choses se passent exactement comme prévu.

Nous sommes ensemble, juste tous les deux, prêts à partir passer le week-end dans notre maison, au bord du lac. Cette journée symbolise tout ce pour quoi j'ai tant travaillé, tout ce que nous avons bâti. Côté conducteur, où je suis assis, le soleil transperce la vitre avec une telle intensité que je ressens le besoin de porter la main à ma tempe. Les verres sombres de mes lunettes devraient pourtant suffire à protéger mes yeux. Ils l'auraient fait dans d'autres circonstances, j'en suis sûr. Un autre jour. Aujourd'hui, quelque chose a changé entre ma femme et moi. Une étrange tension pulse dans l'air stagnant de l'habitacle. Elle n'est pas visible mais je sens bien qu'elle est là. J'aimerais pouvoir lui donner un nom, trouver sa source. L'éliminer.

La matinée a été stressante, c'est certain. On est vendredi et, quand on a des enfants, le dernier jour de la semaine semble voué à la frénésie. Réveiller les garçons, faire en sorte qu'ils s'habillent et enfin les déposer dans leur école élémentaire, une bâtisse de brique rouge entourée de pelouses impeccables, qui affiche des résultats exemplaires et où ils excelleront sans aucun doute, l'un en CP l'autre en CE2. Pour dire la vérité, mon rôle dans l'emploi du temps que je viens de décrire est assez limité. Le matin, c'est à Mia, ma femme, qu'incombent toutes les tâches liées aux garçons. De ce point de vue, nous sommes un foyer de banlieue des plus traditionnels. Quand je me réveille, je prépare du café, je prends ma douche, je m'habille et je pars au bureau avant le lever des enfants. Je dois bien avouer que, la plupart du temps, mes préoccupations sont assez égoïstes, voire égocentriques.

Voilà pourquoi cette journée est si particulière. Ce matin, c'est moi qui ai accompagné les garçons à l'école, qui leur ai expliqué qu'au lieu de leur maman, ce serait la baby-sitter qui viendrait les chercher à la sortie des classes. Une fois rentré à la maison, j'ai rangé nos couverts sales dans le lave-vaisselle. Je peux être serviable, quand je le veux, mais je préfère éviter car Mia risquerait de s'y habituer. Une fois la table du petit déjeuner débarrassée, j'ai appelé Mia, à l'étage, pour qu'elle se dépêche. Cela fait plus d'un an que nous n'avons pas passé de week-end tous les deux, en amoureux. Cette journée nous appartenait tout entière et il était temps de se mettre en route.

Sa réponse m'est parvenue en voletant comme un papillon depuis le haut de l'escalier. Elle avait besoin de mon aide pour les bagages. Quelques instants plus tard, je portais deux énormes valises jusqu'en bas de notre grand escalier. Mia me suivait, les bras chargés d'un panier à linge rempli d'on-ne-sait-quoi.

— Tu comptes y rester un bon moment, à ce que je vois ! l'ai-je taquinée.

Elle a rougi, gênée de confirmer sa réputation de voyager lourd, mais je n'ai pas râlé. C'était sa journée. Elle pouvait emporter tout ce qu'elle voulait. Au moment où tout fut casé dans le coffre de la voiture, quand Mia a enfin commencé à se dérider, visiblement soulagée d'avoir terminé ses valises, mon téléphone s'est mis à sonner. J'aurais mieux fait de ne pas répondre, c'est vrai, mais cette erreur ne mérite pas qu'on s'y attarde. Ce n'était qu'un tout petit faux pas dans une journée qui s'annonçait formidable.

Assis sur le siège du conducteur, je termine enfin de synchroniser mon téléphone avec le système de la voiture. Je trouve la playlist que j'ai préparée pour ma femme. Nous allons pouvoir écouter ses chansons favorites tout au long du trajet. La musique est tellement importante pour entretenir la magie de l'amour.

Voilà, nous nous mettons en route. Mia se tourne vers moi, rayonnante. Son sourire est parfait : en forme de demi-lune, avec des dents d'un blanc étincelant. Le mien est plutôt rectangulaire ; j'ai beau m'appliquer, j'ai toujours l'air de faire la grimace. Je le sais. Grâce aux efforts cosmétiques de mon dentiste, au moins, ma dentition est irréprochable. Je lui souris à mon tour.

Elle m'aime tant. On peut dire la même chose de moi, bien sûr. Cela fait presque dix ans que nous sommes ensemble, maintenant. Nous connaissons les plus belles qualités de l'autre mais aussi les aspects un peu plus sombres de son caractère – cela dit, je ne suis pas certain que Mia possède ce qu'on pourrait appeler un vil alter ego. Son côté sombre n'est jamais plus qu'une humeur bougonne qui s'exprime rarement. Cela peut arriver quand elle est fatiguée, ou quand l'un de nos garçons traverse une phase difficile. En ce qui me concerne, je me demande parfois si Mia me soupçonne d'avoir une part d'ombre. Il est plus probable qu'elle ne connaisse de moi que son cher mari, si aimant.

Aujourd'hui en tout cas, en ce moment même, elle déborde d'une énergie qui irradie de son visage parfait. Je décide que c'est là l'origine de cette curieuse tension qui pulse entre nous.

— Tu m'as l'air bien nerveuse, mon chou.

Je suis tenté de tapoter sa cuisse et de lui conseiller de se détendre, mais je n'en fais rien. Si elle est d'humeur étrange, cela ne l'empêche pas d'être belle, presque totalement parfaite.

— Tu trouves ? Je dois être un peu excitée, c'est tout, répond-elle, confirmant mon hypothèse.

Elle tend les mains vers le pare-brise pour s'étirer et le diamant de sa bague de fiançailles étincelle dans la clarté éclatante du soleil, comme pour souligner son énergie.

— Moi aussi. La route promet d'être longue, tu sais. Tu peux te reposer. Nous allons passer une journée exceptionnelle.

J'essaie de donner à ma voix une inflexion de circonstance. Elle doit croire que je partage son enthousiasme, son excitation. Que rien, jamais, ne m'a procuré autant de plaisir que ce trajet vers notre maison du bord du lac, pour la première fois de la saison.

— Est-ce que je peux te demander de faire un léger détour, dans ce cas ? Il y a une petite boulangerie, à Port Clinton, juste avant l'embranchement qui mène au lac. J'aimerais qu'on s'y arrête pour prendre des croissants. Pour demain matin. Tu te souviens de cet endroit ? Nous n'arriverons pas à temps pour les manger aujourd'hui, c'est certain, mais ils seront presque aussi bons au petit déjeuner, demain.

Heureusement, ses yeux d'un bleu lumineux sont cachés derrière ses lunettes aux verres fumés, identiques aux miens. Quand je jette un coup d'œil dans sa direction, nos regards ne se croisent pas. Pas vraiment.

Je me demande si sa remarque, selon laquelle nous n'arriverons pas à temps aujourd'hui, m'est destinée. Je réalise qu'elle l'est. Évidemment. J'ai pris un appel au moment où le coffre était chargé, alors qu'il ne restait plus qu'à s'installer dans la voiture et partir. Je n'aurais pas dû le faire. L'appel n'a rien apporté de nouveau, mais j'ai patienté jusqu'au bout dans l'espoir d'une bonne surprise. Au lieu de cela, j'ai gaspillé une demi-heure à papoter sans but précis avec un chasseur de têtes. C'est moi qui nous ai mis en retard, je le sais bien. D'ici notre passage à la boulangerie, il ne restera plus de croissants. Ça aussi, je le sais.

— Oui, je me rappelle où elle est. Ce centre commercial est plutôt laid, d'ailleurs, mais si tu le souhaites, nous nous y arrêterons. J'en déduis que tu n'as plus peur du gluten ?

Il y a peu de temps, Mia et son médecin du moment ont cru que son estomac grippé, sa perte de poids et ses autres tracas intestinaux étaient liés à la consommation de gluten. Après avoir renoncé au froment durant quelques semaines sans résultat, elle a finalement abandonné cette voie, à mon grand soulagement. Elle persiste cependant à suivre un régime végétarien, ce qui lui laisse peu de choix sur le menu et nous vaut une série de questions interminables au personnel de service, chaque fois que nous allons au restaurant. Très agaçant. Je m'efforce néanmoins de chasser ces pensées. Après tout, ma femme fait de son mieux.

— Apparemment, le gluten n'est pas le coupable, répond Mia avec un sourire. J'aimerais vraiment qu'on y passe. Si tu es d'accord, bien sûr.

S'arrêter dans une boulangerie sur la route du lac n'était pas prévu à mon programme, sans compter qu'il ne restera certainement plus de croissants. Ma femme sait très bien que je suis un homme d'action. Quand j'ai un plan, j'aime m'y tenir. Aujourd'hui, cependant, le moindre désir de Mia est un ordre.

— Comme tu veux, ma chère.

Je suis l'époux parfait. J'esquisse un sourire en reconnaissant les premières notes d'une mélodie que nous avions coutume d'écouter au tout début de notre histoire d'amour. Créer une playlist parfaite est tout un art. Cette chanson, « Unforgettable », était la bande-son de notre première nuit. Malgré ses quatre années de fac révolues, Mia était très innocente. Elle avait réussi à échapper à tous les gars lubriques de la résidence étudiante. Elle attendait un type plus âgé, plus complexe, quelqu'un qui puisse la prendre sous son aile. C'est en moi qu'elle a trouvé tout cela.

J'avais réservé une suite dans le meilleur hôtel du centre-ville de Columbus, avec vue sur la rivière qui scintillait, un peu plus bas. Cela faisait quelques mois, déjà, que nous nous fréquentions, et j'avais attendu aussi longtemps que ce qu'on peut décemment attendre d'un homme. Perchée sur le rebord d'un fauteuil rembourré rayé rouge et blanc, dans une position des plus incommodes, Mia, nerveuse, s'agrippait à sa flûte de champagne comme à une bouée de sauvetage. Elle portait une robe dont l'étoffe d'un bleu limpide, assortie à ses yeux, a glissé sans résistance par-dessus sa tête quand je l'ai attirée vers moi. Je lui ai demandé si elle voulait danser. Le souvenir que j'ai de cette nuit est très vivace. Le jour commençait à poindre quand je suis enfin parvenu à la convaincre d'aller jusqu'au bout. Mia s'inquiétait d'une promesse faite à sa mère. J'ai répliqué que si un arbre tombait en pleine forêt, sans personne pour témoigner de sa chute, l'arbre tombait-il réellement ? Elle a ri et j'en ai profité pour m'étendre sur elle. J'ai tendrement coincé ses bras au-dessus de sa tête et j'ai pressé mes lèvres contre les siennes. Elle a cédé. À ce souvenir, j'humecte ma bouche avec ma langue et je me tortille un peu dans mon siège.

— À qui parlais-tu, au téléphone ? Ton bureau ? me demande Mia alors que nous descendons l'allée en marche arrière.

— Qui d'autre ? Parfois, j'ai vraiment l'impression qu'ils ne peuvent pas se passer de moi plus d'une minute.

Le visage de Mia se crispe singulièrement et elle détourne son regard vers la fenêtre du passager. J'en déduis que le sujet est clos. Je devrais m'excuser de nous avoir mis en retard, mais je ne le fais pas. Un silence paisible s'installe entre nous.

Pour ma part, je dois admettre que je savoure ce que cela implique, de parcourir ce très beau quartier, ma femme à mon côté, un vendredi matin, pour me rendre dans ma résidence secondaire : tout ça est dû à ma réussite professionnelle. Certes, je conduis une Ford Flex bleu marine, mais c'est un choix. Soutenir les États-Unis tout en montrant que mon ego n'a nul besoin d'un bolide dernier cri ou d'une berline de luxe. Non, je suis sûr de moi, je suis un père de famille, je coche toutes les cases. Nous nageons en plein rêve américain.

Ma femme continue de regarder par la fenêtre. Elle semble découvrir les premiers signes du printemps, tout autour de nous. Les pelouses verdissent gentiment et les arbres, si nus pendant les longs et tristes mois d'hiver, bourgeonnent et fleurissent. Notre quartier redevient agréable à vivre. Le timing est parfait. Nous nous engageons sur l'autoroute qui coupe le centre-ville de Columbus en direction du nord et je me sens submergé de fierté pour ma ville, une fierté qui va bien au-delà de l'équipe de sport du lycée. Columbus grandit. Aujourd'hui, des gens du monde entier la considèrent comme une destination chic, cosmopolite. On est loin de la simple agglomération estudiantine, du champ où broute du bétail. Je n'ai plus besoin de préciser : Columbus, virgule, Ohio. Sur les cartes internationales de la météo, nous sommes *la* ville d'Ohio. Nos conditions météorologiques importent davantage que celles de Cleveland ou Cincinnati. À mes yeux, cela suffit à prouver que nous sommes entrés dans la catégorie des grandes villes.

L'ironie du sort veut qu'en traversant le centre-ville, où des gratte-ciel fendent le ciel d'un bleu limpide, nous nous dirigions vers les terres agricoles. À croire que la majeure partie de l'Ohio est encore agraire, malgré le fort développement urbain. Ma femme et moi passons la plus grande partie de notre temps dans notre bulle pavillonnaire de banlieue, mais quand nous quittons Columbus, nous passons par le centre. Je réalise maintenant que nous devrions prendre le temps d'explorer davantage le cœur de notre ville. Il y a tellement de choses à faire ! Une journée ne suffit jamais à tout accomplir. Voilà pourquoi j'aime planifier.

Mia s'agite sur son siège. Elle se tourne vers moi autant que le permet sa ceinture de sécurité, et demande :

— Tu crois que les fraises vont prendre racine ? D'après les photos que Buck m'a envoyées, elles semblent plutôt bien parties. On dirait même qu'elles ont grossi. Mais rien n'est gagné, encore.

Je constate qu'elle tient son téléphone portable à la main. Ses doigts adorables, rehaussés d'un vernis à ongles de couleur joyeuse – un rouge de fraise, justement – se déplacent à toute allure sur le petit clavier. Quand je l'ai rencontrée, elle était rédactrice dans mon agence de pub et, aujourd'hui encore, elle tape à une vitesse époustouflante.

— Ils disent qu'il vaut mieux acheter ses plants de fraises chez un horticulteur réputé. Je ne suis pas sûre d'avoir choisi le bon. Sans compter qu'il faut bien creuser les trous. Ils doivent être suffisamment profonds pour faire entrer le pied entier sans plier les racines. Ce sont des plantes très tatillonnes, reprend-elle.

Ses lèvres sont serrées, comme si elle avait mangé une baie trop acide.

— Je suis sûr qu'elles pousseront très bien, dis-je pour la rassurer, personne ne s'en occupera mieux que toi.

Une voiture de sport noire nous dépasse par la droite. Elle file tellement vite que c'est tout juste si j'ai le temps d'apercevoir un éclat métallique. Je ne l'avais même pas vue arriver dans mon rétroviseur. C'est drôle comme certaines choses peuvent approcher sournoisement, si bien qu'on les découvre d'un coup, comme si elles étaient sorties de nulle part.

— C'est un peu comme de se retrouver avec des nouveau-nés, ou bien des chiots, continue Mia sans remarquer le bolide.

J'enclenche mon clignotant pour sortir de la voie de gauche.

— … ils disent qu'il ne faut pas les planter trop profondément. Les racines doivent être couvertes mais le collet doit se trouver exactement à la surface du sol. Je ferais mieux d'appeler Buck pour lui demander de vérifier ce qu'il en est des collets.

Elle me jette un coup d'œil et voit certainement ma grimace. D'abord, comment peut-on porter un nom pareil ? Franchement : *B-U-C-K* ? Cela dit, malgré son nom grotesque, Buck Overford, notre voisin au bord du lac, semble être un type assez sympa. Un veuf, pourtant il n'est pas plus vieux que moi. Il aime parler jardinage avec ma femme. Au cas où vous vous poseriez la question : j'ai quarante-cinq ans et Mia n'en a que trente-trois. Buck est plus proche de mon âge que du sien, peut-être même qu'il est plus âgé. Quoi qu'il en soit, j'ai l'air plus jeune. Ce n'est pas comme si nous étions de vieux schnocks. Buck a ce penchant pour le jardinage. Si vous voulez mon avis, c'est plutôt un truc de femmes. D'ailleurs ce passe-temps le vieillit, le rend plus faible que moi.

Le jardinage, c'est tout au moins ce que Mia m'a raconté de leurs échanges depuis que nous l'avons rencontré, l'été dernier. Le camion de déménagement venait de repartir. Il s'est présenté avec une bouteille de merlot – une bonne bouteille, si ma mémoire ne me trompe pas – et nous avons passé une agréable soirée, tous les trois à l'abri de notre porche, jusqu'à ce qu'il soit l'heure, pour nous, de retrouver nos garçons et de les mettre au lit. À peine arrivés au lac, nos fils se transforment en véritables poulets élevés en plein air. C'est ainsi depuis le premier été où nous avons loué une maison à cet endroit. Maintenant que nous sommes propriétaires et membres à part entière de la communauté, ils semblent avoir élargi leur périmètre d'investigation.

Entre les leçons de voile et les jeux de palets, le skateboard et les randonnées à vélo, le lac offre un nombre incalculable d'activités saines et susceptibles de capter leur attention. Nous les retrouvons parfois au bord de l'eau, en train de faire des ricochets comme s'ils étaient tout droit sortis d'un tableau de Norman Rockwell. Elles ne présentent aucun risque, ces activités interminables de l'été qui réjouissent nos garçons au point qu'ils nous supplient de prendre la direction du lac à la moindre occasion. À l'heure du coucher, cependant, les retrouver, les ramener chez nous et les mettre au lit fait partie d'un rituel qu'il vaut mieux accomplir dans la plus stricte intimité familiale. Nous n'avons jamais accepté de témoins pendant cet exercice épuisant.

— Enfin bon, inutile d'embêter Buck. Je vérifierai ces collets moi-même dès notre arrivée, lâche Mia à mon intention avant de se concentrer de nouveau sur son petit écran.

— Tu as raison.

Je consulte le rétroviseur pour m'assurer qu'aucune autre voiture de sport ne vient nous coller aux basques. Avant, bien sûr je possédais mon propre bolide de luxe. Je m'en procurerai probablement un nouveau, un jour, si mon mode de vie était amené à changer, me dis-je en détaillant l'intérieur très fonctionnel de ma Ford Flex. Ici, il y a de la place pour toute la famille et autant de plants de fraises que Mia peut en planter. Je peux emporter autant de matériel de sport que les garçons désirent. C'est une voiture intelligente, commode. Idéale pour un père de famille responsable. Elle me va comme un gant – à moi, mais aussi à ma ravissante épouse, qui a retrouvé sa taille d'adolescente. Si elle continue sur cette lancée, toutefois, elle va finir par disparaître complètement. Quelle plaie, ces nausées qui lui mènent la vie dure, depuis quelque temps ! Son dernier médecin est convaincu que c'est dû au stress. Il lui a recommandé la méditation.

— Savais-tu que mes plants de fraises portent le nom de « Sweet Ève » ? reprend Mia.

Entre nous, l'air pulse, je le sens. *Clac.*

— Non, je n'en savais rien.

J'ai lâché un soupir avant même de m'en rendre compte. C'est drôle comme l'absence d'une fille peut vous couper le souffle dans les moments les plus inattendus, au cours des échanges les plus anodins. Je lance néanmoins :

— Et ce brave Adam, alors ? Ils sont bien sexistes, je trouve. »

— C'est le prénom que j'aurais choisi pour une fille. Aujourd'hui encore, je regrette que nous n'ayons même pas essayé, lâche Mia d'une voix faible.

C'est un éternel sujet de discorde, entre nous. La simple évocation de cette vieille rengaine usée jusqu'à la trame fait monter l'acidité à ma bouche. Je tousse pour m'éclaircir la voix, chasser les idées noires :

— Tu ne crois pas qu'on pourrait éviter d'en parler, surtout aujourd'hui ?

Je concentre toute mon attention sur les terres agricoles qui se déploient de part et d'autre de la route. Nous sommes enfin sortis de la périphérie de Columbus, délivrés des responsabilités, des immeubles de bureau étincelants, des costumes sur mesure et des country-clubs que cette partie de notre civilisation apprécie tant. Si je devais vivre à la campagne, le golf me manquerait, c'est certain, tout comme beaucoup d'autres choses. Les séjours au vert sont réservés aux fins de semaine. C'est une manière de se reconnecter à son moi plus naturel, plus simple. On ne vit pas à la campagne à plein temps.

Il ne faut pas qu'un désaccord s'immisce entre Mia et moi dès le début de notre excursion champêtre. Elle se tourne vers moi avec un sourire tendre et conciliant qui s'accorde avec les mots qu'elle prononce :

— Tu as raison. Pas de dispute. C'est une journée de joie, le début d'un merveilleux week-end. J'ai été surprise par le nom de ces fraises, c'est tout. J'aurais mieux fait de planter des poivrons.

Sa voix est douce, comme un subtil coup de poignard dans mon cœur. Cette pique, au sujet des poivrons, m'est destinée. Nous aurions pu tenter une troisième grossesse, bien sûr, mais j'étais certain que ce serait encore un garçon. Nous en avions déjà deux petits spécimens irréprochables, deux parfaites versions miniatures de moi-même. Que désirer de plus ? Je conçois que Mia ait pu, elle aussi, avoir envie de contempler une réplique réduite d'elle-même, la voir évoluer dans ce monde et marcher dans ses pas. Mais fallait-il vraiment défier le destin ?

Je jette un coup d'œil à ma femme. Est-ce que Mia vient de se passer une main sous les yeux ? Sans doute un cil égaré. Ce sujet est presque aussi vieux que Sam, notre plus jeune fils, qui compte six ans. Six années que nous nous disputons – disons plutôt que nous discutons – au sujet de cette fille fantôme. Mia ne manque pas une occasion de mentionner qu'elle se serait appelée Ève. Grotesque. Mia ferait mieux de se réjouir de ce qu'elle a – ses plants de fraises dans le jardin de sa belle maison au bord du lac, par exemple. Au lieu de pleurer l'absence de quelque chose ou de quelqu'un qui n'a jamais existé, elle pourrait éprouver un peu de reconnaissance pour ce qu'elle possède, ce que je lui ai offert. Je sens mes mains se crisper sur le volant et je vois mes jointures blanchir.

— Ou bien des haricots. Des haricots verts. Ce doit être rigolo à faire pousser, dis-je, déterminé à jouer le jeu.

Ma passion pour ces légumes date de l'enfance. J'ai appris à ne pas m'interroger sur la raison de cet engouement. C'est un fait, comme le bleu irréel d'un ciel de mai ou ces champs d'un marron verdâtre qui s'étendent sur des kilomètres, de chaque côté de la route.

Je me souviens qu'un jour, quand j'étais petit, mes parents nous avaient emmenés dans un restaurant chic, en ville. Cette histoire date d'avant leur tragique accident, bien sûr. Avant que tout ne bascule. Comme quoi, vous voyez, il suffit d'une seule modification pour que *hop* – la donne change du tout au tout.

Les gens ont dit que c'était un curieux coup du destin, une vraie malchance que mes parents aient décidé de faire la sieste au même moment, cet après-midi-là. Dans le quartier, les amis de ma mère ont raconté à la police que cette dernière ne dormait presque jamais pendant la journée. Mais elle était atteinte d'Alzheimer et à ce stade précoce de la maladie, tout évolue en permanence. Bref, ce jour-là, elle avait fait une sieste. Quant à mon père, même s'il refusait obstinément de l'admettre, il ralentissait avec l'âge. Il prenait toujours un peu de repos pendant la journée. Malgré la maladie qui progressait, ma mère restait vaillante et même plus énergique que lui. Bien sûr, il lui arrivait d'omettre des broutilles, le nom du voisin, par exemple. Jusque-là, cependant, elle n'avait jamais rien oublié d'important – éteindre le moteur de la voiture après l'avoir rangée dans le garage, en l'occurrence.

Mon père observait une sieste quotidienne, tous les jours, de midi et demie à quatorze heures. Il se débarrassait de ses appareils auditifs, sélectionnait la chaîne de golf sur la télécommande de la télévision et se mettait à ronfler odieusement fort. On aurait dit un train incontrôlable qui hurlait sur les rails d'une voie ferrée. J'imagine ma mère revenir des courses et manœuvrer la voiture dans le garage avant d'actionner le bouton pour refermer le rideau métallique, derrière elle. Elle serait entrée dans la maison tout de suite après mais, cette fois, elle aurait omis de refermer la porte qui reliait le garage à l'intérieur de la maison alors que le moteur de la voiture tournait encore. En provenance de la chambre à coucher, elle aurait entendu les ronflements de train de marchandise émis par mon père et, pour une raison que nous ignorons, elle aurait exceptionnellement décidé de le rejoindre dans le lit conjugal. Peut-être avait-elle trop mangé au déjeuner, ce jour-là. Peut-être avait-elle mal au ventre. Était-ce là la raison de cette sieste inhabituelle ? Les enquêteurs ont trouvé une boîte de carbonate de calcium sur sa table de nuit.

Cela me rassure de savoir qu'ils ont tous deux glissé dans la mort comme s'ils avaient été anesthésiés en vue d'une opération. L'infirmière insère l'intraveineuse dans votre bras et vous n'avez pas commencé à compter à rebours en partant de dix que vous êtes déjà parti. À la différence près que mes parents, eux, ne se sont jamais réveillés. Le « tueur silencieux », voilà comment ils appellent le monoxyde de carbone. Après l'accident, j'ai pris soin d'installer des détecteurs dans notre maison, peu importe si quatre cents personnes par an, seulement, succombent à ce gaz toxique, inodore et incolore. On n'est jamais trop prudent. Il faut rester vigilant, anticiper les risques, prendre de l'avance par rapport à tout et à chacun. Voilà comment fonctionne le monde, de nos jours.

Bref. Avant la tragédie, comme je vous le disais, quand j'étais enfant, il arrivait que mes parents nous emmènent dans le restaurant le plus chic de la ville. Cela ne se produisait que quand mon père était de bonne humeur, quand il avait reçu une prime et qu'il ne l'avait pas encore dépensée en boisson, par exemple. Nous enfilions nos petits costumes avec nos cravates soigneusement nouées autour du cou et Maman, rayonnante, nous disait que nous étions les plus beaux du monde. Ensuite, nous prenions la voiture jusqu'au restaurant « The Old Clock Tower ». Le personnel au grand complet était en adoration devant mon frère et moi. C'est là que j'ai goûté pour la première fois à des haricots verts parfaitement préparés, coupés en fins tronçons et recouverts d'une sauce à la moutarde et au beurre. Je me souviens encore comme les légumes brillaient à la lueur des bougies. Je sens encore comme leur saveur subtile s'est déployée sur ma langue, à la première bouchée, et le sourire qui s'est affiché sur mon visage. Ces haricots n'avaient aucun rapport avec ceux que j'avais pu manger à la maison.

Mia et moi, nous ne connaissons pas de restaurant familial où emmener régulièrement les garçons, un de ces endroits avec des bougies vacillantes et des nappes blanches empesées. Nous nous réunissons généralement autour de la table de la cuisine, mais jamais dans la salle à manger. Pas encore. Les garçons ne se tiennent pas assez bien pour dîner au-dessus de notre beau tapis de Tabriz – un cadeau des parents de Mia. Il va sans dire qu'ils l'ont rapporté d'un de leurs voyages exotiques. Un jour, j'ai vérifié sur Internet. Le tapis vaut pas loin de soixante-dix mille dollars. On reste donc à la cuisine pour les repas de famille. Cela dit, ni Mia ni moi ne pouvons nous proclamer bons cuisiniers.

Parfois, je lui donne un coup de main pour préparer un petit quelque chose mais, pour dire la vérité, la plupart du temps, c'est elle qui s'occupe des repas. C'est logique, puisqu'elle est femme au foyer. Dans ces circonstances, cependant, il m'arrive de me demander pourquoi elle n'a pas développé et affiné ses talents de cuisinière au fil des années. Je sais qu'elle a investi dans quelques livres de recettes et qu'elle a pris des cours de cuisine mais même quand elle se donne beaucoup de mal, ses plats méritent tout juste un C. Comparée à celle d'un bon restaurant, sa cuisine est à peine mangeable. Tous les « mardis à l'italienne », les garçons et moi-même avons toutes les peines du monde à terminer les « lasagnes Mamma Mia » qu'elle nous mitonne. Tous les mardis, elles sont molles et insipides. C'est vraiment dommage.

Les rares fois où je suis responsable du repas, j'aime accompagner les garçons au Panera. Ce n'est pas vraiment comme de les emmener dîner au McDo ou chez Wendy's – quoiqu'on ait pu m'y croiser avec eux, aussi, bien sûr. Ne le dites pas à Mia, s'il vous plaît. Panera, c'est presque un vrai restaurant, une classe au-dessus d'un vendeur de pizzas ou d'un *fast food*, par exemple. Quand nous y allons, j'essaie parfois de convaincre les garçons de manger des haricots verts – par esprit de tradition, vous voyez. Malheureusement, ils ne les apprécient pas. Mikey porte généralement ses mains à sa gorge et émet des sons aigus comme pour me faire croire qu'il va s'étouffer, qu'il suffoque. Il n'aime pas ce qui est vert, dit Mia, avant d'ajouter qu'il finira bien par dépasser cette répulsion, que ses papilles gustatives vont se développer. À mon époque, grâce à ce cher vieux Papa, nos papilles n'avaient pas vraiment le choix. On mangeait ce qu'on avait dans l'assiette.

Enfin, j'adore mes enfants, mes petits gars. Malgré la ressemblance, il m'arrive de me demander tout haut si ce sont réellement les miens. Ils sont tellement parfaits.

— Des haricots verts, reprend Mia en écho, m'arrachant à mes réflexions sur les relations parents-enfants et les miettes sur des tapis coûteux.

Me tournant le dos, elle semble absorbée, presque hypnotisée par ce défilé de terres agricoles, de chaque côté de la route. Je ne peux pas voir son visage mais je détecte quelque chose, dans sa voix, ce ton particulier qui trahit votre sentiment quand vous ne comprenez pas une plaisanterie. Comme si vous suspectiez que c'était vous, la blague, le pigeon de la farce. Seules les personnes que vous aimez peuvent vous donner cette impression.

— Je peux demander à Buck. Peut-être qu'on pourra en planter cet été.

Je la regarde hocher la tête. Derrière elle, le paysage défile et l'effet conjugué de ces deux mouvements me donne le tournis. Je reporte mon attention sur la route.

Je m'interroge. Depuis quand consultons-nous ce bon vieux Buck pour tout ce qui a trait au jardin ? Et puis : de quoi d'autre Mia et Buck parlent-ils ? La météo, les avantages et les inconvénients de l'engrais, notre couple peut-être ? La route ne va pas tarder à se rétrécir au point de ne former qu'une seule voie dans chaque direction. Il faut que je sois très attentif à cet endroit. Cela peut être dangereux. Une erreur, si infime soit-elle, ne pardonne pas sur une deux-voies de campagne.

10 H 30

2

IL EST TOUJOURS AUSSI ENNUYEUX, ce tronçon d'autoroute qui sépare, disons, Columbus du grand Pilot Travel Center où nous nous arrêtons généralement pour prendre de l'essence. Avec ces terres agricoles plates, à peine verdoyantes, il y a peu d'éléments pour stimuler l'imagination. D'ordinaire, quand nous arrivons à cette partie du trajet, je commence à rêver tout éveillé de notre destination, de ce premier instant où je reverrai le lac.

Je sais ce que vous devez être en train de vous dire : est-ce que ce type est vraiment en train de rêver du lac Érié ? Eh oui. Si vous n'y êtes jamais allé, vous imaginez sans doute le lac mort dont on parlait dans les années soixante, alimenté par la rivière en feu* de Cuyahoga. À cette époque, et grâce aux industries lourdes qui s'alignaient sur son rivage, le lac Érié s'était transformé en dépotoir toxique. Les eaux usées en provenance de Cleveland ainsi que des résidus d'engrais

---

* La Cuyahoga ou « rivière tordue », ainsi nommée par les Indiens, est une rivière située au nord-est de l'État de l'Ohio, aux États-Unis, et qui se jette dans le lac Érié. Elle est célèbre parce que sa surface a pris feu le 22 juin 1969. Cette combustion, liée au déversement de produits inflammables et toxiques dans la rivière, a été un élément déclencheur dans la prise de conscience écologique aux États-Unis. (NdT)

et de pesticides y étaient déversés, au point que des poissons morts jonchaient son rivage. Dieu merci, ce pauvre lac a donné l'impulsion qu'il fallait pour lancer le Clean Water Act, cette loi sur la pollution de l'eau, en 1972.

Plus récemment, vous avez peut-être entendu parler de l'éclosion d'algues nocives qui transforment les eaux du lac en une surface verte et visqueuse, comme cette gelée qu'on projette sur les gens dans cette compétition sportive pour ados que nos garçons aiment regarder à la télévision. Soyez rassurés : cela n'arrive pas tout le temps. Bien sûr, il y a quelques moules envahissantes et, parfois, l'air charrie de vilains relents de poisson mort. En général, cependant, un sentiment de paix m'envahit quand je m'assieds sur un banc, au bord du lac, et que j'écoute l'eau clapoter contre les rochers. C'est sans doute difficile de faire comprendre cela à quelqu'un qui n'a jamais vu de coucher de soleil sur le lac Érié, mais croyez-moi, c'est magnifique. Si on ne tourne pas la tête trop à droite ou trop à gauche, on pourrait presque se croire face à l'océan. On a l'impression qu'on peut recommencer à zéro, complètement, comme le soleil qui plonge dans la mer. Tout serait simple, à l'image de cette petite communauté d'habitants du rivage, près de notre maison nichée sous un grand chêne. Une perspective romantique, vous ne trouvez pas ?

Notre cottage fait partie d'une collectivité un peu spéciale, entourée de barrières, qui porte le nom opportun de *Lakeside*. La communauté de Chautauqua a été initiée par un prêtre méthodiste il y a plus de cent quarante ans. À l'époque, il s'agissait d'un campement d'été dédié à l'éducation des adultes et à l'enrichissement culturel, injecté d'une forte dose de religion. Je n'ai rien contre la religion, bien sûr ; disons que je n'ai pas été élevé dans la foi et que nos enfants ne le sont pas davantage. Cela ne veut pas dire que nous n'apprécions pas les services dont ces bonnes âmes chrétiennes ont fait cadeau à la communauté. Même un athée de mon acabit sait reconnaître la mesure de ces bienfaits.

Les présidents Ulysses S. Grant et Rutherford B. Hayes ont séjourné à Lakeside, à une période, et ma femme adore raconter qu'Eleanor Roosevelt est également passée par ici. Mia cite très souvent cette femme. Pas moi. Je la trouve trop laide – il faut bien le reconnaître, son visage est hideux. Je ne pourrais pas supporter de me réveiller chaque matin à côté d'un tel faciès. Mia, elle, s'en fiche. Elle dit qu'Eleanor Roosevelt lui donne le courage d'accomplir chaque jour quelque chose qui l'effraie. Je la paraphrase, mais vous voyez ce que je veux dire. Quand je lui réponds que je serais terrifié si cette femme s'approchait de moi dans une ruelle sombre, ça ne la fait pas rire.

Le fait est que cette petite communauté est formidable, et qu'elle se trouve sur une péninsule, à mi-chemin entre Toledo et Cleveland. N'allez pas imaginer l'une de ces grandes villes sales, oubliées des cartes météorologiques. Non, pensez à un lieu qui serait tout droit tiré de « Mayberry RFD ». Vous vous souvenez de cette série télévisée ? Ne croyez pas que je l'ai vue dans mon enfance, je ne suis pas si vieux. Rappelez-vous : Ron Howard, les taches de rousseur, cette époque où tout semblait plus simple – voilà, nous y sommes. Les cottages de bois ont été spécialement conçus pour que le lac suffise à leur climatisation. Avec le réchauffement de la planète, cependant, la majorité des habitants ont installé l'air conditionné.

Lakeside compte une petite artère centrale avec une pizzeria, une boutique qui vend les meilleurs donuts de pommes de terre glacés du monde, quelques magasins de tee-shirts et tout le tintouin. Il y a aussi un ancien hôtel, construit en 1875 et qui, pour une raison que j'ignore, me semble hanté. Peut-être que d'autres trouvent un certain charme à ses sols de bois irréguliers, ses portes à moustiquaire grinçantes et son odeur de renfermé. Moi, tout ça me donne la chair de poule. Les fenêtres sont trop hautes et trop étroites à mon goût, comme si elles avaient quelque chose à cacher. Au milieu des années soixante-dix, il a été question de démolir cet établissement. La moitié des chambres était inutilisables, avec le lac pollué. C'est un groupe de résidents de Lakeside qui en a empêché la destruction et depuis, ils n'ont cessé de le rénover, petit à petit. Du beau travail, même si je doute que ces gens y aient jamais résidé. Mais enfin, il donne directement sur le lac et il a cet aspect pittoresque qui plaît tant à certains.

Mon emplacement préféré, ici, c'est le quai avec le hangar à bateaux. Il est tellement américain, avec son toit ornemental aux festons de style victorien et sa position centrale, au cœur de la commune. J'imagine les notables d'autrefois débarquer là après un voyage en bateau. J'aime ce sentiment qui me submerge quand je me tiens au bout du quai. Ce hangar complète mon look, comme sur un plateau de cinéma : « Oh, regarde ! Le beau Paul Strom est venu de la ville pour savourer une journée de repos et d'insouciance dans sa communauté du bord du lac. » Très présidentiel.

Je ne suis pas sûr qu'un président actuel se donnerait la peine de venir à Cleveland, notre voisine éloignée de l'est, alors ne parlons même pas de notre petit paradis lacustre. Tant mieux. Nous accueillons déjà suffisamment de curieux comme ça. Quand les garçons étaient petits, nous sommes venus passer ici une journée estivale avec les Boone, nos voisins de Columbus. Ils habitaient à deux maisons de chez nous. Nous avons répété l'expérience trois étés d'affilée, il me semble, avant de louer notre propre cottage. Quand nous avons croisé les Boone à la pizzeria, peu après, personne n'a paru embarrassé. Ils étaient passés à autre chose, eux aussi, et avaient invité d'autres amis à prendre notre place dans leur immense cottage. Il a fallu attendre l'été dernier pour que nous puissions enfin acheter notre propre maison, mais dès le moment venu, nous nous sommes installés dans la même rue que l'élégante résidence secondaire de Greg et Doris Boone. La nôtre n'est pas aussi grande, bien sûr. L'ironie du sort, cependant, a voulu que nous soyons placés plus haut dans la rue : du coup, notre propriété offre une vue plongeante sur la leur. Un rêve se réalisait, surtout pour Mia.

Nous aimons nous rendre à Lakeside juste avant et juste après la haute saison. Pendant les dix semaines du cœur de l'été, les lieux grouillent de touristes et les barrières sont baissées. Les résidents eux-mêmes sont tenus de se soumettre à ce satané péage. Je ne vois pas l'intérêt, mais c'est ainsi.

Parmi les points positifs, toutefois – et j'en profite pour me rappeler que cette journée est placée sous le signe de l'optimisme –, il faut dire que Lakeside est merveilleux, surtout hors saison, comme maintenant, quand l'endroit est quasi désert. Je me souviens de notre première excursion par ici, alors que nous étions tout jeunes mariés. Les Boone nous avaient invités, ma femme et moi. Nous étions surexcités à l'idée de laisser Mikey, encore bébé à l'époque, aux bons soins de mes parents, chez nous, et de passer un week-end en amoureux, avec un autre couple de jeunes parents. Cela avait été le premier d'une série de bons moments à Lakeside. Tout cela grâce aux Boone. Nous jouions aux cartes, surtout à l'euchre. Nous buvions trop, nous mangions trop et, un peu plus tard, les hommes partaient fumer des cigares sur la terrasse arrière de Greg Boone tandis que les femmes se détendaient et échangeaient des potins, confortablement installées dans de gigantesques fauteuils en osier blanc couverts de coussins roses, sous la véranda de Doris Boone, à l'avant de la maison. Depuis l'endroit où nous nous tenions, nous les entendions rire, se moquer de quelque chose, probablement de nous. On levait les yeux au ciel : Ah, les femmes !

Si vous voulez savoir, je ne sais toujours pas ce qui s'est passé, pourquoi les Boone ont cessé de nous inviter. Ça n'a pas d'importance. Nous y sommes tout de même retournés chaque été. Nous n'avions plus besoin d'être invités, il nous suffisait de louer une belle maison rien que pour nous. Et maintenant, nous sommes carrément propriétaires d'un cottage perché sur un terrain verdoyant, juste au-dessus de la maison des Boone. Le soir, quand je m'installe sur ma véranda, à l'abri du vent et des regards, je peux même observer Greg en train de fumer des cigares de contrebande sur la sienne, avec ses amis du moment. Qui peut bien être assez fou pour s'attirer un cancer des poumons ? Pas moi. Franchement, les choses se sont déroulées au mieux.

Tout comme celle des Boone, notre résidence principale se trouve à Granville, une banlieue très convoitée de Columbus. C'est la plus proche en direction du nord-ouest, à deux heures trente au sud du lac Érié. Toutes nos possessions sont réunies dans l'Ohio, un État décisif d'un point de vue politique mais dépourvu de côte. Je suis originaire du coin, né dans la même banlieue où nous élevons nos enfants. Ne le répétez pas mais, à l'époque, ce n'était pas vraiment chic. Non, Granville a acquis sa – eh bien, grandeur serait le mot approprié – à mesure que l'Ohio State University de Columbus gagnait en renommée et en moyens. Autrefois, il y avait là une communauté de bouchers, employés d'usine et consorts. Aujourd'hui, elle est peuplée d'amateurs de country-clubs pourris gâtés et d'hommes comme moi, qui ne savent pas ce que c'est que d'avoir des mains calleuses. Je pourrais presque parler de mon père et moi, en vérité. Le calleux et le raffiné. Pour ce qui est de notre foyer, en revanche, on peut dire que la pomme n'est pas tombée loin de l'arbre ! Notre pommier sauvage a poussé à partir d'une graine de celui qui poussait dans le jardin de mes parents. Ils habitaient littéralement la porte à côté. Avant l'accident.

Eh oui, avant même de rencontrer Mia, j'avais acheté la maison voisine de celle de mes parents. Je savais où je voulais vivre et dès qu'elle a été vacante, j'ai sauté sur l'occasion. Il faut voir sur le long terme, dans la vie, vous ne trouvez pas ? Ma femme a fini par s'accommoder de cet état de faits. Oh, bien sûr, comme toute jeune épouse, elle a eu des réticences, au début. Elle n'était pas d'ici, elle ne savait pas à quel point la famille pouvait être un soutien, à quel point nos enfants seraient heureux de connaître leurs grands-parents et de gambader seuls jusque chez eux, sur leurs petites jambes mal assurées. Elle a commencé à apprécier cet arrangement une fois que notre maison a été remise à neuf. Naturellement, j'ai laissé carte blanche à Mia et sa mère, pour les rénovations. Notre pavillon ne ressemble plus en rien à ma tanière d'homme primitif. J'avoue : tout cela faisait partie de mon plan. J'ai fourni la coquille, « un chef-d'œuvre de 1931 », pour citer la brochure de l'agence immobilière, qui « avait besoin de se refaire une beauté ». Mia et ses parents se sont chargés du lifting et bien plus encore. C'était notre cadeau de mariage. En guise de remerciements, j'ai offert une boîte à pilules en mosaïque italienne vintage à Phyllis, la maman de Mia.

Les bras osseux de Phyllis se sont refermés autour de ma taille et j'ai dû me concentrer pour ne pas tressaillir.

— Elle est magnifique, merci. Je vais l'ajouter à la collection, à côté de cette autre boîte que tu m'as offerte. Comme tu es attentionné ! Je ne possédais pas encore de mosaïques. Comment l'as-tu su, Paul ?

— Eh bien, il faut croire que j'ai eu de la chance, Phyllis, ai-je balbutié.

Je m'étais documenté, bien sûr. J'avais enregistré une photo que Mia avait prise de la collection de Phyllis. Ses petits trophées étaient présentés sur une table ornée d'un miroir, dans son dressing. C'est important de se mettre la belle-mère dans la poche.

Avant la mort de mes parents, par une matinée comme celle-ci, il nous aurait suffi de traverser la pelouse verte du jardin, avec les garçons, jusqu'à la maison de plain-pied de mes parents. Ils nous auraient ouvert la porte et nous les leur aurions confiés pour le week-end. Mes fils étaient trop jeunes pour réaliser à quel point la maison de leurs grands-parents était petite, par rapport à celles du reste de la rue. Je parie que les nouveaux propriétaires vont la raser pour la remplacer par une grosse villa préfabriquée.

Pour en revenir à cette époque, l'odeur des fameux *chocolate chip cookies* de ma mère nous aurait accueillis à la porte, en même temps que les hurlements familiers d'un public de sportifs fanatiques. Mon père avait pour habitude de monter le son de la télévision à son maximum. Le fauteuil à bascule dont ma mère se servait pour me calmer, quand j'étais enfant, aurait retrouvé sa place dans le coin de la chambre à coucher de mes parents. Comme par magie, le bac rempli de blocs de bois de mon enfance était réapparu dans la pièce commune dès le moment où Mikey avait atteint l'âge de construire des forteresses.

Une vision idyllique, n'est-ce pas ? L'existence idéale pour mes fils privilégiés. Des grands-parents aimants à deux pas de chez nous, une maison luxueuse remplie de mobilier haut de gamme, une maman au foyer et un papa qui travaille dur. La route de mes garçons était tracée depuis le début. Sans compter qu'ils adoraient mes parents, tout particulièrement ma mère. En ce qui me concernait, tant que ces derniers se conformaient à mes règles, je n'avais rien à y redire. La famille, c'est la famille. Elle passe avant tout – vous connaissez la rengaine. Tant qu'on n'a pas besoin de vous, vous pouvez vivre votre vie, mais les petits-enfants ont la priorité. Mes parents n'ont enfreint cette loi qu'une seule fois. On trouve toujours le temps de s'occuper des enfants du fils préféré, peu importe dans quelles conditions. Vous êtes d'accord avec moi, non ?

Depuis que mes parents ne sont plus là, nous dépendons de baby-sitters plus ou moins compétents. Avec le recul, je me dis qu'en dépit de leur grand âge, ils se seraient mieux débrouillés, avec mes garçons, que ces ados dégingandés que nous employons à des tarifs abusifs.

Mes parents auraient pu nous aider ce week-end, par exemple. Ils auraient été plus efficaces que Claudia, avec cet air débordé qu'elle affichait quand elle est arrivée, ce matin. Ses yeux exorbités étaient cernés de noir et ses ongles étaient rongés jusqu'à l'os. Tout d'un coup, un soupçon m'a traversé l'esprit : *Peut-être qu'elle prend des drogues.* Je me suis demandé si je devais en parler à Mia, mais ce n'était pas une bonne idée. À tous les coups, elle aurait exigé que nous rentrions pour secourir les garçons. Nous avons vraiment besoin de cette journée en amoureux. Claudia n'est pas la seule à être débordée, c'est juste que chez elle, ça se voit plus que chez les autres.

Je suis assez doué pour cacher mes émotions. Prenons un exemple : ma femme se demande toujours si cela me dérange de vivre à côté du spectre de mes parents. Elle ne le formule pas de cette manière, mais elle fait des remarques du type : « Ça fait tout de même bizarre de voir cette nouvelle famille peindre la porte d'un ton de brun différent. » Personnellement, je trouve bizarre qu'ils n'aient pas rasé toute la maison dès leur arrivée, mais je n'en dis rien. Les détails de ce type ne m'atteignent pas. Les choses plus importantes me touchent, bien sûr, mais là encore, il y a fort à parier que je ne le montrerai pas. « Paul l'Impénétrable », avaient coutume de se moquer mes amis à mesure que je grandissais. J'en suis fier. Cela m'a beaucoup servi, dans mon métier de commercial.

Un vendeur-né, voilà ce que je suis. Je ne me vante pas – pas du tout. D'ailleurs, je sais très bien que beaucoup de gens n'aiment pas les vendeurs. Peu importe ce que nous vendons, ils pensent que nous sommes tous mal dégrossis, incultes. Je m'en fiche, tant que cela me permet de gagner beaucoup d'argent. C'est le cas. J'ai eu une belle ascension. Quand nous nous sommes rencontrés, Mia elle-même s'est peut-être crue supérieure à moi. Elle était rédactrice au sein de l'équipe créative alors que je n'étais qu'un gars du service clientèle. Aujourd'hui, elle a compris la différence. Il ne m'a pas fallu beaucoup de temps pour lui montrer comment fonctionnait le monde.

— Paul, j'ai besoin d'aller aux toilettes, annonce Mia en refermant le magazine posé sur ses genoux, comme si elle allait bondir de la voiture pour se soulager immédiatement au bord de l'autoroute 71.

— Ah. Bon, d'accord. Je vais prendre la prochaine sortie pour trouver un endroit acceptable. Sur cette route, les infrastructures ne sont pas terribles, c'est le moins qu'on puisse dire.

— Du moment que tu me trouves quelque chose de propre, ça conviendra très bien, répond Mia comme si j'avais la capacité de passer des bâtiments au rayon X.

En général, nous ne faisons pas de pause sur la route du lac. Les garçons le savent bien et Mia aussi. Dans son état de faiblesse, cependant, et puisque cette journée est exceptionnelle, j'obtempère sans lâcher de remarque humiliante. Je suis d'humeur amoureuse, flexible.

— Très bien. Station-service ou fast-food ? C'est toi qui choisis.

Je ne veux pas qu'elle me reproche d'avoir opté pour les mauvaises toilettes. Je mets de la chaleur dans ma voix alors que je n'ai vraiment pas envie de m'arrêter.

— Je te dirai quand on verra ce qui se profile, me répond-elle en rouvrant sa revue.

Je tente d'ignorer le sentiment de mépris qui m'envahit devant le peu de reconnaissance qu'elle manifeste envers ma bonne volonté. Après tout, j'ai accepté de m'arrêter pour elle. Je la regarde, absorbée par le magazine posé sur ses genoux, par cet étal d'âneries concernant de stupides célébrités.

Elle devrait cesser de lire ces inepties.

— Tu sais bien que ce ne sont que des potins. Ces histoires de *peoples* sont entièrement inventées. Personne n'est aussi heureux ou aussi triste qu'ils le prétendent là-dedans. La vie, c'est le juste milieu. Le centre de l'Amérique, comme ici ; au cœur de nulle part, comme maintenant ; au milieu de la vie, comme nous.

Je me sens d'humeur poétique, aujourd'hui. Pourtant, je ne me considère pas comme quelqu'un de si normal et je n'ai pas l'impression d'être au milieu de quoi que ce soit.

— Je ne t'avais encore jamais entendu dire que tu étais d'âge moyen, Paul.

Mia doit vouloir me taquiner, mais sa voix a quelque chose de tranchant.

— Ce n'est pas ce que je dis. Les gars que tu vois sur ces pages sont plus âgés que moi, mais ils sont retouchés.

Si tu les voyais dans la rue, tu serais écœurée de découvrir à quel point ils sont vieux. Tout ça n'a rien de réel, c'est tout.

Ce sujet me fatigue. Je n'ai jamais aimé les commérages et je ne lis pas la presse à scandale, bien entendu, mais je sais comment fonctionne le monde. Les gens ne ratent jamais une occasion de jaser. Bon sang ! Il y a quelques années, quelqu'un de chez nous a raconté à Mia qu'une rumeur courait selon laquelle nous n'étions pas heureux. Récemment encore, on a laissé entendre que je flirtais avec une vendeuse, au centre commercial. C'est absurde. Je déteste les centres commerciaux. En règle générale, je fais mes courses dans des boutiques, ou alors en ligne. Mais les mauvaises langues ne s'arrêtent pas à ce genre de détails.

En tout cas, quand la première vague de rumeurs a sévi, il y a quelques années, Mia s'est lancée dans ce qu'elle a appelé un effort de « réétiquetage » sur Facebook. Elle a posté tout un tas de photos de nous dans divers endroits, toujours en train de rire ou de sourire. Certains de ces clichés dataient vraiment, mais tant que je suis à mon avantage, cela ne me dérange pas. Elle pense que sa stratégie a porté ses fruits, car elle n'a plus entendu de ragots. Je ne lui ai pas dit que j'en avais entendu, moi, et j'évite soigneusement de lui parler de cette histoire de centre commercial. À tous les coups, elle me demanderait où, quand, qui et dans quel contexte. Or, vous vous en doutez, je serais bien incapable de répondre à ces questions. Je ne vais pas me prêter à ce jeu.

Je jette un coup d'œil au siège passager et je vois que ma femme est en train de lire un article sur l'un de ces animateurs de shows télévisés qui passent tard, le soir. Eh bien, voilà un boulot que je pourrais faire les doigts dans le nez. Enfin quoi, rester assis derrière un bureau, parler de tout et de rien avec des célébrités et me faire payer comme un roi. Je ne sais même pas comment on peut exercer ce genre de job. Au second coup d'œil, je réalise que le type ressemble beaucoup à Buck, notre voisin au lac. Un look assez classe. Une carrure mince mais musclée, des yeux d'un brun sombre, une mâchoire forte, virile. Le genre de gars qu'on croise à New York, sur Wall Street, ou alors à la télévision. Pas chez nous, c'est certain. Voilà pourquoi c'est étrange que Buck habite au bord du lac tout au long de l'année. Presque personne ne passe l'hiver à Lakeside. Il y fait froid, c'est quasi désert et triste. Qui sait si ce n'est pas un espion, caché pour éviter quelque chose ou quelqu'un ?

Cela semble marcher pour lui, en tout cas. J'ai entendu dire qu'il avait vendu sa grosse maison – du Connecticut, je crois – après le décès de sa femme et qu'il était venu ici pour se « retrouver ». Dieu sait ce que cela peut bien vouloir dire. Celle qui m'a raconté ça n'en savait pas davantage, pourtant c'est la commère attitrée de notre pâté de maisons. Chaque rue a la sienne. La nôtre ne fait pas très bien son boulot. Google en sait bien plus qu'elle, à propos de Buck, mais cela reste maigre.

— McDonald's ou BP ? dis-je en m'arrêtant à un stop.

Nous sommes au milieu de nulle part. La ville de Kilbourne se trouve à plusieurs kilomètres à l'ouest, le long de la route 521. Si on tourne à droite, on débouche sur un McDonald's, à gauche nous attend une station-service. Aussi loin que je puisse voir, il n'y a pas d'autre choix.

— McDonald's, répond Mia avec ce ton dégoûté qu'elle emploie pour toutes les choses qu'elle estime inférieures à elle, qu'il s'agisse de gens ou de situations.

Récemment, Mia est devenue une Maman-anti-OGM-et-anti-restauration rapide. Elle en prenait déjà le chemin avant de tomber malade, mais maintenant, elle est carrément militante. J'applaudis l'effort herculéen qu'elle fournit pour refuser ces nourritures à nos deux garçons. Dès qu'ils auront l'âge de traîner avec des camarades dans des centres commerciaux ou des cinémas, ils seront les premiers à faire la queue devant les fast-foods du centre pour se gaver de fritures et d'aliments industriels. Une fois par an, au moins, toujours sur la route du lac, je montre à Mia les champs de maïs et de soja « *Roundup Ready* » de Monsanto, qui encadrent fièrement l'autoroute, à perte de vue. On peut dire que la position de Mia sur ce sujet est à l'opposé de celle de notre État, l'Ohio.

Nous ferions mieux d'accepter ce que nous sommes, vous ne pensez pas ? Notre État pratique l'ensemencement direct, est favorable à la fracturation hydraulique et soutient les cultures transgéniques. Je me tue à lui dire que c'est là notre héritage. Savez-vous que Columbus est La Mecque du fast-food ? C'est la vérité. Nous sommes le marché-test pour la plupart des grandes chaînes de « gastronomie » rapide. Nous sommes la définition même des États-Unis. Nous sommes les baromètres du goût, en tout cas de celui qu'on peut avoir quand un repas entier coûte moins d'un dollar. Nous sommes la terre natale des Wendy's, des White Castle et de tant d'autres chaînes de restauration rapide, comme les Rax, qui sont apparus et ont disparu aussi vite. Vous vous souvenez de l'Arthur Treacher's Fish & Chips ? Eh oui : eux aussi ont débuté à Columbus, grâce à Dave Thomas, de Wendy's, qui a fait fortune en tant que franchise de Colonel Sanders Kentucky Fried Chicken. Penser à ce poisson pané britannique me met l'eau à la bouche. N'allez pas croire que je m'adonne régulièrement à ces basses nourritures. Quand cela m'arrive, c'est pour le plaisir coupable. On a tous nos petits vices, non ?

— Tu as envie de quelque chose ? demande Mia en ouvrant sa portière.

— Des frites, peut-être ?

Je veux juste tester sa réaction, qui ne se fait pas attendre.

— Vraiment, Paul ? Je parlais d'eau, de café ou d'autre chose de ce genre. Tu sais bien ce que je pense de cette prétendue nourriture. Toutes les études s'accordent à dire qu'un mauvais régime alimentaire conduit à une vie plus courte. J'ai lu pas mal de choses à ce sujet, si tu te souviens bien. J'essaie de vivre sainement et cela ne te ferait pas de mal d'y songer, toi aussi.

Elle se penche et pointe un doigt vers moi comme si j'étais un môme tandis que son regard se pose sur mon ventre. Je le rentre.

Le vent qui s'engouffre par la portière ouverte fait bruisser les pages du magazine et la chanteuse blonde, sur la couverture, semble agiter les bras dans ma direction.

Je m'aperçois qu'elle est mignonne. Je tends la main et je lisse le papier glacé et froid du plat de la main.

Le ton de ma femme s'adoucit :

— Je vais te prendre une bouteille d'eau. L'hydratation, c'est la clé de la santé, ajoute-t-elle avant de claquer la portière sans attendre ma réponse.

Je la regarde s'éloigner. De dos, elle ressemble à la femme que j'ai épousée il y a dix ans. Ses cheveux se balancent toujours à mi-longueur, dans son dos. Son cul est petit et ferme, parfaitement musclé. Elle semble identique et pourtant elle ne l'est pas. Pas du tout. Mais enfin, tout le monde change, n'est-ce pas ?

En baissant les yeux sur ma petite bedaine d'homme dans la force de l'âge, je réalise que ma transformation à moi est plus visible. Je lâche un soupir. J'ai découvert récemment que cette rondeur se compose de ce qu'on appelle de la « graisse viscérale », une graisse qui apparaît d'un coup, comme une armée de fantômes, et qui s'incruste. C'est assez désagréable de penser que ce gras n'est pas seulement posé, en couches, sur le dessus de mon ventre, comme je le croyais, mais qu'il est allé se coincer autour de tous mes organes et qu'il circule partout comme s'il faisait partie de l'ensemble. Ce n'est pas la cerise sur le gâteau, en somme, c'en est un ingrédient à part entière. On ne peut en venir à bout avec une simple liposuccion ou une cryolipolyse. La seule méthode qu'il me reste pour me débarrasser de ce truc, c'est de bosser – moins de bouffe, plus de sport.

J'ai l'intention de m'attaquer bientôt à cette nouvelle ceinture abdominale importune. Elle est la prochaine sur ma liste. Je l'éliminerai, comme je le fais avec tout ce qui me dérange. Ce n'est qu'une question de volonté et de force mentale. Soyez sans inquiétude ! Je possède les deux. Quand je rentre le ventre, comme je viens de le faire pour Mia, il ne m'obéit pas suffisamment. Je le materai dès que je pourrai.

Contrairement à moi, Mia a vraiment maigri, au cours des six derniers mois. Elle est parvenue à se débarrasser des rondeurs de la grossesse alors que j'aurais juré qu'elle mangeait davantage, et plus souvent que moi. Elle s'inquiète de cette perte de poids, pourtant elle semble en forme. Je lui dis que c'est incroyable, tout de même, que la plupart des femmes d'âge moyen rêveraient de voir leur poids fondre tout en continuant à manger ce qui leur plaît. Sans compter que ça lui va bien. Il y a à peu près un an, elle s'est mise au jogging, mais elle a ralenti la cadence, ces derniers temps. Elle trouve qu'elle n'a pas assez d'endurance et se contente désormais essentiellement des haltères que nous avons dans la cave. Quand elle en a la force, elle se lance dans un tour du pâté de maisons.

Peut-être qu'elle est si maigre parce qu'elle a cessé de manger de la viande – pardon, des « protéines animales ». Ce pourrait être une raison, mais je crois que la cause principale est le stress. Vous savez bien à quel point élever des enfants peut se répercuter sur vos intestins, parfois. L'inquiétude vous noue l'estomac – enfin, c'est ce qu'on m'a dit, car je ne suis pas du genre à m'inquiéter, moi. Ils ont regardé si elle avait des ulcères, mais ils n'ont rien trouvé. À mon avis, c'est un mystère, c'est tout.

Elle s'est même rendue chez un médecin qui lui a demandé de tenir différentes vitamines et minéraux dans sa main pendant qu'il manipulait son bras. Voyons, est-ce bien sérieux ? Quel effet cela peut-il bien avoir ? Autant jeter son argent par la fenêtre. Mia est rentrée avec une centaine de dollars de traitements naturels. Aucun n'a eu d'effet, évidemment. Son dernier truc, c'est l'eau. Rester hydratée, voilà son nouveau credo. Elle s'est également mis en tête de ne boire que dans des bouteilles de verre. *Amuse-toi à trouver ça ici, chérie.*

Tiens, elle a ramené ses cheveux en queue-de-cheval. Je l'aperçois, debout devant le comptoir, en train de passer commande. Je vois aussi les autres clients. Les hommes la regardent. *Eh oui, les gars, elle en jette encore*, me dis-je avec un hochement de tête satisfait. Maintenant, elle s'approche de la voiture, une bouteille d'eau en plastique dans chaque main. Son grand sourire révèle ses dents blanchies et éclaire son visage. À la fac, elle a remporté le concours du plus beau sourire et ça n'a pas changé, ça non plus. Enfin, il est un peu plus grand, je crois. Nos gencives s'usent avec l'âge et on se retrouve tous avec des dents longues, tout spécialement Mia. N'allez pas vous imaginer des choses, cependant : je suis le seul à le remarquer. Son sweat-shirt de coton bleu, son jean et ses baskets blanches la différencient des autres utilisateurs du parking de McDonald's, plus ternes en cette matinée. Un camaïeu de vêtements noirs, gris et marine pour se rendre au bureau ou à la ferme, ou encore retrouver le volant de son camion. Un assemblage éclectique et pourtant monochrome, dans lequel ma femme détonne avec son pull bleu roi.

Mia ouvre la portière et se glisse sur son siège.

— Bon choix. Les toilettes étaient presque propres. Il n'y avait quasiment pas de queue. Tiens, voilà ton eau.

Elle me passe la bouteille froide. Le plastique bon marché craque dans ma main. Je reconnais tout de suite ce type de récipient qui répand la moitié de son contenu dès qu'on l'ouvre. La bouteille est certainement estampillée d'une de ces étiquettes expliquant pourquoi ce plastique bon marché de merde est meilleur pour l'environnement que n'importe quelle autre matière plus résistante. Il est moins cher, c'est tout. Je n'ai pas besoin d'en savoir davantage. Ce que je sais, aussi, c'est que j'aurais mieux fait de sortir de la voiture avant d'ouvrir la bouteille. J'aurais dû profiter de cette pause pour prendre l'air, d'ailleurs, ne serait-ce que pour me dégourdir les jambes. Peut-être même qu'il aurait été avisé d'ouvrir la portière pour ma femme, côté passager. Je le ferai quand nous nous arrêterons pour prendre de l'essence, dans un moment. Nous avons toute la journée devant nous et cela ne lui ferait pas de mal de se souvenir que la galanterie n'est pas morte, grâce à Paul Strom.

— On dirait que Taylor Swift te plaît ? demande Mia pendant que je roule vers la sortie.

— Qui ?

Je sais bien qui est cette starlette montante, tout le monde le sait. Je dois dire, d'ailleurs, que j'aime assez sa chanson intitulée « The Story of Us ». Mais pourquoi ma femme me pose-t-elle une question aussi saugrenue ?

— Je t'ai vu regarder la couverture.

Mia s'empare du magazine et penche la tête. Ses yeux brillent comme si elle m'avait attrapé en train de boire du lait au goulot. J'adore boire le lait directement depuis la bouteille. Malheureusement, quand ma femme me surprend, j'ai invariablement droit au même regard déçu, aux mêmes yeux brillants. D'habitude, elle accompagne son regard d'une main posée sur la hanche, mais ce geste est un peu difficile à exécuter sur le siège avant d'une Ford Flex. Je proteste en écrasant l'accélérateur pour m'engager sur l'autoroute :

— Pourquoi regarderais-je cette couverture alors que j'ai une femme aussi belle ?

Je suis bien content qu'ils aient enfin terminé ce projet d'élargissement de chaussée à cinquante millions de dollars. Maintenant, il y a trois voies dans chaque sens. Je me réinsère sans difficulté dans la circulation. Depuis son inauguration, dans les années soixante, ils auront dépensé plus d'un milliard de dollars dans cette route. On pourrait en faire, des choses, avec un milliard de dollars ! Je suis sûr que Taylor Swift possède un milliard de dollars.

— Elle est bourrée de talent, mais je ne l'avais pas reconnue sur cette couverture. Elles se ressemblent toutes, avec le maquillage, le brushing et tout le reste.

— Je ne peux pas te contredire sur ce point, dit Mia.

Elle rouvre le magazine sur ses genoux pour lire un autre article, elle tourne le bouchon de sa bouteille et, comme prévu, un quart de son contenu se déverse sur les pages glacées.

— Flûte !

Comme c'est mignon. Édictée par Mia, l'interdiction de jurer devant les garçons l'amène à prononcer ce type d'exclamations enfantines, même en l'absence des petits. Je devrais lui dire qu'elle peut s'exprimer librement devant moi.

Je n'ai pas le temps de penser à l'arrêter qu'elle a ouvert la boîte à gants et commence à farfouiller à l'intérieur. Je m'empresse de la stopper :

— Il n'y a pas de mouchoirs là-dedans.

Je sens mes paumes transpirer. Un regard au rétroviseur me confirme que mon front est luisant, couvert de gouttelettes. C'est tellement difficile de garder des secrets, de nos jours. Les gens mettent leur nez partout. Parfois, il suffit d'ouvrir la mauvaise porte pour détruire toutes sortes de projets.

— Referme ça. Tiens…

Je sais que ma voix a pris une intonation sèche mais je n'arrive pas à la maîtriser. Je passe une main vers l'arrière de la voiture, j'attrape mon sweat-shirt de coton gris, sur la banquette arrière, et je le jette sur ses genoux.

— Sers-toi de ça.

Ma voix est redevenue normale et j'en suis soulagé.

— Tu cs bizarre, répond Mia au lieu de dire *merci*.

Je vais lui passer ça, aussi. Elle ne peut pas savoir que j'ai caché une surprise à cet endroit, un petit quelque chose tout spécialement destiné à notre journée exceptionnelle. Comme je ne peux pas le lui dire, je me contente de garder le silence pendant qu'elle tamponne le magazine avec mon pull. Elle aurait tout aussi bien pu arracher ces deux pages, mais peut-être qu'il y a quelque chose qui l'intéresse. Tout ce que je vois, c'est un autre type avec une barbe de trois jours, des yeux bruns étincelants et une tignasse sur la tête. Encore un sosie de Buck. Jusqu'à maintenant, je n'ai pas vu beaucoup d'hommes qui me ressemblent, dans cette revue. Pourtant, je pourrais très bien faire concurrence à George Clooney, sans compter que je suis plus grand que lui. Il fallait me voir quand j'étais plus jeune ! Si j'avais voulu, c'est mon visage qui aurait fait la couverture de ce magazine. Vous pouvez me croire. Le Plus Sexy des Vivants. Enfin, comme je vous le disais, je déteste toute cette agitation autour des célébrités.

— Je vais appeler Claudia. Est-ce que je peux utiliser ton téléphone, pour passer par le Bluetooth ? J'aimerais qu'elle nous contacte quand les garçons seront rentrés de l'école, juste pour faire le point.

Nous nous sommes mis en route il y a environ une heure et demie. C'est ridicule.

— Nous venons de partir. Les garçons sont à l'école et je te garantis qu'ils s'amusent bien trop avec leurs professeurs et leurs petits camarades pour nous consacrer la moindre pensée. On pourra les appeler cet après-midi. On n'a aucun besoin de parler à Claudia.

Parfois, ma femme se comporte comme si nos enfants étaient encore des nourrissons gigotant dans un parc à bébé. Ça me tape sur les nerfs, et à eux aussi. Ce sont de grands garçons maintenant. Ils sont tous deux à l'école élémentaire. Nous aurons à peine le temps de les voir grandir qu'ils seront déjà des hommes. Nos parents ont commencé à nous traiter en adultes dès que nous sommes entrés à l'école, mon frère Tom et moi. Papa voulait nous endurcir, nous apprendre à nous défendre. Surtout moi, car j'étais l'aîné. Ah, c'était le bon vieux temps. Penser à Tom me ramène à Claudia et je me demande si je ne ferais pas mieux de parler à Mia quand même, pour cette histoire de drogues. Non, il vaut mieux ne pas l'inquiéter.

— Détends-toi, repose-toi un peu.

Je tapote sa cuisse pour la rassurer et je sens son regard sur moi.

— Je sais. Seulement, les garçons sont toute ma vie. Tu m'as encouragée, tu m'as même suppliée de ne pas avoir d'activité hors de la maison. C'est pour cela que j'ai démissionné à l'agence, alors que j'adorais mon boulot. J'en suis venue à construire toute ma vie autour des enfants, mais maintenant qu'ils sont à l'école toute la journée, ils ont moins besoin de moi.

Elle parle d'une voix basse et ses yeux sont brillants mais, cette fois, c'est parce qu'ils sont en train de se gorger de larmes.

— Tu les as très bien élevés. Maintenant, ils doivent apprendre l'indépendance pour pouvoir affronter le monde. C'est naturel que les garçons s'éloignent de leur maman. C'est comme cela qu'ils deviennent de jeunes hommes. Tu les maternes trop, mais c'est aussi ce qui fait de toi une maman formidable. Je savais que tu serais ce genre de maman dès que nous avons envisagé que tu restes à la maison. Ne pleure pas, mon chou.

Mon chou. Quel drôle de mot quand on parle d'un adulte. Je l'imagine enflée, pâteuse, dégoulinant de sucre comme autant de larmes sur sa surface rugueuse. C'est notre week-end à tous les deux. Les garçons vont bien. J'évite d'ajouter : *avec leur junkie de baby-sitter.*

Je gratifie Mia de mon plus beau sourire rectangulaire augmenté de mon célèbre clin d'œil. La combinaison gagnante. Le sourire qui a valu un millier de nouveaux clients à ma boîte – jusqu'à ce que ça s'arrête. Je déglutis en souriant de plus belle : je dois rassurer Mia. Cette journée sera joyeuse, amusante.

— Tu ne vas pas verser des larmes aujourd'hui, tout de même, dis-je doucement.

Je suis un mari attentionné, aimant. Je comprends sa douleur. Je la comprends vraiment.

— C'est notre jour, Mia. Et si nous avions un peu de reconnaissance pour tout ce que nous avons créé ensemble, toi et moi ? Ou simplement nous réjouir d'être tous les deux ?

— Bien sûr, dit-elle après avoir pris une grosse goulée de cette bouteille d'eau dont le plastique crépite entre ses doigts.

Hypocrite. Elle lit dans mes pensées, une qualité de ma femme que je n'apprécie pas beaucoup, je dois dire. Puis elle reprend :

— Ils n'avaient pas de bouteilles en verre, Paul. Dorénavant, j'apporterai mes propres bouteilles, pour les trajets en voiture. Je ne sais même pas si j'en ai dans la maison du lac.

— Si mes souvenirs sont bons, les bouteilles en plastique ne représentaient pas encore un tel danger à tes yeux, l'été dernier.

J'ai prononcé ces mots d'une voix douce et voilà qu'elle sourit :

— Tu sais très bien que j'ai raison.

— La phrase préférée de toutes les femmes, dis-je en me moquant gentiment.

Nous avons retrouvé un terrain d'entente, à ce que je vois.

Elle va même jusqu'à tapoter son magazine gondolé au rythme de l'une de nos chansons préférées, « Still the One ».

Tout me semble revenu dans l'ordre, jusqu'à ce qu'elle lance :

— Au fait, comment va Caroline ? Elle te drague toujours ?

Je respire un bon coup et je serre le volant.

11 HEURES

3

J'AJUSTE MON EXPRESSION DANS LE RÉTROVISEUR : je modifie mes traits pour afficher un air d'indifférence blasée : la bouche détendue, les épaules relaxées. Paul l'Impénétrable. J'expire un bon coup. J'y suis presque quand, tout d'un coup, une bouffée de chaleur me monte au visage. Je fais mine de vérifier ce qui se passe dans le rétroviseur extérieur, côté conducteur.

— Caroline ?

J'observe un bref silence tandis qu'un cadre d'argent étincelant me revient à l'esprit, avec ce portrait d'un jeune couple souriant. Je secoue la tête pour chasser l'image. Mon cerveau est suffisamment chargé comme ça. Il faut que je me souvienne de tout ce que j'ai raconté à ma femme au cours des derniers mois, au sujet de Caroline et de l'entreprise Thompson Payne en général. Comme pour l'un des premiers devoirs de CP de Sam, je dois compiler tout ce qui a été dit et ce qui ne l'a pas été. C'est un exercice important et il aurait mieux valu que je le fasse moi-même plutôt que de laisser Mia s'en charger. Malheureusement, c'est trop tard.

— Ton menton tremble, constate Mia.

Elle a raison. Je desserre les dents, je fais coulisser mes mâchoires l'une sur l'autre, je prends une grande inspiration et je m'efforce de sourire. Cette façon qu'elle a de m'observer est pénible. J'en perds mes moyens. Dernièrement, je ne suis plus si impénétrable que cela, on dirait. Je jette un coup d'œil à ma femme, qui me répond d'un sourire. Je présume qu'elle rit de mon malaise à l'évocation de ce sujet. Elle reprend :

— Elle continue de t'embêter, hein ?

— Non, plus maintenant.

Je parle lentement pour trouver les mots justes et je poursuis :

— Elle est jeune. C'est son premier boulot. Elle ne sait pas encore comment se comporter en entreprise, c'est tout.

— Tout le monde sait qu'il n'est pas correct d'appeler son patron chez lui à minuit, dit Mia, surtout quand on a bu.

— Elle était déprimée, Mia. Je te l'ai expliqué.

Je jette un nouveau coup d'œil à mon rétroviseur avant de dépasser cette stupide Honda verte qui roule à deux à l'heure, devant nous. La route va bientôt se rétrécir en deux-voies, j'ai intérêt à distancer dès maintenant les importuns.

— Son père est mort, dis-je. Elle ne savait pas à qui d'autre se confier.

Mia me gratifie de son regard sceptique. Elle ne me croit pas.

— Tu l'as dirigée vers les ressources humaines, mais elle travaille encore chez Thompson Payne, non ?

Les doigts de Mia martèlent la poignée de sa portière.

— On ne licencie pas les gens qui ont besoin d'aide, Mia. Les ressources humaines servent précisément à cela. C'est leur travail, d'expliquer les règles et d'aider les gens à devenir de meilleurs employés.

Je sens mes paupières se resserrer. Je n'aime pas cette conversation. À la seule évocation des ressources humaines, un souvenir pénible me revient en mémoire. Je me secoue pour chasser de mon esprit l'odeur d'engrais chimique et de vieux chat.

Mia ne cède pas :

— Et après leur passage aux ressources humaines, on oriente ces personnes en détresse, ces personnes déséquilibrées, comme Caroline, vers nos épouses pour faire du baby-sitting ? Cela fait partie d'une sorte de programme de réinsertion d'employés ?

— Le sarcasme ne te va pas, mon chou. Nous n'avions pas d'autre solution, toi et moi, tu te souviens ? Cette histoire remonte à une éternité ! Je ne comprends pas pourquoi tu tiens tant à remâcher toute cette affaire, surtout aujourd'hui.

Je sens mes mâchoires se contracter à nouveau et je frotte ma nuque de ma main gauche. Je préférerais parler des fraises Ève. J'ai le sentiment d'avoir été pressé trop fort, d'être vidé de mon air.

— Tu as raison, admet Mia. Une journée exceptionnelle. Je sais. Je vais te laisser tranquille, mais je n'en ai pas terminé avec cette histoire.

— Mon chou, au bureau, je ne la vois jamais.

C'est la vérité absolue. Je sens mes mâchoires se détendre comme si quelqu'un avait desserré l'étau qui enserrait ma tête et relâché l'étreinte autour de ma poitrine. Ah, Thompson Payne. J'ai passé une très grosse partie de ma vie dans ces bureaux rutilants de banlieue. Mon boulot consistait essentiellement à m'assurer que tous les employés affichaient une allure irréprochable face à de potentiels clients. Est-ce que les femmes portaient bien des talons hauts et des jupes courtes ? Les hommes étaient-ils rasés de près et aimables, détendus sans être menaçants ? Dans les agences de pub, tout est question de paillettes et d'apparences, bien plus que de réalité. La première impression est capitale. Voilà aussi pourquoi votre fidèle serviteur était parfaitement à sa place dans un rôle de directeur des services clientèle. Dans le cirque à trois pistes qu'est une agence de publicité, je suis le maître du chapiteau principal. C'est moi qui mène la danse, qui communique avec les clients autoritaires, les éternels insatisfaits, ceux qui doutent même de nos plus grands succès. Et dire que certains croient que cela se fait tout seul ! Sans moi, tout s'écroule. Ils ont bien dû s'en rendre compte, entre-temps.

Quand John Larson est parti, il y a trois ans – j'avoue n'être pas complètement étranger à son licenciement –, je me suis coulé dans son poste sans le moindre effort. Il faut dire que j'avais appris de ses erreurs, aussi. Il m'avait fait confiance, il avait fait de moi son adjoint. Pour ma part, j'évite de promouvoir l'un ou l'autre des chargés de clientèle qui me rendent des comptes. Pour moi, ils sont tous égaux. D'ailleurs, je fais en sorte qu'aucun d'eux ne se sente complètement sûr de garder sa place. Ils doivent être conscients que tout peut changer à tout instant. Cela me permet de garder le contrôle. Je n'ai pas de bras droit. Je n'en ai aucun besoin. Ça a toujours été ainsi. Je sais ce que vous pensez : pour un type chargé des ventes, je donne plutôt l'impression d'être un loup solitaire. L'ironie veut qu'en effet, je préfère être seul, la plupart du temps. Les gens, de manière générale, et les employés en particulier, me semblent apporter davantage d'ennuis que d'aide. Regardez ce bon vieux John, par exemple.

— Tu as des nouvelles de John ? demande Mia.

C'est la deuxième fois de la journée qu'elle lit dans mes pensées. Je vous ai déjà dit, n'est-ce pas, ce que je pensais de cette aptitude ? Je me tourne vers elle pour scruter son visage, mais il est calme, presque aimable.

— Non, aucune. Pourquoi cet intérêt soudain pour Thompson Payne, au passé comme au présent ?

Nous sommes arrivés à l'embranchement qui mène à la deux-voies. Une fois sorti de l'autoroute, je prendrai à gauche et je dépasserai l'une de ces vieilles granges si emblématiques de la région, qui ont été peintes en blanc pour le bicentenaire de l'Ohio. J'ai travaillé sur cette campagne pour l'État, quand j'étais un modeste commercial. Une bonne campagne, vraiment. Une multitude d'avantages financés par l'État, des repas de luxe aux frais du contribuable et beaucoup de temps à arpenter la région de long en large, au volant de ma voiture, pour identifier les anciennes granges. Une mission sur mesure, pour quelqu'un comme moi. Beaucoup de temps en solitaire.

— Figure-toi que je suis tombée sur lui, récemment. Au Whole Foods, par-dessus le marché ! Il est devenu végétarien. Il a l'air en pleine forme. Il a perdu sa bedaine, ajoute-t-elle.

Elle dit cela au moment où je m'engage sur la deux-voies, si bien qu'il m'est impossible de quitter la route des yeux pour la dévisager. Je sens qu'elle mijote quelque chose. Le ton de sa voix a changé. Il est plus ténu. Elle cache son jeu. Entre nous, l'air se remet à pulser. Je me demande quand exactement elle a croisé John. Que se sont-ils dit ? Se parlent-ils encore ?

Mia reprend :

— Il a vraiment bonne mine. Selon lui, quitter Thompson Payne a été la meilleure chose qui lui soit arrivée. Il a ouvert sa propre boîte de pub, tu le savais ?

Intéressant. Son accord de non-concurrence doit être dépassé. Je sais qu'il ne sera pas un véritable rival de Thompson Payne avant des années, de toute manière. Il va commencer par piquer les petits clients qui ne mobilisent pas suffisamment l'attention des gros poissons comme Thompson Payne, puis il remontera la chaîne alimentaire. Il en a pour une décennie, tout au moins, avant de retrouver son statut et de s'envoler pour New York ou L.A. pour des shootings commerciaux. Il me fait de la peine, ce pauvre homme.

— Tant mieux pour lui.

Je lui souhaite de réussir, bien entendu. C'était un type sympa, dans le fond. Il a eu le malheur de se mettre en travers de ma route, c'est tout.

J'entends ma femme prendre une grande inspiration, un son qui m'est désagréable. Je me concentre sur ma grange que nous dépassons à l'instant, avec ses deux silos rouges et les champs verts à perte de vue, sans aucun doute du soja *Roundup Ready*. Tout, ici, est en place : ordonné, symétrique, productif. Une ferme superbe. Si seulement il était aussi aisé de contrôler les humains. Mia continue à babiller au sujet de John :

— Après cette rencontre, John m'a invitée dans son agence. Il m'a même demandé si je pouvais envisager de collaborer avec lui sur quelques projets. Des travaux rédactionnels, des communiqués de presse, ce genre de choses. Un temps partiel, pas plus. Comme tu l'as dit toi-même, les garçons sont à l'école et n'ont plus vraiment besoin de moi, maintenant. Pas autant qu'avant, en tout cas.

Cette route est dangereuse. Toute mon attention est absorbée par la conduite et Mia le sait très bien. C'est pour ça qu'elle a lâché sa bombe pendant ce tronçon de trajet. Je jette un coup d'œil de son côté et j'aperçois ses mains étroitement nouées sur ses genoux. Sa bague étincelle comme la tranche d'un couteau quand la lumière l'accroche au bon endroit. Je m'aperçois que j'étais en train de retenir ma respiration et je la relâche dans un grand soupir.

Mia ne peut pas retourner travailler dans la publicité – ce n'est pas le moment.

— Non, ça ne marchera pas. Les enfants ont besoin de toi, mon chou, même s'ils font tout pour ne pas le montrer.

Je sais que mon ton est ferme, ma voix profonde et puissante. Ma voix de scène, voilà comment je l'appelle. Quand j'étais jeune, au lycée, j'adorais jouer dans les pièces scolaires. Mrs Belt, ma prof d'art dramatique, m'a dit que j'avais de sérieuses capacités. Elle me voyait déjà sur les tapis rouges. Cela aurait sans doute été possible. J'en avais le physique et le talent. J'imagine que cela restera la route que je n'ai pas empruntée.

— J'ai décidé d'accepter sa proposition. Je travaillerai depuis la maison pendant que les garçons seront à l'école.

Le défi fait trembler sa voix tandis qu'elle continue :

— J'ai besoin de refaire marcher mon cerveau. Je n'étais pas sûre de vouloir t'en parler, mais ce trajet est tellement agréable et cette journée si belle… Cela m'a semblé être le moment idéal pour partager cette nouvelle avec toi, mais je ne veux pas qu'elle gâche ton humeur. D'accord ?

Je me tais en guise de protestation silencieuse. Au fond de moi, quelque chose se met à chauffer, comme une étincelle qui s'allume. On ne peut jamais prédire ce que notre prétendu partenaire a dans la tête, n'est-ce pas ? Vous avez un beau projet et, tout d'un coup, il n'en reste plus rien. Voilà pourquoi je dois rester vigilant, m'exercer à la flexibilité. Ce n'est pas ma force. Je vais commencer par me calmer. Plus tard, j'anéantirai cette lubie comme on écrase un cafard. Mia ne pense sûrement pas vraiment ce qu'elle dit, sinon sa voix ne tremblerait pas de la sorte. Elle avance en terrain inconnu. Cette audace ne lui ressemble pas et elle ne me plaît pas. Pas du tout.

Ma femme s'éclaircit la voix avant de reprendre :

— John m'a dit que l'industrie publicitaire de Columbus était en pleine mutation. Il a entendu tout un tas d'histoires incroyables.

Elle tapote ma jambe et je manque de bondir. Un frisson me parcourt, je m'agrippe au volant. Je sens qu'elle me nargue. Quand Mia est-elle devenue si sûre d'elle, et comment ? D'où sort cette nouvelle femme ? Et surtout : qu'est-ce qu'elle sait, exactement ?

11 H 30

4

Le téléphone de Mia se met à sonner. Elle décroche. À ses répliques, je devine qu'elle parle à Claudia. Elles doivent être en train de mettre au point le programme du week-end pour les garçons. Je profite de leur conversation pour m'évader en pensée, respirer un peu.

Si elle sait la vérité, pourquoi n'en parle-t-elle pas ? Pourquoi ne pose-t-elle aucune question ? La nouvelle Mia, si sûre d'elle, serait plutôt du genre à mettre le sujet sur le tapis. Son évolution est surprenante. Je redécouvre ma femme, plus forte – différente. Je la connais, pourtant... Oui, c'est ça. Elle tâte le terrain parce qu'elle ne sait rien. Quant à John Larson, il ne peut pas être au courant. Mia doit posséder quelques bribes d'informations qui l'enhardissent, mais en réalité, ni l'un ni l'autre ne détient quoi que ce soit. Ma femme ne sait rien de plus que ce que je lui dis.

Je prends une grande respiration et je me ressaisis : il faut que je me détende. Tout va bien. John Larson n'arrivera pas à monter ma femme contre moi, peu importe à quel point il me déteste.

À vrai dire, John a toutes les raisons de m'en vouloir. Je l'admets volontiers, maintenant. J'ai tout fait pour qu'il tombe. Comme je l'ai déjà expliqué, il a été mon mentor, à l'agence. Il m'a embauché pendant l'une des périodes les plus éprouvantes de ma vie, alors que je venais de rentrer de Nashville. Je le respectais, moi aussi. Sans compter que c'est lui qui m'a présenté Mia.

À l'évocation de notre première rencontre, je ne peux réprimer un sourire. Mia Pilmer, assise à la table en verre de la salle de conférences, sa chevelure blonde brillante, ses yeux lumineux et intelligents. Ses longues jambes mises en valeur par une jupe noire, courte et étroite. Grâce à cette table transparente, on avait tout loisir de laisser traîner son regard, et à l'époque, Mia avait beaucoup d'atouts appréciables. John m'avait signalé que Mia était la meilleure rédactrice de l'équipe créative – l'une des plus talentueuses qu'il ait jamais connues, d'ailleurs, ce qui était étonnant car, très jeune encore, elle sortait tout juste de l'université. Elle avait la trempe d'une directrice créative, peut-être même d'une associée, avait-il avancé. Un jour, s'était-il enthousiasmé, ce serait « Thompson Payne & Pilmer ». Issue d'une famille aisée de New York City, elle était un pur produit de la New York University et elle comptait au moins dix ans de moins que moi. J'ai su qu'elle serait mienne à l'instant où j'ai pris place sur la chaise voisine de la sienne. Feignant l'inadvertance, j'ai frôlé sa cuisse avec la mienne et j'ai senti l'électricité circuler entre nos deux corps, nous aimanter l'un à l'autre pour toujours.

Mia aussi a senti cette attraction physique. Je l'ai vue rougir quand elle s'est timidement détournée de moi, durant la réunion. Pourtant, il m'a fallu fournir quelques efforts pour la convaincre complètement – disons que j'ai usé de mes compétences de vendeur.

Avec John, on s'est entendus dès le départ. Notre problème était simple, dans le fond : au bout d'un moment, nous avons tous deux compris que j'étais l'homme de la situation. Lui n'allait nulle part, il faut voir les choses comme elles sont. Les associés n'allaient pas faire de lui un des leurs, il n'y aurait pas de « & Larson » sur la vitrine. C'est exactement ce qu'ils lui ont déclaré. Il était coincé, ce pauvre John. Avec le recul, on peut dire que je l'ai aidé à rebondir. Je suis heureux d'avoir pu lui rendre ce service.

— D'après Claudia, la carte de crédit ne marche pas, m'annonce soudain Mia.

Une main posée sur le récepteur de son téléphone, elle secoue la tête :

— Comment veux-tu qu'elle fasse les courses ? Elle a dû laisser ses sacs de provisions au guichet du service clientèle, chez Kroger, en promettant de revenir pour payer. C'est vraiment embarrassant, Paul.

— Qu'elle se serve de sa propre carte de crédit, ce n'est tout de même pas compliqué. Je la rembourserai à notre retour.

J'ai pour habitude de faire appel à la logique pour résoudre les problèmes.

— Paul, elle est lycéenne. On ne peut pas lui demander ça.

Les muscles sont tendus de chaque côté de sa nuque, comme des élastiques sur le point de lâcher. Moi, j'affiche à nouveau mon masque impénétrable, calme et raisonnable. Je savais que la carte ne fonctionnerait pas, bien sûr, mais Mia a toutes les raisons d'être surprise. J'espère qu'elle ne va pas se mettre dans tous ses états. Je ne supporte pas quand Mia se met à pleurnicher. C'est indigne d'elle, indigne de nous.

— Je transférerai de l'argent sur le compte une fois que nous serons arrivés au lac. Elle l'aura d'ici ce soir. Ça te va ?

À mon tour de tapoter sa jambe. Elle ignore mon geste et transmet le message à cette fainéante de Claudia. Je l'observe au moment où elle appuie sur la touche « Fin » de son écran d'un air de dégoût mélodramatique. *Non mais je rêve ?* Elle se comporte vraiment comme une gamine. Il ne s'agit que de courses de supermarché, tout de même. Quelle affaire. Ce n'est pas comme si les garçons allaient mourir de faim. Notre cellier regorge d'excellentes provisions. Il y a des macaronis bio et du fromage plein le congélateur. C'est ridicule. Ni les garçons ni Mia ne savent ce que c'est que d'avoir faim, d'être privé de quelque chose, d'ouvrir la porte d'un réfrigérateur vide, d'un garde-manger vide. Qu'est-ce que cela peut bien faire, s'ils se passent de leur goûter préféré le temps d'un week-end ?

— Paul, franchement. L'unique chose dont je t'ai chargé pour préparer le week-end, c'était de lui laisser suffisamment d'argent liquide ou de crédit sur la carte pour ces deux jours. Tu es impossible.

Elle frotte sa nuque comme pour relâcher la tension des deux élastiques. Ses épaules doivent être nouées par l'angoisse. C'est triste, en vérité, de voir avec quelle rapidité de tels détails peuvent avoir raison d'elle. Ce type d'incident s'est multiplié, ces derniers temps. Elle semble décidément très agitée. Elle s'inquiète pour les garçons, pour sa santé, pour le nettoyage des gouttières ou le ramassage des poubelles recyclables – elle s'inquiète pour tout. Et si toutes ces angoisses étaient la cause de sa perte de poids ? Ce serait assez ironique, tout de même. Je lui ai déjà exposé ma théorie.

Je ne trouve rien à dire pour arranger les choses, je me contente donc de monter le son alors qu'Amy Winehouse beugle : « You Know I'm No Good ». J'adore cette chanson et toute cette playlist. Je sais que Mia l'aime aussi. La prochaine sera « Cold, Cold Heart » de Dinah Washington.

— Cela t'embêterait de mettre la radio ? demande Mia.

Je n'ai pas le temps de réagir qu'une station locale pleine de parasites me déchire le tympan et qu'une mélopée country de crooner maltraite mon cerveau. J'ai beau avoir expliqué à Mia que le jazz est la plus haute expression musicale et la country la plus basse, elle ne se lasse pas de me torturer.

Je sens mes poils se hérisser sur ma nuque au son de cette stupide mélodie de péquenaud qui envahit l'habitacle, mais je vais rester stoïque. Nous sommes au milieu de nulle part, à une trentaine de minutes de la boulangerie. *Si seulement l'univers m'avait réservé quelques croissants, juste pour aujourd'hui.* Ce n'est pas trop demander, je trouve. Il faut que Mia se détende – qu'elle se calme sur les interrogatoires, surtout. Peut-être que quelques pâtisseries lui feront passer le goût des questions. Je lui proposerai d'en manger un ou deux tout de suite, plutôt que de les garder pour le petit déjeuner. La gratification instantanée a du bon, de temps à autre, et puis, si elle retrouve sa bonne humeur, elle acceptera de remettre ma musique.

Oh, tant pis, je ne peux pas m'en empêcher. Je tends la main vers la radio et appuie sur quelques boutons mais je n'obtiens rien d'autre que de la country geignarde. Mia doit être contente, elle est fan de cette cacophonie. Pour ma part, j'en ai eu ma dose quand je vivais à Nashville, merci beaucoup.

En cet instant précis, je me demande pourquoi j'ai mis un terme à mon abonnement à la radio par satellite. On mesure les conséquences de cette décision quand on se retrouve en rase campagne. À moins que Mia ne daigne revenir à ma playlist préparée avec amour, me voilà à la merci de la première fréquence qui se présente. C'est vraiment exaspérant.

Le chanteur de country semble être le seul à vouloir s'exprimer, ici. Le silence qui est tombé entre Mia et moi pulse dans ma tête. Je ne veux pas que cette journée se déroule ainsi. Tout d'un coup, je réalise que le moment serait bien choisi pour présenter mes excuses. Devant moi, la route est vide et je n'ai dépassé personne sur des kilomètres.

— Écoute, Mia, je suis désolé. C'est ma faute. Je m'occuperai de ça, je renflouerai le compte dès qu'on sera arrivés au cottage. Claudia pourra s'en servir cet après-midi, quand elle retournera chercher les courses. Tout va bien. Détends-toi, savoure la musique. Ça va aller, tu verras.

Mia a remonté ses lunettes de soleil sur sa tête et me regarde en plissant les paupières, sans doute pour se protéger de la clarté du soleil. Elle me dévisage comme on observerait une araignée occupée à tisser sa toile en travers de notre porte d'entrée. Avec un mélange de crainte et d'admiration.

— Quoi ?

Je n'aime pas ce regard. D'ordinaire, elle me contemple avec confiance et adoration. Quelque chose ou quelqu'un est venu ébranler cela, c'est évident. L'opinion qu'elle a de moi a été modifiée. *Quand et comment cela s'est-il produit* ? Cela dit, je savais que les choses allaient changer. Il fallait qu'elles changent, d'ailleurs, et j'ai un plan pour parer à cette situation.

En cet instant, je me demande ce que Mia voit en moi. Est-ce toujours l'homme du monde, mûr et sophistiqué, qu'elle s'est engagée à aimer, à respecter et à seconder quoi qu'il arrive, il y a dix ans ? Apprécie-t-elle encore ma poigne d'homme d'expérience, se souvient-elle de tout ce que je lui ai enseigné sur le sexe, sur l'amour ? De mon savoir encyclopédique sur la gastronomie fine et les vins ? Rêve-t-elle encore de visiter avec moi ces destinations exotiques dont je lui ai parlé ? C'est bien regrettable que nous n'ayons pas eu le temps de voyager. Les garçons sont arrivés trop vite et… oui, la place de Mia était au foyer. Je ne parviens plus à deviner ce qu'elle pense quand elle me regarde. Plus du tout. Bien davantage que ce qu'elle voit en moi, néanmoins, c'est ce que je vois, moi, en elle qui me déplaît. Je secoue la tête. Cette journée, censée être parfaite, ne cesse de se dégrader, de se détériorer comme des souvenirs d'enfance. On se rappelle vaguement ce que c'était que d'être un gamin, mais la sensation de sauter dans une piscine, insouciant, par une belle journée d'été, s'est évanouie à jamais.

Mia fait glisser ses lunettes sur son nez et ses paupières plissées disparaissent derrière les verres fumés. Elle croise les bras et me lance :

— Nous sommes presque arrivés à la boulangerie. Tu as de quoi payer les croissants ?

MIDI

5

LA BOULANGERIE EST FERMÉE. Il n'y aura pas de croissants. Même de loin, je devine que Mia fulmine, les mains serrées en deux poings solidement campés sur ses hanches. Quand elle se retourne vers la voiture, pourtant, elle affiche un sourire forcé. Je me rassure encore une fois : cela va lui passer. Une fois que j'aurai subi les trente minutes de musique country ringarde qui nous séparent encore du cottage, nous aurons retrouvé une entente cordiale. Tout ira mieux quand nous passerons les barrières de Lakeside. C'est un endroit où Mia est heureuse. Une fois là-bas, elle me pardonnera d'avoir retardé notre départ. Je mettrai un peu de jazz pendant que nous déferons nos valises. Nous pourrons enfin goûter à une structure mélodique supérieure à cette insulte à la musique, simpliste et grossière, qui beugle depuis les haut-parleurs en ce moment. Tout se passera bien, une fois que nous serons arrivés. Le mariage, c'est donnant-donnant. Un jour j'impose ma volonté, le lendemain je me fends d'une attention touchante pour ma femme. C'est comme ça. Je puise au plus profond de mes réserves de patience et je m'aperçois qu'elles sont presque à sec. Presque.

Croyez-moi : ce n'est pas bon signe. Certains en ont fait les frais, par le passé, et ils s'en souviennent encore. Mais aujourd'hui, je suis plus mûr. Je veille à ne laisser personne épuiser complètement mon stock de tolérance. Je sais comment me calmer. Je sais de quoi, et de qui, j'ai besoin. En général, j'obtiens toujours ce que je veux, d'ailleurs. Je suis sûr que vous vous en êtes déjà rendu compte.

L'avantage de ce détour par le centre commercial de Port Clinton, c'est que j'ai trouvé l'occasion de me dégourdir les jambes. Une fois sorti de la voiture, je me suis aperçu que mon dos s'était grippé. J'ai tendance à négliger ces soucis de l'âge de la même façon que j'ignore les caissiers et les gardiens de parking. Je refuse de gaspiller ne serait-ce qu'un souffle ou une pensée pour ce type de tracasseries, de plaies.

L'air frais est agréable, vif et propre. Bien qu'on ne voie pas le lac d'ici, on sent la présence de l'eau, comme quand une averse s'annonce. Il y a dans l'atmosphère quelque chose d'épaissi, d'humide et de lourd qui rappelle l'effet d'un humidificateur, un soir sec d'hiver. De part et d'autre de notre Ford Flex, les voitures sont équipées de remorques à bateau affichant fièrement des autocollants de la ville, capitale mondiale de la pêche au doré jaune, ce poisson typique du coin. D'après ce que j'ai lu, Port Clinton a perdu cette place assez récemment. La vie est ainsi faite : tout est transition. Dans la vie, il y a les gagnants et les perdants. C'est bon d'être un gagnant.

En voyant Mia revenir vers moi, sourcils froncés, je lance :

— Que dirais-tu d'aller prendre une glace, mon chou ?

Elle voulait s'assurer que la boulangerie était vraiment fermée et a traversé tout le parking pour en avoir le cœur net. Pourtant, cela se voyait d'ici : il n'y avait personne à l'intérieur, les chaises étaient retournées sur les tables. J'en déduis qu'elle aime se torturer, presser son nez contre la vitrine de la boutique sombre tel un chiot espérant être adopté à la SPA. Comme pour la plupart de ces bêtes, ses chances étaient faibles et elle a perdu.

— On les a ratés à quinze minutes près. Ils ferment à onze heures et demie.

J'évite de lui faire remarquer qu'il est déjà midi.

— Je n'ai pas envie de glace maintenant, ajoute-t-elle.

— Pas même celle de Toft's ?

Ce célèbre kiosque à glaces dépend de l'une des plus anciennes laiteries de l'Ohio. Je ne peux réprimer un sourire en pensant à l'enseigne de la marque : ce bleu vif, cette grotesque sculpture de vache affublée de lunettes de soleil, plantée au beau milieu du parking dans son enclos de bois blanc, et puis l'odeur de vanille et de fraise quand on pousse la porte. Nous avons passé d'innombrables après-midi sur cette terrasse, avec les garçons. La glace gouttait sur les tables bleues et rondes tandis qu'ils essayaient d'en rattraper le plus possible avec le bout de leur langue. J'ai l'eau à la bouche au seul fait de penser au parfum « Java Chip ». Jamais de cornet. La coupelle, pour ne pas perdre la face.

— Pas même celle de Toft's. D'ailleurs, le lait n'est pas bon pour toi, tu le sais bien. C'est du mucus. C'est parfait pour les petits veaux, mais ça s'arrête là, précise Mia en ouvrant sa portière.

Si la voiture ne s'était pas trouvée entre nous, je suis certain qu'elle aurait jeté un nouveau coup d'œil à mon ventre. Comme c'est agaçant.

— Cela dit, reprend-elle, je ne dirais pas non à une salade ou quelque chose de ce genre. Tu crois que les restaurants sont ouverts, à Lakeside ?

Nos regards se croisent sur le toit de la Flex. Elle me semble plus petite, tout d'un coup, et moins énervée que je ne le pensais. Je sens sa déception, et je déteste ce sentiment. Elle attend ma réponse. Je me prépare à subir un peu plus de bouillie de musique country en guise de pénitence et je lance, enthousiaste :

— Oui, j'ai vérifié. Tout est ouvert.

Brusquement, j'ai une faim de loup. J'espère que la nourriture chassera ce vide qui se creuse au fond de mon estomac. Je reprends :

— On peut déjeuner à Lakeside. Je meurs d'envie d'une pizza aux poivrons de chez Sloopy.

— La pizza est une très mauvaise idée, Paul, réplique Mia en fermant d'un clic sa ceinture de sécurité.

J'intercepte le regard qu'elle pose sur mon ventre et elle ajoute :

— De la viande industrielle, des produits laitiers – enfin, tant pis. C'est ta vie.

— Ils ont également des salades, au menu.

Je me rends compte que j'ai l'air de me défendre mais, voilà, je ne veux pas qu'elle me gâche aussi le plaisir de ma pizzeria préférée. Je la laisse ingurgiter ce que bon lui semble, alors ce serait la moindre des choses qu'elle me témoigne le même respect, non ? Elle peut manger et faire ce qu'elle veut toute la journée. Moi, je ne demande que cela : un peu de respect. J'ajoute :

— Tu m'ôtes le plaisir de manger.

— Peut-être que cela ne te fait pas de mal.

Elle se croit drôle. Elle tourne les boutons de la radio, trouve une autre de ses stations de country favorites et monte le son. Je me retiens de lever les yeux au ciel ou de mettre la playlist en marche. La prochaine sur la liste est « Every Breath You Take », de Police. Voilà ce que nous devrions être en train d'écouter. Je m'efforce de garder les deux mains sur le volant, mais cela me coûte. Le mariage, me dis-je une fois de plus, est une question de compromis. Je vais la laisser choisir maintenant, comme ça je prendrai les choses en main un peu plus tard. Nous sommes à deux pas de Lakeside. Je vais y arriver.

Soudainement, je me rappelle à qui cette nouvelle Mia me fait penser : à celle qu'elle était quand elle travaillait. La femme que j'ai rencontrée à Thompson Payne, dans cette salle de conférences. Sûre d'elle. Vive. Plus tard, quand nous avons commencé à nous fréquenter, elle m'a avoué n'être jamais tombée amoureuse auparavant. Pas vraiment, en tout cas. Moi, je lui ai raconté ce que je vous ai déjà dit : j'ai su que nous étions parfaits l'un pour l'autre dès l'instant où je l'ai vue. À condition qu'elle devienne l'épouse que je cherchais, bien sûr.

Elle était la plus belle personne que j'aie rencontrée jusqu'alors. Une perfection physique qu'elle a conservée au fil des ans – à l'exception des années de grossesse, je vous l'ai indiqué. Je lui ai fait le grand numéro de charme de Paul Strom et l'ai invitée à dîner le soir même. John m'avait mis au courant de la politique de l'entreprise, bien sûr, mais à l'époque, personne ne prêtait attention à ce genre de règles, surtout quand elles impliquaient des superhéros de l'agence comme celui que j'allais très certainement devenir. Je suis passé à son bureau. En cette fin d'après-midi de septembre, le soleil descendait déjà à l'horizon. J'ai frappé à sa porte ouverte et elle a levé les yeux. Une légère rougeur a coloré ses joues quand elle m'a reconnu et j'ai compris qu'elle serait à moi. Appuyé contre l'encadrement de la porte, j'ai demandé :

— Avez-vous des projets pour le dîner, ce soir ?

Je portais un nouveau costume de marque, bleu marine, avec une chemise blanche immaculée et une cravate rouge, la couleur du pouvoir. Je savais que j'avais belle allure. Son bureau en désordre remplissait tous les clichés d'un lieu de création : parsemé d'ébauches rapides, de maquettes préliminaires à une nouvelle publicité. À sa droite, des storyboards pour spots télévisés étaient épinglés à un tableau de liège. Le seul objet qui n'était pas en rapport avec son travail était une photographie de ses parents, de gros bonnets de Manhattan que j'avais déjà repérés au cours de mes investigations. La pièce recelait une seule surprise, pour moi : elle comptait une fenêtre aussi grande que la mienne. Le message était univoque : les associés la courtisaient aussi. Pas de la même manière que moi, bien entendu.

Assise derrière son bureau, ses grands yeux bleus rivés sur moi, Mia a battu des paupières. J'ai enchaîné :

— Je pensais à Diamond's, le nouveau restaurant de German Village. Je n'y suis jamais allé, mais on dit que c'est extraordinaire. Je devrais pouvoir nous trouver une bonne table.

J'ai réussi à faire jouer ma combinaison sourire-clin d'œil au bon moment et j'ai vu que son intérêt était éveillé. Il y avait une alchimie dans l'atmosphère, quelque chose d'électrisant qui nous reliait. Pourtant, c'est à peine si nous nous étions effleurés. Je ressentais envers Mia une attirance qui avait quelque chose de viscéral, et je savais qu'elle ressentait la même chose.

— C'est tentant, a-t-elle répondu. J'espère avoir fini ce que j'ai à faire d'ici dix-huit ou dix-neuf heures, au plus tard.

— Je vais réserver pour dix-neuf heures trente. On se retrouve sur place ou voulez-vous que je passe vous prendre ?

J'espérais qu'elle me laisserait la conduire au restaurant. À cette époque, je possédais une deux-place Audi noire, sportive et convertible. Je me souviens m'être dit qu'elle aurait fière allure, assise à côté de moi. J'avais hâte, aussi, de l'escorter jusqu'à la porte du restaurant et d'entendre un serveur nous prier de prendre place à notre table. Les choses ne se sont pas passées ainsi.

— Je vous retrouve sur place. Merci, Paul, a-t-elle ajouté en clignant de nouveau des yeux.

Ses joues étaient encore roses. Quand elle a tapoté son bureau de la pointe de son stylo, j'ai compris qu'elle devait se remettre au travail.

— À ce soir, alors, ai-je lancé, un peu déçu de faire le trajet tout seul.

J'escomptais néanmoins ne pas repartir sans elle après le dîner. J'étais officiellement épris. Je savais que j'étais capable de tout pour faire comprendre à Mia quelle chance unique je représentais pour elle, moi aussi. L'heure était venue de déployer mes meilleures stratégies, mes méthodes de séduction les plus envoûtantes. Ce serait un succès, bien évidemment. Au risque de me répéter, j'obtiens toujours ce que je veux. La chance, on l'a ou on ne l'a pas. Je ne me vante pas, simplement j'excelle dans certains domaines. Celui-ci – les femmes – en fait partie.

J'ai continué mon offensive pendant le dîner. Vous auriez dû voir son visage, quand la crème brûlée au chocolat est arrivée.

— C'est mon dessert préféré, s'est-elle exclamée en applaudissant au moment où le serveur a glissé ce mets décadent devant elle, sur la table. Comment l'avez-vous deviné ?

C'est fou ce qu'on peut apprendre grâce à Internet. Si on se donne la peine de chercher au bon endroit, on peut dénicher une foule de détails très révélateurs sur une personne. En étudiant les photos d'un webzine de société, par exemple. Une ravissante jeune femme est invitée à une réception mondaine avec ses riches parents et les voilà, saisis par le photographe devant de délicates coupelles remplies d'un certain mets décadent. Tant de gens négligent cette opportunité de glaner des informations sur leur entourage – leurs clients, leurs collègues, leurs rivaux. Les femmes qu'ils convoitent. Pour ma part, j'ai vite compris quelle mine d'or était le Web. Car on ne sait jamais, voyez-vous : une seule information, si anodine soit-elle, peut parfois faire tourner le vent en votre faveur. Il m'était difficile, bien sûr, d'expliquer cela à Mia. Surtout lors de notre premier rendez-vous. J'ai souri, je lui ai adressé mon fameux clin d'œil et j'ai lâché :

— Eh bien, on dirait que j'ai eu de la chance.

Me remémorer Mia en train de savourer son dessert m'aura permis de faire abstraction de l'abominable country qui agresse mon cerveau, et je savoure pleinement le moment où nous passons les barrières de Lakeside sans payer. L'entrée est libre jusqu'au week-end du Memorial Day, fin mai. Le sourire aux lèvres et un peu trop vite pour le panneau préconisant vingt-cinq kilomètres-heure, je lance la Flex sur le chemin de notre merveilleux petit nid. Chaque fois que j'arrive dans ce coin de paradis, avec ses cottages charmants, ses rocking-chairs au garde à vous sur la plupart des porches, sa gentille communauté dispersée sur ces grandes étendues verdoyantes, ce grand ciel bleu et ces paysages lacustres, cela me rappelle ma propre réussite. Dans ces moments-là, j'ai la certitude que tout ira bien, peu importe ce que l'avenir nous réserve. J'y crois. Mia m'aime encore. J'emplis mes poumons de cet air pur, j'absorbe une grande goulée d'Amérique.

Je décide de savourer chaque instant de ce trajet. Je détaille l'alignement des maisonnettes roses, blanches, rouges et vertes, avec leurs drapeaux ornés de tulipes qui claquent au vent, leur oie de ciment sortie pour le printemps. Je me réjouis de traverser ce ravissant jardin d'Éden en direction du lac Érié, un lac si peu profond que l'intégralité de son eau se renouvelle, dit-on, tous les deux ans et demi. Je parie que vous ne le saviez pas.

Si vous oubliez de freiner au bout de cette route, votre trajectoire vous mènera sur une pelouse de gazon vert vif, puis vous déboucherez sur une plage de sable noir et enfin, vous vous enfoncerez tout droit dans les abysses du moins profond des Grands Lacs des États-Unis. Ça non plus, vous ne le saviez pas, je me trompe ?

Oh, il est suffisamment profond pour tuer, bien sûr.

12 H 30

6

JE TOURNE À DROITE et par un coup de chance, je trouve une place de parking. On dirait que l'univers veut se racheter pour les croissants. Voilà comme cette journée devrait se dérouler. Dans la joie et la douceur. Maintenant que nous sommes à Lakeside, tout va bien se passer. Sauf qu'il y a foule. Je ne m'y attendais pas. Je m'étais imaginé arriver dans une ville aussi déserte qu'une vieille bourgade de western après la ruée vers l'or. Ce n'est pas le cas.

Depuis la rue, je vois que le Sloopy Sports Café est bondé de vacanciers du Midwest, sans doute originaires de l'Ohio pour la plupart. Ils sont tous venus profiter de ce premier week-end ensoleillé du mois de mai. Sur la grand-rue étonnamment fréquentée, j'aperçois des hommes en short et tee-shirt de sport. Dès que la température montera, ils passeront aux débardeurs à l'effigie des clubs de basket du coin ou des Ohio State Buckeyes. Au restaurant, ils calent leur ballon à côté d'eux sur le banc et, dès leur repas terminé, ils vont tirer quelques paniers avec leur progéniture. Ces pères seront terriblement déçus si leurs fils ne maîtrisent pas un lancer de ballon irréprochable dès l'âge de dix ans. Croyez-moi. Je le sais d'expérience.

Les femmes portent des vêtements en stretch, pour le tennis ou le yoga. Si ce n'est sur une silhouette élancée, je n'apprécie pas beaucoup cet accoutrement. Si vous n'êtes pas mince, vous feriez mieux de porter des robes. Quelque chose d'ample, qui couvrira vos excès et cachera vos péchés. Autour de nous, les enfants sont surexcités, comme les miens quand ils sont ici. C'est tout juste s'ils supportent de rester assis auprès de leurs parents le temps d'engloutir une part de pizza avant de disparaître pour jouir pleinement de la liberté de leur jeunesse dans un lieu dépourvu de tout danger et de toute malice. Ces poignées de gamins qui s'éparpillent sur le trottoir m'ont tout l'air d'être collants de saleté et de sueur, une bonne douche leur ferait le plus grand bien.

Je cache sous mes lunettes de soleil et mon visage impénétrable le mépris que m'inspirent mes compatriotes de l'Ohio. Que Mia et moi ne soyons pas les seuls à avoir eu envie d'un week-end au calme ne devrait pas me surprendre et pourtant, je suis étonné. Le souvenir que j'ai de notre séjour hors saison de l'année dernière était différent, mais peut-être étions-nous venus dès le mois d'avril. Ça va aller. Je m'adapterai.

La vie m'a appris qu'il fallait être flexible si on voulait atteindre quelque chose. Prenez mes débuts avec Mia, par exemple. Quand je lui faisais la cour. Certes, le premier rendez-vous s'était bien déroulé, mais j'ai vite senti qu'il fallait que je passe à la vitesse supérieure. Mia Pilmer était accoutumée à ce que l'argent peut offrir de mieux et j'ai compris qu'elle savait repérer les simulateurs. J'ai patienté deux journées entières avant de lui suggérer une autre sortie. J'ai laissé reposer en elle le souvenir de notre premier rendez-vous, de notre premier et chaste baiser. Quand nous nous sommes retrouvés « par hasard » nez à nez dans l'ascenseur, j'en ai profité pour l'inviter à découvrir le meilleur restaurant de la ville lors d'un dîner, le vendredi suivant. Bien entendu, elle a accepté et bien entendu, j'ai commandé du foie gras.

— J'adore ça. Vous êtes plein de surprises, monsieur Strom.

J'aime à croire que je le suis encore. C'est un véritable don, cette capacité à anticiper les souhaits des gens. Je ne vous cacherai pas que j'ai pris plaisir à avoir toujours une longueur d'avance sur ma future épouse, si jeune encore. Je n'ai pas tardé à incarner tout ce que Mia appréciait. Elle buvait mes paroles quand je lui contais mes voyages à l'étranger, mes shootings télévisés dans des endroits exotiques, tout ce qu'elle voulait voir en moi, tout ce qu'elle aimait en moi. Voilà ce que je suis encore aujourd'hui, avec elle. Ce que nous sommes ensemble.

Sloopy se trouve dans le centre-ville de Lakeside. Le restaurant occupe un angle de 2nd Street et fait partie d'un charmant pâté de maisons anciennes en brique rouge. Je tire vers moi la porte de verre dépoli encadré de bois vert et je laisse Mia me précéder à l'intérieur. Une foule s'est accumulée dans l'entrée. Ma femme fait un pas en arrière pour s'écarter de l'homme musclé au tee-shirt moulant qui se tient devant elle et je sens son corps s'écraser contre le mien. C'est agréable, et mon cœur s'emplit d'amour. Je passe un bras autour de sa taille et je la serre fort. Quand son parfum floral parvient à mes narines, je nous imagine en train de faire l'amour, à peine la porte de notre cottage refermée derrière nous.

Au moment de gravir les marches qui mènent à la porte d'entrée, je la prendrais par la main et je me hâterais d'insérer la clé dans le verrou pour l'entraîner aussi vite que possible à ma suite, dans notre résidence secondaire. Je suis excité à cette seule pensée. Je glisserais mes bras le long de sa taille, je l'attirerais vers moi et me pencherais pour un baiser. Elle se presserait contre mon corps, lèvres entrouvertes, et je sentirais ses genoux se dérober sous elle. Je la soulèverais d'un geste et je la transporterais sur le canapé du salon. Il est tout nouveau, il faut l'inaugurer. Voilà comment nous nous y serions pris au début de notre histoire, quand la passion était plus forte que la raison. Ce souvenir me fait sourire.

Un gars en sueur, vêtu d'un marcel blanc et d'un tablier vert, agite deux menus plastifiés dans notre direction et lance :

— Par ici !

Je serre la taille de Mia et lui souffle à l'oreille :

— Est-ce que je sais exaucer les désirs de ma femme, oui ou non ?

Mia glousse. C'est probablement son premier rire sincère de la journée. Je lui emboîte le pas dans un box avec une table d'angle, parfait pour deux – à condition que les convives soient minces, cela dit. J'essaie péniblement de me glisser sur ma banquette rouge vif, mais c'est tout juste si j'arrive à caler mon estomac contre la table de Formica scellée au mur et ornée d'une nappe de plastique à carreaux verts et blancs. Tant pis. Si je respire doucement, tout ira bien. Même si elle semble avoir été conçue pour des pré-ados, cette place d'angle me plaît. J'aime avoir le dos contre le mur. J'ai une vue directe sur toutes les personnes qui entrent et qui sortent. Je ne porte peut-être pas un débardeur qui met en valeur mes atouts, moi, mais ne vous y méprenez pas. Je sais protéger ma femme de tout ce qui pourrait se mettre en travers de notre route.

Sur le plafond et les murs peints en vert, quelqu'un a appliqué au pochoir un motif de treillis blanc qui rappelle les carreaux des nappes. L'endroit est truffé d'allusions au sport. L'Ohio State Football domine, mais on aperçoit aussi des souvenirs d'autres équipes locales. Les gérants de Sloopy connaissent leur clientèle, c'est certain. Au milieu de la décoration verte et blanche du petit restaurant, les fanions de l'Ohio forment un camaïeu de tons rouges et gris, contrastant et coloré. L'effet est à la fois inimitable et acceptable. L'endroit dégage un charme désuet et, en cet instant surtout, une atmosphère extrêmement douillette et enveloppante. Tout particulièrement au niveau de ma taille. En ce qui concerne mon régime alimentaire, je ferais peut-être bien d'écouter Mia.

— Bien joué, lâche Mia qui semble se détendre.

Son visage se fend d'un grand sourire, elle regarde mon ventre et ajoute :

— Cette place te convient ? Tu m'as l'air un peu coincé.

Je vais partir du principe que cette réflexion traduit une inquiétude bienveillante et non un sarcasme.

— Tout va bien. J'étais heureux de te serrer dans mes bras. Nous devrions faire cela plus souvent.

J'ai presque l'impression de voir ses joues rosir à nouveau. Presque.

— Mmmh, dit Mia en voyant arriver le menu du jour.

La serveuse qui l'a déposé sur notre table doit fréquenter l'un des lycées du coin. Sa longue chevelure brune est striée de mèches rose vif. Charmant. Un tatouage fait le tour de son poignet droit et un anneau de nez étincelant orne sa narine gauche. Il ne manque plus que le chewing-gum pour que le tableau soit parfait. Si elle était ma fille, je ne la laisserais pas rentrer à la maison avec cet accoutrement. Si c'était une amie d'un de mes fils, elle ne serait pas autorisée, non plus, à venir nous rendre visite. J'ai de la chance de n'avoir eu que des garçons. Oui, je sais que les garçons peuvent également se faire tatouer, teindre les cheveux ou se faire percer aux endroits les plus variés. Les miens ne le feront pas.

— Qu'est-ce que je peux vous apporter à boire ? s'enquiert la serveuse.

— Un thé glacé, s'il vous plaît, répond Mia. Sans sucre, sans édulcorant.

— La même chose pour moi.

En fait, j'aurais préféré une vodka Tito's *on the rocks*, sans fruits. Hélas, Lakeside est une ville sans alcool. Il me faudra attendre d'être chez moi pour me préparer une boisson alcoolisée. Eh oui, cette communauté se veut sobre, mais elle est remplie d'alcooliques. La seule différence, c'est que nous trimballons nos boissons dans des gobelets en plastique en prétendant qu'il s'agit de Coca. Cette hypocrisie est amusante et raisonnable, d'une certaine manière. Malheureusement, il n'est que midi. À la grande époque de la pub, longtemps après « Mad Men » mais avant l'arrivée des lois plus axées sur les ressources humaines, les interminables déjeuners liquides étaient le nerf de la guerre. C'était ce qu'on faisait pour entretenir ses clients, pour remporter des marchés ou juste pour passer du bon temps avec les copains. Quelle époque !

Bien entendu, si vous étiez de ceux qui essayaient de gravir les échelons, comme c'était mon cas à mes débuts chez Thompson Payne, vous ne buviez jamais autant que ce que vous prétendiez ingurgiter. Non. Vous faisiez en sorte que le verre de votre patron ne soit jamais vide, vous étiez le plus rapide pour allumer le bout de son cigare et vous lanciez toujours les blagues les plus drôles. J'ai fait rigoler John jusqu'à l'instant où les portes se sont refermées devant son nez. Voilà comment ça se passe, dans la pub.

— Tu crois qu'elle a quel âge ? demande Mia en faisant allusion à la jeune femme aux rayures roses, partie chercher nos thés.

— Elle doit encore être au lycée. Je parie qu'elle habite chez ses parents, qu'elle les terrorise et qu'ils ont perdu tout contrôle sur elle. Cela fait peur, tu ne trouves pas ?

Plus je pense aux adolescents, aux tatouages et à mes deux petits garçons, plus je trouve difficile de respirer dans ce box. L'adolescence de mes fils, voilà une perspective qui me remplit à la fois d'espoir et d'inquiétude. À six et huit ans, ils savent déjà qu'ils ne seront jamais autorisés à arborer de tatouage à la maison. Ils connaissent mes règles, tout au moins dans la mesure de ce que je peux leur communiquer à leur âge. Pas de tatouages. Pas de petite amie tatouée. Pas de gros mots. Pas d'impertinence. Jamais. Lancer le ballon en décrivant une courbe parfaite, comme un homme. Toujours. Sans faute. Ils vivent dans une dictature, pas dans une démocratie, ils doivent en être conscients.

— Je ne la trouve pas effrayante, Paul. Elle cherche son identité, voilà tout. Elle affirme son individualité par le biais de son apparence avec des décorations corporelles, une couleur de cheveux inhabituelle. J'aurais aimé avoir ce courage au collège – ou à un autre moment de ma vie, d'ailleurs.

Nous nous taisons pendant que la jeune femme dépose les gobelets de thé en plastique devant nous. Mia est perdue dans ses pensées. Elle doit songer à tous les petits actes de rébellion auxquels elle aurait pu s'adonner dans sa jeunesse. Heureusement, elle semble avoir oublié ceux qu'elle a envisagés pendant le trajet en voiture. Elle devrait vraiment arrêter de réfléchir autant. Pour nous deux. Pour notre journée exceptionnelle. Tout d'un coup, elle repose sur la table son menu au plastique collant et reprend :

— J'étais une vraie petite fille modèle. Toujours à vouloir faire plaisir. D'abord à mes parents, ensuite à toi. Je n'ai jamais su me rebeller.

— Je ne te vois pas avec un piercing.

J'essaie d'adopter un ton léger, insouciant, mais une petite clochette d'alarme s'agite dans ma tête. *Bien sûr que tu étais une petite fille modèle, c'est bien pour cette raison que nous nous sommes si bien compris, de cette manière viscérale. Nous* étions parfaitement assortis et nous le sommes encore, d'une certaine *façon.* Ma sonnette d'alarme est en surchauffe ; je ne peux pas m'empêcher d'analyser chaque chose. Tout ça parce que Mia a parlé à John. Il faut que je me calme, mais le malaise que j'ai ressenti sur la route ne m'a pas quitté. Pourquoi ? Je n'en sais rien, et cela n'a pas vraiment d'importance. Seulement, cette défiance que Mia verbalise, qu'elle a affichée depuis le début du trajet et continue d'exprimer, a quelque chose de légèrement déconcertant. La voilà, sa petite rébellion, je suppose. Elle a dû être exacerbée par mon ancien collègue de travail. Comme c'est mignon. Comme c'est frustrant.

— Il ne s'agit pas de piercings ou de tatouages, reprend Mia. Il s'agit de ne pas être ce que les autres attendent de toi. Tu ne comprends sans doute pas ce que je dis. Tu as toujours été si sûr de ce que tu étais, de ce que tu voulais.

— En effet, je ne me vois pas vivre d'une autre manière que celle-ci.

Je me demande si elle est en train de formuler une requête. Est-ce qu'elle me demande de la comprendre ? Peut-être veut-elle de la compassion, de l'empathie. Ces sentiments ne sont pas mon fort. Pour dire la vérité, aucune émotion autre que la colère n'est mon fort. Tout au fond de moi mijote une rage prête à jaillir à la moindre sollicitation. Quant aux autres sentiments, ceux qu'on qualifierait de « féminins », je me vois réduit à faire semblant. Tenez, par exemple : je me suis longuement entraîné à imiter cet air qu'adoptent les gens quand ils sont tristes. Les coins de leur bouche retombent, leurs yeux s'emplissent d'eau. À l'époque où notre histoire prenait un tour plus sérieux, quand j'ai convaincu Mia que j'étais l'homme de sa vie, cette dernière m'a fait remarquer que j'avais parfois un retard de cinq secondes dans mes réponses. Comme dans ces émissions en direct où le présentateur, réalisant qu'un échange à venir est passible de censure, laisse passer quelques instants pour permettre aux monteurs d'introduire un bip.

Bien entendu, elle plaisantait.

Je lui ai alors expliqué :

— Mia, il y a une différence entre le fait de ne pas exprimer des sentiments et le fait de ne pas les éprouver. Tu te souviens bien qui je suis ? Paul l'Impénétrable ? C'est à la fois un don et une malédiction. Je suis un mec. C'est comme cela que nous sommes construits, génétiquement. Tu sais bien : durs en apparence, tendres à l'intérieur. Ce délai, mon chou, ne se trouve nulle part ailleurs que dans ta ravissante petite tête.

Nous étions sortis pour dîner dans un de ces restaurants à la mode qui ont fait faillite depuis – un français, je crois. Mia m'a dévisagé à travers l'éclat chancelant de la chandelle, puis elle a annoncé de but en blanc :

— Tu ne sembles pas m'écouter, Paul.

Elle m'avait épinglé, bien sûr. Je l'écoutais très attentivement mais j'avais oublié de le lui montrer. Une erreur. Je n'avais aucune idée, cependant, de ce qui nous avait amenés à cette conversation. Tout était merveilleux, entre nous. Le sexe, les dîners, tout. Au moment où elle m'a pris de court avec cette observation abrupte, j'étais justement en train de repenser à nos merveilleux ébats du matin. Depuis que j'avais trouvé la clé de sa sexualité, si on peut dire, notre sexualité était formidable. Elle découvrait la passion physique qui lui avait manqué dans son éducation stérile et privilégiée ! Enfin, que voulez-vous attendre d'autre de la part des riches ? Il n'y a pas plus coincés. Derrière les portes fermées, cependant, ma Mia était désormais libérée de toutes ces inhibitions stupides, tout au moins de la plupart d'entre elles. Quelle mouche l'avait donc piquée ?

— Quoi ? Est-ce que quelque chose ne va pas ?

J'ai attrapé mon verre de vin et en ai bu une grande gorgée.

— Tu as un trou de mémoire ? Ce matin, je t'ai dit que la meilleure amie de Maman était morte. Elle était comme une seconde mère, pour moi.

Ah, oui. Je m'en souvenais, mais je me rappelais mieux nos ébats amoureux. Tout avait commencé quand j'avais voulu lui témoigner un peu de réconfort. Sans vouloir me vanter, je n'ai pas été long à la distraire de toute autre pensée que moi. C'était ce qu'il m'avait semblé, en tout cas.

Soudain, j'ai vu les yeux de Mia se remplir de larmes. Elle était triste. J'avais oublié d'emporter sa douleur avec moi, pendant ma journée de travail. J'aurais dû la bercer tendrement après l'amour, lui dire à quel point le décès de cette femme m'affectait, moi aussi. J'aurais dû entrer dans ce restaurant la mine sombre, la tête baissée, endeuillé.

— Je suis désolé, Mia. J'ai complètement oublié.

J'ai tendu le bras à travers la table et j'ai tapoté sa main. Mes yeux se sont mis à briller à point nommé.

La tête inclinée, elle a semblé m'observer. Son chagrin a visiblement laissé place à quelque chose d'autre, quelque chose que je n'arrivais pas à déchiffrer. Il valait mieux changer de sujet.

— Quand a lieu l'enterrement ? J'aimerais t'y accompagner.

Mia est instantanément revenue à sa tristesse et s'est penchée vers moi pour attraper ma main. J'avais dit ce qu'il fallait. Bien entendu.

— Cela me ferait vraiment plaisir. C'est vendredi. Ce sera l'occasion de te présenter mon père et ma mère.

Merde. Je l'avais si bien convaincue de l'existence de mes émotions cachées que j'avais accepté de l'accompagner chez elle. Je savais bien qu'on allait en arriver là un jour ou l'autre. Peut-être qu'un enterrement était un cadre idéal pour passer inaperçu, après tout. Je préférais que l'attention soit centrée sur autre chose que moi dans ce type de situations, surtout quand ma proie était cernée mais que je ne l'avais pas encore harponnée. Surtout quand c'était un morceau de choix. Mon expérience m'avait appris que moins il y avait de témoins, mieux je me portais. Mais c'était trop tard. J'étais parti pour rencontrer ses parents à un enterrement new-yorkais. N'oubliez pas : je suis flexible, je garde toujours le contrôle. J'ai fini par tourner les choses en ma faveur, comme toujours.

En ce moment, chez nous, je suis le roi en sa demeure et il se trouve que ma reine doit retrouver le droit chemin. Il est un peu tard, pour Mia, de commencer à se chercher. Qu'est-ce qu'elle pourrait bien trouver d'autre que ce que je lui ai déjà donné ? Elle sait que je ne jure que par la famille traditionnelle, que je prendrai soin d'elle et des garçons. Je crois en l'action, moi. Je suis comme les superhéros : la planification, l'exécution, le succès – c'est mon truc. La protection, aussi. Je les protège, elle et les enfants, de tout ce qui pourrait se mettre en travers de leur route. Qu'il s'agisse de grands-parents ou de baby-sitters, de chiens errants ou de voisins jaloux. Nous sommes supérieurs aux autres, nous. Mia et les garçons le savent. Surtout mes garçons. Je le leur répète depuis qu'ils sont tout petits. Ils sont ma vie, mon futur.

En face de moi, de l'autre côté de la table, dans la clarté du soleil qui traverse la fenêtre de Sloopy, la chevelure de ma femme est d'un blond platine. Elle est ravissante. Quelque chose, cependant, ne va pas.

— Tous ces discours sur la rébellion. Essaies-tu de me faire passer un message, Mia ?

Je la vois baisser les paupières, soudain fascinée par le menu. Elle cache quelque chose mais ses yeux la trahissent. Au bout d'un moment, elle se redresse et me regarde :

— Non, Paul. Je me contentais de papoter avec toi, en toute amitié. Mais puisqu'on en parle, as-tu eu des nouvelles de Richard ou Tony, récemment ?

Très certainement en quête du plat le moins calorique, elle reporte aussitôt son attention sur le verso du menu. *Pourquoi m'interroge-t-elle au sujet de mes vieux amis du lycée et de la fac ?* C'est curieux. En ce moment, je n'ai pas d'amis à proprement parler. Je suis un père de famille, maintenant. Mia ajoute :

— Tu vois, je pense à eux à chaque fois que je vois des trucs sur l'Ohio. Tu m'as dit que Richard et toi étiez proches, quand vous étiez au lycée. Pareil pour Tony, à la fac. Je me souviens les avoir rencontrés tous les deux à notre mariage, mais il ne me semble pas qu'on les ait vus depuis. Moi, j'arrive à passer un coup de fil à mes copines de temps à autre. C'est difficile, bien sûr, d'entretenir une relation de manière suivie, quand on a des enfants. D'ailleurs, la plupart de mes amitiés ont souffert depuis notre mariage. Mais vous, est-ce que vous prenez des nouvelles les uns des autres, parfois ? Est-ce que vous vous parlez ? Richard vit-il encore à Granville, et Tony à Nashville ?

Au lycée et au collège, on traîne avec ses copains, on se comporte comme des potes, on partage des trucs de mecs. C'est ce qu'on est supposé faire. Dès les examens passés, cependant, on trouve un travail et on se marie.

C'est comme ça. Quand votre future épouse vous dit de prévoir des témoins pour le mariage, vous en ressortez quelques-uns de votre passé, comme d'une boutique éphémère, ouverte uniquement pour une période limitée dans le temps.

— Je n'en suis pas certain. J'ai perdu le contact. Qu'est-ce que cela peut bien faire ? C'est du passé. Nous sommes dans notre présent, maintenant, et il est merveilleux.

Elle sème le trouble. Ce n'est pas une bonne idée.

— Je me posais la question, c'est tout, répond-elle au moment où cet épouvantail de serveuse revient vers notre table.

Pour couronner le tout, voilà qu'elle se met à tapoter son calepin du bout d'un stylo. Ce cliquetis agace ma tempe. Pourquoi ma femme ne s'est-elle jamais intéressée à mes prétendus amis auparavant ? Qu'est-ce qu'ils ont à voir avec notre histoire ? Ils n'ont jamais eu la moindre importance. Le lycée, c'est un passage obligé, une étape incontournable de la vie. Les fraternités d'université comme celle où j'ai rencontré ce bon vieux Tony... eh bien, soyons francs : elles ne sont rien de plus qu'un moyen pour arriver à une fin. Un conseil : si vous n'avez aucune légitimité par la filiation, arrangez-vous pour entrer dans la bonne fraternité et tout ira bien pour vous. C'est ce que j'ai fait. Les autres étaient tous convaincus que j'étais un membre héréditaire de la fraternité des Sigma Chi. Tout d'un coup, je suis devenu l'un de leurs candidats les plus prometteurs – moi, un fils de personne, sorti de nulle part ! C'était fou. Je ne sais vraiment pas où ils ont pêché ça. Enfin, presque pas. Quoi qu'il en soit, ça a été un succès. J'en ai tiré le meilleur profit pendant quatre ans et une fois diplômé, j'étais bien heureux de laisser derrière moi toutes ces foutaises d'ivrognes. Toutes. Hormis, bien sûr, le trophée que j'ai rapporté d'un de mes cours préférés. Mythologie grecque. Nashville avait tout de même de bons côtés, en tout cas au début.

— Qu'est-ce que je vous sers ? demande notre serveuse, ce Pire Cauchermar des Parents – elle me terrifie.

— La salade californienne. Sauce à part. Pas de jambon, pas de dinde ni de bacon. Juste les tomates et les œufs, sans fromage, dit Mia.

Cheveux Roses et moi levons les yeux au ciel. Elle n'est peut-être pas si antipathique, en fin de compte.

— Pour moi, une pizza *small*, aux poivrons, avec un supplément fromage – oh, et puis finalement, une *medium*, s'il vous plaît.

Mon estomac approuve mon choix d'un grognement.

Une fois la commande passée, mes préoccupations reviennent à Mia et à son intérêt aussi soudain qu'inexpliqué pour mes amis d'antan. Toutes ses questions me troublent et m'inquiètent. En une seule matinée, elle m'a demandé des nouvelles de mon ancien patron, d'une ancienne collègue, de Richard et Tony – et la journée n'est pas terminée. Quelque chose se trame.

— Pourquoi toutes ces questions, mon chou ?

Il vaut mieux prendre le taureau par les cornes. Ensuite, je m'attaquerai à cette idée saugrenue de reprendre le travail et de se mettre au service de John par-dessus le marché.

— Oh, tu as raison ! Je n'avais pas réalisé que je t'en posais autant, s'exclame Mia avec un sourire.

Ce n'est pas là son sourire en quartier d'orange – celui qu'elle affiche quand elle est heureuse. Non, elle est absorbée, préoccupée. Est-ce que c'est la vue de mon ventre déformé par le box où nous sommes assis qui la dérange ? À moins que ce ne soit quelque chose de plus grand, de plus profond que ma graisse viscérale. Je suis perplexe. Tout ce que je sais, c'est que je suis de nouveau sur mes gardes. Mia se tamponne l'œil avec une fine serviette en papier et ajoute :

— Je suis désolée. J'ai l'impression que cela fait un moment que nous n'avons pas parlé.

Il faut admettre que ce n'est pas facile, avec les garçons, mais tout de même : nous nous parlons. Le matin, j'essaie de partir au plus vite, c'est vrai. Quand je rentre à la maison pour le dîner, ce sont les enfants qui dominent la conversation. Au lit, nous lisons tous deux quand nous ne regardons pas la télévision. Peut-être a-t-elle raison. Nous échangeons des politesses de surface. Après tout, il n'y a aucun mal à cela. Je sens son regard posé sur moi.

— Chérie, nous échangeons davantage que bon nombre de couples.

Je me demande si c'est vrai. Dernièrement, j'ai volontairement tenté de limiter nos conversations. Je me suis rendu utile par les gestes, ou alors physiquement, par l'intermédiaire des garçons, mais j'ai essayé d'observer une certaine distance émotionnelle. Cela ne présente pas de difficulté particulière, pour moi. Je ne révélerai jamais à personne ce qui se passe dans mon cerveau affairé. Surtout pas à Mia. Je n'aime pas beaucoup réfléchir à la fréquence ou la rareté de mes communications avec autrui. Moins j'en dis, mieux je me porte. Moins on en raconte sur vous, en ville, moins les potins trouvent de quoi se nourrir. Cela dit, les gens parlent de ma famille et de moi, c'est inévitable. Les gens nous envient : un homme à la carrière impressionnante installé dans la plus belle rue de la plus belle banlieue avec sa ravissante et jeune épouse et leurs deux chérubins. C'est triste, vraiment, de voir que votre existence justifie tous ces ragots dès l'instant où elle devient enviable.

Ma femme semble sur le point de répliquer quand le Pire Cauchemar des Parents réapparaît. Avec un tintement métallique, elle dépose d'abord la salade de Mia devant celle-ci et enfin ma pizza devant moi. Le parfum qui s'en dégage est divin. La pizza aux poivrons, c'est l'odeur du bonheur, de l'évasion. C'est ce qu'on mange quand on s'amuse, quand on ne s'inquiète ni de calories ni d'argent ni de quoi que ce soit d'autre que le programme télévisé du soir. Pour moi, la pizza, c'est le bonheur sans mélange.

Je prends une grande bouchée de ce bonheur et je sens une coulée de graisse glisser le long de mon menton. C'est si succulent que je suis tenté de continuer à manger au lieu de m'essuyer avec ma serviette. Le chef de Sloopy a gagné un prix international avec cette pizza. Il est allé jusqu'en Italie pour participer à la compétition. Je savoure ma bouchée mais je prends le temps de m'essuyer.

Mia reprend la conversation là où nous l'avons laissée :

— Comment sais-tu si nous parlons plus que les autres ? Avec quels amis peux-tu bien comparer ?

Une olive noire est empalée sur la fourchette qu'elle brandit comme un marteau miniature. Elle dépose le fruit dans sa bouche et commence à mâcher lentement. Ce qu'elle veut dire par là, c'est que je n'ai pas d'amis. J'ai bien l'impression que c'est son cheval de bataille du jour. Elle sait pourtant que je n'ai pas de temps à consacrer à d'éventuelles amitiés. Je me concentre sur ma famille. Pour le moment, c'est le rôle qui me revient. Cet échange me fatigue depuis le début. Il est temps de changer de cap :

— Je pense que c'est le contraire, en fait : les autres couples se mesurent à nous, à leur désavantage. Nous sommes bénis. Nous sommes beaux, nous avons des enfants en bonne santé, la plus belle maison de la rue.

Je repose ma part de paradis aux poivrons sous l'œil dégoûté de Mia. Ensemble, nous observons la graisse qui se répand sur mon assiette. Je reprends :

— Bref. Je commence à trouver cette conversation un peu pénible. Nous sommes dans le lieu de villégiature que nous préférons au monde et il serait peut-être temps de commencer à se détendre, à s'amuser. Il ne reste qu'une chose dont j'aimerais parler avec toi avant que les vacances ne débutent officiellement : ce prétendu boulot que tu crois vouloir commencer dès lundi. C'est bien ce que tu m'as dit, mon chou ?

Je souris, la tête penchée pour exprimer ma compréhension et ma sympathie, un peu comme quand vous découvrez que votre enfant n'a pas attendu d'être aux toilettes pour faire pipi. Le fait que ce soit arrivé est suffisamment gênant en soi pour qu'on les traite avec compassion plutôt qu'avec emportement. J'ai appris à le faire, même si ce n'est pas facile de feindre l'empathie.

Le visage de Mia se décompose, la tempête menace. Ses yeux bleus s'étrécissent, son menton pointe vers moi avec colère.

— Oui, Paul. C'est bien ce que j'ai dit. Je commence à travailler lundi en tant qu'employée free-lance et cette opportunité m'excite beaucoup. Tu devrais me féliciter.

Faute d'idée, j'enfourne le reste de ma part de pizza. Des fils de fromage s'agrippent à mon menton et je les essuie avant de me mettre à mâcher lentement. Ma femme ne travaille pas. Ce n'est pas comme ça que les choses se passent. Quoi qu'il arrive. Elle reste à la maison, elle s'occupe de notre foyer et de nos enfants. Dans le meilleur des cas, elle apprend à cuisiner, mais si c'est trop demander, elle fait l'effort de dresser une table présentable. Nous en avons parlé, nous sommes tombés d'accord là-dessus dès notre premier rendez-vous.

Ce visage qui me fixe est tellement différent de celui que je contemplais le soir où elle a mangé sa crème brûlée, il y a plus d'une dizaine d'années. Cette soirée magique où nous sommes arrivés chez *Diamond's* presque au même moment. En tenant la porte à Mia, je n'ai pas pu m'empêcher de me pencher pour l'embrasser et j'ai senti la fraîcheur florale de ses cheveux, remarqué la manière dont sa robe noire enserrait sa taille. Quand elle a jeté un coup d'œil par-dessus son épaule avant de coincer une mèche derrière son oreille et de me rendre mon sourire, j'ai vu ses yeux bleus étinceler dans la clarté tamisée du restaurant.

Nous avons passé près de trois heures à table, à papoter et à rire, à faire connaissance. Son visage était aimant et chaleureux, son regard jamais défiant. Elle avait partagé ses rêves et j'avais fait de même. Bien sûr, elle avait découvert que nous voulions tous deux être parents, que nous nous languissions d'avoir un jour notre propre famille américaine traditionnelle. Elle ne s'était pas étendue plus en détail sur la partie de ce rêve impliquant que le papa travaille et que la maman reste à la maison, mais ce ne serait pas un problème, pensais-je alors. Il me suffirait de faire preuve de patience, d'opérer une persuasion douce. Je savais que j'étais tombé amoureux d'une femme qui travaillait, bien sûr, mais elle n'avait pas vraiment besoin de cet emploi, pas tant que je pouvais subvenir à ses besoins. Pas avec la fortune qu'elle apportait à notre foyer. Son attitude avait quelque chose de touchant. Un grand nombre de personnes aisées sont paresseuses, mais pas ma Mia. Elle travaillait dur, elle avait du talent pour l'écriture. Elle était tout cela. En cette période de sa vie, ce boulot était précieux pour elle, à tout point de vue. Et puis, il ne fallait pas oublier que ce poste nous avait rapprochés. Sans lui, nos deux univers ne se seraient jamais croisés.

Par-dessus l'éclat tremblotant des chandelles, j'ai demandé :

— Alors comme ça, vous rêvez d'enfants et d'un pavillon entouré d'une palissade blanche ?

Mon cœur battait d'excitation. C'était la femme parfaite.

— Oui, bien sûr, a-t-elle souri. Le rêve de la banlieue dans toute sa splendeur. Enfin, après avoir travaillé pendant quelques années. J'adore ce que je fais. Je ne suis pas pressée d'arrêter et j'ai la chance d'être encore jeune.

Elle l'était réellement mais moi, j'étais intelligent. Le boulot n'était amusant qu'à condition de se voir confier de bons projets, d'être valorisée, d'y trouver un enrichissement personnel. Il suffisait de quelques mots bien placés, lors de mes échanges avec les associés, pour que ses succès chez Thompson Payne se raréfient. Une fois enceinte, elle n'aurait plus besoin d'un bureau pour se sentir importante. Elle m'aurait, moi. Et le bébé.

— Il n'y a pas d'emploi plus important que celui de mère, ai-je répondu, penché en avant, luttant contre l'envie de prendre sa main.

C'était trop précoce. Il y a, hélas, quelques étapes à respecter quand on serre l'objet de ses désirs. Je devais d'abord me contenter de l'écouter tout en poursuivant mes recherches sur sa famille, son passé. Cela m'avait permis de faire quelques découvertes intéressantes, d'ailleurs, comme cette phrase notée dans l'album de sa promotion, à l'école, sous le titre : « Mon vœu le plus cher ».

— Vous devez bien rêver d'autre chose, non ? Je suis sûr qu'un best-seller se niche dans cette jolie petite tête. Vous pourriez écrire un roman, pendant les siestes.

Ses paupières ont papillonné :

— Vous avez réponse à tout, à ce que je vois. Comment savez-vous que j'aimerais écrire un roman ?

La question méritait d'être posée.

— J'ai découvert que la plupart des rédacteurs étaient des graines d'écrivains.

En apparence, nous étions d'accord sur tout. Je ne suis pas en train de réviser notre histoire. En aucun cas. Elle rêvait d'avoir un mari. Elle rêvait de parcourir le monde (je le lui avais promis mais il n'en serait rien). Elle rêvait d'une maison en banlieue, d'enfants (c'est fait). Elle rêvait d'associer maternité et carrière (pas question). Elle rêvait de trouver un homme plus âgé, raffiné, qui pourrait subvenir à ses besoins et lui apprendre ce qu'aimer veut dire (c'est fait).

La tâche s'est révélée plutôt facile. Je n'ai même pas eu besoin de lui faire mon numéro de charme. En l'escortant vers le voiturier du Diamond's, ce soir-là, j'ai passé une main autour de sa taille et un éclair d'électricité m'a parcouru tout entier. En attendant sa voiture, elle s'est légèrement appuyée contre moi.

— À demain. Merci pour cette merveilleuse soirée, a-t-elle dit en s'installant derrière le volant de sa voiture – une Rabbit de chez Volkswagen pour couronner le tout.

Pour ma part, après avoir glissé un pourboire à l'employé de l'hôtel, j'ai retenu le haut de sa portière et je me suis penché vers elle dans l'espoir de récolter un baiser. J'étais littéralement grisé par mon désir et la bouteille de vin que nous avions partagée.

— J'ai passé un moment formidable. Merci d'être venue, ai-je dit.

Mia a levé la tête et tourné son visage vers le mien, me donnant le feu vert pour m'approcher un peu plus. J'ai posé mes lèvres sur les siennes, très doucement, et je les ai laissées là un moment avant de battre en retraite. Je détenais la confirmation qu'elle partageait mon désir, mon besoin.

— À demain, beauté.

Après avoir fermé la portière, je l'ai regardée s'éloigner et j'ai esquissé un petit geste de la main. Les pneus tressautaient sur les rues pavées de ce quartier historique. Finalement, il n'a pas été nécessaire de saboter sa carrière à l'agence. Dès qu'elle s'était rendu compte qu'elle était enceinte, quelques semaines à peine après notre lune de miel, elle a volontairement pris le chemin de la sortie. Cela faisait des mois qu'elle se plaignait. Peu après notre premier rendez-vous, on lui avait confié un client spécialisé dans l'électronique, et comme tout le monde le sait, la rédaction technique est ce qu'il y a de pire. Elle avait détesté cette mission. Je me demande pourquoi on la lui avait confiée, d'ailleurs. Cela dit, il n'est pas impossible que cette suggestion soit venue de moi. En tout cas, elle a vite compris où était sa place : à la maison. Tout s'est arrangé au mieux, elle n'y voyait plus d'objection.

En ce moment, pourtant, nous ne partageons pas du tout les mêmes opinions. Ni sur la nourriture ni sur les enfants et encore moins sur la reprise de son activité professionnelle. Je sais ce que vous pensez : connaissant les conditions de vie de la plupart des couples, et les miennes en particulier – sans compter que vous ne connaissez pas toute l'histoire –, je devrais m'estimer heureux qu'elle veuille contribuer aux finances du ménage. Peut-être que je réviserai mon jugement, en effet, mais à la seule condition qu'elle ne travaille pas avec John. Jamais, à aucun prix. À eux deux, ils en savent trop sur moi.

— Je ne peux pas te féliciter, Mia, parce que je te l'interdis.

Mes poings sont serrés sur mes genoux. Je suis furieux. Je sais ce qu'il se passe sur les lieux de travail. J'ai déchiqueté ma serviette en papier et de petits flocons parsèment le sol comme de la neige, autour de mes pieds.

Le visage de Mia se fend d'un sourire et l'instant d'après, elle se met à rire. Ce n'est pas un rire joyeux. Notre serveuse à rayures roses réapparaît, armée d'une carafe en plastique, pour remplir nos verres de thé glacé d'un geste rapide et nonchalant.

— Heureuse de voir que vous passez un bon moment, lance la fille. Qu'est-ce qu'il y a de si drôle ?

Quel aplomb. La génération Y n'a aucun respect pour les conversations privées. Je suis sur le point d'envoyer balader cette Tortue Ninja en Mutation quand Mia lui répond :

— Lui.

Elle pointe son index dans ma direction avant de reprendre :

— Mon mari ne veut pas que je reprenne le travail. J'essaie de lui faire comprendre que je m'ennuie toute la journée depuis que nos garçons vont à l'école, mais il trouve que les femmes mariées n'ont pas leur place ailleurs qu'à la maison. Eh oui ! Il est très vieux jeu. Peut-être que cette attitude a quelque chose de charmant, après tout. Peut-être qu'il me veut toute pour lui.

Mia me fait un clin d'œil. Elle sourit, mais je ne crois pas que son sourire soit sincère.

Le Spectre de l'Adolescent Futur réplique :

— C'est génial, d'une certaine manière. Je veux dire, si vous voulez vraiment travailler, il sera bien obligé de l'accepter. Tout le monde doit avoir le droit de faire ce qu'il veut, c'est clair. Mais le concept est plutôt mignon. Perso, j'ai prévu de me marier avec un type riche, de rester à la maison et d'avoir des bébés.

J'ai trouvé une alliée improbable, avec un anneau dans le nez et de l'eyeliner qui remonte du coin des yeux et lui fait un regard de chauve-souris. Je crois qu'on peut dire qu'elle a un style bien à elle.

— Oui, ma femme vit au cœur d'un rêve, d'un scénario parfait – comme vous, bientôt.

J'opine du chef en direction de Mia qui me regarde et secoue lentement la tête de droite à gauche, comme pour formuler un « non » ferme et réfléchi. Je coupe court :

— Pourrions-nous avoir l'addition, s'il vous plaît ? Ainsi qu'un doggy bag pour le reste de ma pizza.

— Bien sûr, répond la jeune femme avant de disparaître.

Je me demande si nous ne l'effrayons pas davantage, désormais, qu'elle ne m'a fait peur à notre arrivée.

— Tu es un sacré numéro, quand même, dit Mia.

Elle se glisse avec aisance hors de notre box de restaurant. J'ai la sensation qu'elle veut m'échapper, mais cette pensée à elle seule est grotesque. Nous sommes venus ici ensemble. Elle n'a nulle part d'autre où aller.

— Je te retrouve à la voiture. J'ai un coup de fil à passer. Je dois parler à Claudia.

— Dis-lui que l'argent sera sur le compte dans une demi-heure.

Mia tourne les talons, marche vers la sortie, pousse les portes battantes des deux mains et sort avec fracas. Je la regarde parcourir le trottoir jusqu'à ce qu'elle disparaisse complètement. Il faut que je domine cette tension, que je me calme. Ma femme ne devrait pas avoir envie de me fuir. Au contraire, elle devrait se tenir à mes côtés. Je me répète : *Je suis doué pour ça.* En général, je suis maîtrisé, contrôlé. Je sais cacher le feu qui gronde au fond de moi. Les six derniers mois ont été durs et j'ai perdu un peu de mon emprise sur notre foyer – Mia n'est pas contente de moi, voilà tout. Cet étalage en est la preuve, tout comme la conversation que nous avons eue dans la voiture. Je ne m'inquiète pas pour autant. Je connais Mia, ma gentille femme, si compatissante. Et puis, j'ai mon plan, bien sûr.

Je suis tenté de passer un coup de fil, moi aussi. Ce serait agréable de parler à quelqu'un de gentil, d'aimant, quelqu'un qui est encore amoureux de moi. Je me ressaisis.

J'aurai tout le temps de le faire plus tard.

14 HEURES

7

Je paie l'addition et glisse ma dernière part de paradis dans la boîte en carton, pour plus tard. C'est tellement bon marché ici, par comparaison avec les prix de la ville. Je laisse un pourboire généreux à la fille aux cheveux roses. Je vois bien qu'elle me regarde. Elle est attirée par l'homme plus âgé que je suis, c'est évident. Le stéréotype du vrai mec, raffiné et prospère. Elle a besoin d'une figure paternelle, ça se voit tout de suite. Je m'extirpe du box avec un sourire. Il faut que je me concentre. Il faut que je trouve Mia.

Je chausse mes lunettes de soleil avant d'émerger dans la clarté du soleil et je m'engage sur le trottoir animé. Les touristes ont pris d'assaut l'artère principale dédiée au shopping et flânent en rangées de trois, formant de véritables barrages humains. Ils zigzaguent avec insouciance avant de disparaître sans crier gare dans l'une ou l'autre des boutiques de babioles et d'art. On devrait inventer une loi interdisant aux gens de circuler par groupes de trois, voire de deux, côte à côte, sur un trottoir bondé. Il convient de se déplacer en file indienne, sa destination bien en tête, d'un pas rapide et décidé. Hélas, les humains se comportent la plupart du temps comme des moutons.

Il leur faut un berger, sans quoi ils tournent en rond dans le plus grand désordre.

À l'exception des enfants, me dis-je alors qu'un gang de jeunes me dépasse en courant. Ils sont guidés par leur objectif, eux. Les nôtres ne sont pas différents. Ils adorent cette rue. Ici, ils peuvent acheter des bonbons et des jouets bon marché pour quelques cents, quelques dollars tout au plus. À regarder ces gamins qui filent à toute allure sur leurs vélos, j'éprouve une bouffée de tendresse pour mes garçons. En cet instant précis, ils me manquent. Je me souviens de leurs petites mains qui s'agitaient pour me dire au revoir quand je les ai déposés à l'école, ce matin. Si mignons, si confiants. Je les reverrai très bientôt mais d'abord, il faut que je retrouve ma femme. J'ai hâte d'être dans notre cottage.

Une vague de soulagement me submerge quand j'aperçois Mia. Adossée à l'un des flancs de la Ford Flex, elle me regarde en parlant au téléphone. Je lui adresse un petit signe mais elle n'y répond pas. Elle met un terme à sa conversation au moment où je la rejoins enfin. Je l'attire dans mes bras en prenant soin de ne pas salir son beau sweat-shirt bleu avec le carton à pizza graisseux.

— Mon chou, arrêtons de nous disputer. Réfléchissons ensemble à cette idée de travail, au lieu de nous jeter sur la première offre venue. Réfléchis bien, pèse le pour et le contre, et si tu veux toujours revenir à la publicité après cela, nous enverrons des C.V. et nous étudierons les offres qu'on nous propose.

Problème résolu. Voilà comment je suis.

Elle lève ses yeux vers les miens, entrouvre les lèvres mais reste silencieuse. Je la libère de mon étreinte pour lui ouvrir la portière de la Flex, elle disparaît à l'intérieur et je la referme derrière elle avant de rejoindre mon côté. Je glousse au souvenir de notre premier rendez-vous : quelle différence dix années peuvent-elles faire !

— Il est presque l'heure des fraises, dis-je pour changer de sujet. Nous allons bientôt retrouver tes petites protégées.

— Oui, tu as raison. J'ai hâte de voir ce qu'elles sont devenues, me répond Mia.

Elle semble sincèrement heureuse. Je me félicite intérieurement. *Tout est rentré dans l'ordre.* J'actionne le bouton pour baisser les vitres et l'agréable brise provenant du lac, sur ma gauche, s'engouffre dans notre petit espace. C'est entre l'eau et cette route que se niche le cœur de Lakeside : le parc avec son parcours de golf miniature, le terrain de jeux pour les enfants, le kiosque à spectacles, les espaces pour les jeux de palets. Cette dernière activité est prise très au sérieux, par ici. J'entends la cloche de l'église sonner deux fois. Quatorze heures. Cette journée passe à toute allure.

Une fois le parc dépassé, les vélos se font plus rares et je peux enfin appuyer sur l'accélérateur. Je suis à vingt-cinq kilomètres-heure. Arrivé au croisement de Laurel Street, je tourne à droite en ignorant à dessein l'imposante maison des Boone qui domine le coin. Il ne manquerait plus qu'ils soient venus passer le week-end ici, eux aussi. Une fois dans Laurel Street, notre cottage se dresse sur la gauche, d'un blanc lumineux au milieu du vert luxuriant de notre jardin. Je m'engage dans notre allée et j'immobilise le véhicule avec un soupir de soulagement. Je n'ai pas encore coupé le moteur que Mia bondit de la voiture. Je serre le frein à main et attrape la boîte à pizza que j'ai déposée par terre, derrière mon siège. La dernière part s'y trouve encore et je suis tenté de la dévorer tout de suite, mais je ferais mieux de suivre Mia. Elle est sûrement en train d'inspecter ses plantations de fraises.

Quand j'arrive dans le jardin, derrière la maison, je suis stupéfait de découvrir qu'un homme se tient à côté d'elle. Tous deux ont les yeux rivés sur les plates-bandes. De stature sportive, il a de larges épaules et une chevelure d'un brun sombre. Buck. Je le reconnaîtrais n'importe où. Ils se tiennent si près l'un de l'autre que leurs épaules se touchent presque. Buck et Mia. Depuis combien de temps rôde-t-il là, à attendre ma femme ? Mia, le rayon de soleil de sa journée, de sa semaine peut-être ?

— Salut, Buck !

Forte et déterminée, ma voix ricoche contre la palissade et porte un message clair : *Je protège ce qui m'appartient.*

— Paul ! répond Buck.

Il se retourne et me tend la main. Son visage ciselé est rasé de près, exempt de rides. Je remarque, sur sa joue droite, une fossette que je n'avais jamais vue auparavant. Comme c'est mignon. Je serre fermement sa main. J'espère que je lui fais mal.

— Les racines ont bien pris, Paul. Buck m'a rendu un tel service, il s'en est très bien occupé ! lance Mia.

Sa voix dégouline d'admiration et de sympathie, son ton est à l'opposé de tout ce que j'ai pu entendre au cours de cette journée. Elle pose ses mains sur les avant-bras de Buck et ajoute :

— Je ferais mieux d'aider Paul à décharger la voiture. Vous passerez bien prendre un apéritif, ce soir ?

Quoi ? Je suis abasourdi. C'est notre week-end en amoureux. Qu'est-ce qui lui prend d'inviter Buck à passer boire un verre sans prendre la peine de me consulter auparavant ?

— Ma chérie, nous avons prévu quelque chose. Buck, je suis désolé. C'est notre week-end en amoureux. Je suis sûr que vous comprenez.

— Aucun problème, répond Buck.

Il cligne des paupières mais soutient mon regard.

— Ne sois pas idiot, Paul. Buck m'a apporté une aide inestimable, pour les fraises. Soyons bons voisins, d'accord ? Venez vers dix-huit heures, conclut-elle avant de tourner les talons pour regagner la voiture.

Incapable d'affronter Buck, je tourne la tête pour la regarder s'éloigner. J'ai été humilié, mais je n'ai rien à répliquer pour le moment. J'emboîte le pas à ma femme, laissant Buck seul dans notre jardin. Je sens qu'il m'observe en train de trottiner derrière ma femme comme un caniche bien dressé, ce gnome aux pouces verts et à l'air suffisant. Ne vous méprenez pas, cher voisin. Sous ses apparences de toutou bien élevé, c'est un chien de garde féroce que vous voyez là, et il n'a pas dit son dernier mot.

Quand j'arrive à la Ford Flex, Mia a commencé à décharger le coffre et transporte justement le panier à linge vers l'intérieur de notre maison. Je me demande bien ce qu'il s'y cache. Je parie que ce sont des choses dont nous n'avons nul besoin ici et dont nous n'avions aucun besoin à Granville, non plus. Le confort matériel nous étouffe. Nous avons tellement de chance.

— Mia, tu as un moment ? J'ai un mot à te dire.

Je me tiens entre ma femme et le cottage.

— Oui, mais pourrais-tu d'abord m'aider à transporter les bagages à l'intérieur ?

Tout en prononçant ces mots, elle me contourne et poursuit son chemin vers la maison.

Elle n'a pas les clés et, pourtant, la voilà qui tourne la poignée de la porte et pénètre à l'intérieur.

Pourquoi le cottage n'était-il pas verrouillé ? Je la rejoins au pas de course.

— Mia, attend ! La porte n'était pas fermée. Laisse-moi vérifier s'il n'y a pas eu d'effraction.

— Paul, l'équipe de nettoyage est venue aujourd'hui. Je leur ai demandé de laisser la porte ouverte.

Elle me repousse pour aller déposer son panier de plastique blanc sur le canapé du salon avant d'ajouter :

— Tu peux te charger du reste ?

Comme cette scène est différente de celle que j'avais rêvée. Avec notre imbécile de voisin rôdant à deux pas, je peux dire au revoir aux ébats torrides censés inaugurer ce tout premier week-end de la saison.

— Bien sûr.

Je retourne vers la porte d'entrée. Avec près de deux cents mètres carrés, la maison est petite mais charmante. Les sols en bois lui confèrent une atmosphère chaleureuse et accueillante. Le rez-de-chaussée annonce fièrement la couleur avec son porche fermé, sa cuisine et sa salle à manger confortables ainsi qu'un petit salon. En haut se nichent trois petites chambres à coucher. Elle a été construite autour de 1927, après la première grande vague de constructions de chalets d'été, tout au bord du lac. Si vous voulez mon avis, la seconde vague de constructions, qui a donné naissance à la deuxième rangée de maisons, était un peu plus élaborée. Les terrains sont plus vastes et, par voie de conséquence, les maisons sont plus spacieuses. J'adore le grand chêne, juste devant notre entrée. J'adore le fait que notre maison soit entourée d'une grande étendue d'herbe verte. Je jette un bref coup d'œil à l'extérieur et je m'aperçois que Buck est reparti. Il ne va certainement pas oser m'affronter. Il ne se pointera pas ici pour l'apéritif. Cette journée est à nous deux. Trois personnes, c'est beaucoup trop.

Alors que j'effectue mon deuxième aller-retour entre la voiture et la maison, mon téléphone se met à vibrer dans la poche arrière de mon pantalon. Je le sors. La vue du numéro qui s'affiche m'arrache un sourire, mais je ne peux pas parler pour le moment. Je suis en train de passer un week-end en amoureux avec ma femme et de toute évidence, notre couple en a le plus grand besoin. Je me demande si Mia me réserve d'autres surprises, en plus de son désir de reprendre le travail et de cette nouvelle assurance qui l'amène à contredire mes souhaits en face de parfaits étrangers.

Je referme le coffre et roule nos valises le long de l'allée centrale.

C'est simple et paisible, ici. On est loin de la grande rue si animée, loin du stress quotidien de la vie citadine. Le vent ébouriffe les jeunes feuilles vertes du chêne et quelque chose me dit que tout va reprendre un cours plus calme, désormais. Une fois nos valises vidées, nous retrouverons notre rythme habituel. Cet après-midi sera merveilleux.

Une fois à l'intérieur, je tire les valises jusqu'en bas de l'escalier. J'entends Mia s'affairer en haut, dans notre chambre. Les murs et les sols du cottage sont peu épais. Je suppose que c'était normal, à l'époque. Sans doute trouvait-on que l'isolation était superflue, dans une résidence secondaire. J'attrape le bagage de Mia, le transporte en haut des escaliers et le dépose sur le palier pour redescendre chercher le mien.

Le temps que je remonte, Mia a déjà tracté sa valise dans notre chambre à coucher – une oasis de meubles blancs trônant entre des parois bleu ciel – et s'organise consciencieusement. Je la rejoins dans la chambre. Il y a juste assez de place pour notre lit *king size* et pour une table de nuit de chaque côté. C'est tout. Au bout du lit, une commode est divisée en son milieu. Chacun de nous dispose de la moitié de chaque tiroir. La petite armoire peut contenir huit cintres, tout au plus. La pièce tout entière, avec ses dimensions réduites, ses meubles blancs, son lit douillet et ses rideaux, a quelque chose d'apaisant. En cet instant, cependant, elle dégage une impression de touffeur. L'air pulse, comme tout à l'heure, dans la voiture. *Ping.*

Je jette un coup d'œil à Mia. Le visage de ma femme semble avoir retrouvé une certaine douceur. De part et d'autre de sa bouche, les rides ne sont plus aussi profondes. Peut-être qu'elle a accepté notre décision, peut-être que notre conversation a clos le sujet. Je l'ai bien senti, j'ai bien vu ce sentiment s'épanouir sur son visage. Ou alors, c'est un vœu pieux. En silence, je défais ma valise et commence à ranger mes affaires. Plutôt que de prendre les devants, j'ai décidé de lui laisser le loisir de s'expliquer d'elle-même.

Elle va s'excuser, j'en suis certain. Mia a appris sa leçon il y a bien longtemps. C'était tout au début de notre mariage. Elle était toute contente d'avoir reçu un coup de fil d'une amie du lycée, qui se trouvait en ville pour son travail. Nous ne savions pas encore que nous attendions un enfant, aussi n'avait-elle aucune raison de refuser des retrouvailles autour d'un verre. En tout cas, je n'ai pas trouvé de raison valable pour l'en empêcher. Elle s'en est allée en me promettant de me prévenir si le rendez-vous se prolongeait au-delà de deux heures.

Elle a oublié sa promesse. Elle n'a pas décroché son téléphone, non plus, et mes appels ont échoué l'un après l'autre sur sa boîte vocale. Pris de panique, j'ai contacté le troquet de High Street où elle était censée avoir rejoint son amie, mais le crétin qui a décroché m'a assuré qu'elle n'était pas là. Quand Mia a passé la porte d'un pas dansant, les yeux brillants et les joues rosies par l'alcool, j'étais à deux doigts d'alerter la police – chose que je ne fais jamais. En me voyant, elle s'est pétrifiée comme une biche dans le halo des phares du camion, juste avant l'impact.

— Paul, qu'est-ce qui se passe ?

Je savais qu'elle voyait le feu brûler au fond de mes pupilles.

— Tu n'as pas appelé. Où étais-tu ? Je me suis imaginé les pires atrocités. Il aurait pu t'arriver quelque chose d'affreux. « Jeune mariée disparue après nuit en ville ». Je voyais déjà les gros titres dans le *Columbus Dispatch*.

Mia a reculé d'un pas, un sourire nerveux sur les lèvres.

— J'étais avec Cathy, comme je te l'avais dit. On a décidé d'aller dîner. Je suis désolée. Je m'amusais. Cela faisait des années que nous ne nous étions pas vues.

Les poings serrés bien calés contre mes hanches, j'ai pris une grande inspiration. Je pouvais être fier de la manière dont j'avais appris à maîtriser ce type de situation.

— Mia, je ne te demande pas grand-chose. Juste un peu de communication. J'étais tellement inquiet. Viens là.

Elle a traversé la pièce et s'est jetée contre moi, exhalant des relents de bière et de cigarette, murmurant des excuses.

— Je ne le referai pas. Quand Cathy et moi sommes ensemble, nous perdons la notion du temps, ça a toujours été ainsi. Tu comprends ?

Non, je ne comprenais pas.

— C'est un peu égoïste de ta part, maintenant que tu as un mari, mais je peux le comprendre, bien sûr. Je sais que cela ne se reproduira pas.

— Non, bien sûr que non, a-t-elle renchéri tandis que je tirais ses cheveux en arrière pour tourner son visage vers le mien et écraser mes lèvres sur les siennes.

Bien entendu, elle n'a jamais revu Cathy mais, surtout, elle a passé la nuit à me faire des choses, au lit. Le sexe de la réconciliation dans toute sa splendeur. Ce souvenir m'arrache un sourire et je suis sur le point d'interpeller Mia pour lui rappeler ce moment quand ma résolution me revient à l'esprit : je vais la laisser parler la première.

16 HEURES

8

MIA NE ME PARLE PLUS. Ça me semble clair. Elle a délaissé le nuage blanc de notre chambre à coucher sans piper mot. D'accord, je ne lui ai pas adressé la parole, moi non plus. Nous nous trouvons au milieu d'une sorte de trêve étrange, à moins qu'il ne s'agisse d'une dispute muette. J'espère qu'elle réfléchit à son comportement et qu'elle réalise qu'elle est en train de gâcher notre week-end en amoureux.

Après tout ce que j'ai fait pour elle et pour notre famille, on pourrait s'attendre à ce qu'elle fasse preuve d'un peu de gratitude. Elle pourrait apprécier, ou du moins respecter mon point de vue sur les choses, par exemple, comme cette idée de travailler pour mon ancien patron. C'est pure folie. Cela se finira forcément en drame, et je déteste les drames. Voilà ce qu'il en est : mes collègues m'admirent tous et mon ancien patron, John, eh bien, il a peur de moi. Pas que je le blesse physiquement, bien sûr. Il craignait que je lui prenne son poste, et il s'est avéré qu'il avait raison.

S'il n'avait pas commencé à subventionner l'équipe de sport de son fils avec l'argent réservé au marketing d'entreprise, il aurait pu conserver son poste indéfiniment. Hélas, il a fait une grave erreur et grâce à quelques conseils avisés laissés à point nommé sur la boîte vocale de mon P.D.-G. – un homme qui n'a pas peur du ridicule, en passant, avec cette annonce qui disait : « Parlez à mon oreille attentive » – évidemment, il a été prié de s'en aller. Point, barre. Ce n'est pas parce qu'ils ont travaillé ensemble chez Thompson Payne que Mia doit reprendre le travail avec lui. Le passé, c'est le passé. Il faut s'en détourner. Presque toujours.

Caroline me manque. En fait, tous mes collègues me manquent, mais elle tout particulièrement. Si vous connaissiez l'histoire, vous trouveriez probablement insensé que je puisse encore nourrir de tels sentiments à son égard, et pourtant, ils sont bien là. Quand je ferme les yeux, c'est cette femme qui me vient à l'esprit. Quel gâchis, vraiment.

Après avoir refermé le tiroir de la commode, j'avance lentement dans le couloir et je m'arrête devant une photographie encadrée des garçons assis sur les genoux de Mia. Leurs petits visages sont souriants et le lac brille derrière eux. J'ai pris cette photo il y a près de cinq ans, alors que nous étions invités chez les Boone. Nous n'avons plus aucun besoin d'être invités, désormais. Nous sommes résidents. Propriétaires. Nous possédons une résidence secondaire. Cette vie à laquelle mon épouse était habituée, je l'ai recréée pour elle, ici.

À côté du cliché des garçons s'en trouve un autre, également encadré : les parents de Mia, Phyllis et Donald Pilmer Jr., respectivement de New York City et des Hamptons. Je la décroche pour la contempler. Phyllis est une version plus âgée de ma femme, avec une coupe de cheveux plus courte et un visage plus rond. Donald a un grand nez que Mia a eu la chance de ne pas recevoir en héritage. Ses lunettes rondes vous donnent l'impression d'être sans cesse examiné. Il ne s'en est pas privé, d'ailleurs, lors de notre première rencontre, il y a plus de dix ans. Il est chauve. C'est sans aucun doute l'origine du mépris dont il fait preuve à mon égard : ma tête chevelue doit le narguer.

Ma femme est leur seul enfant. Je sais qu'ils pensent qu'elle s'est mariée trop jeune et trop vite, qu'elle a fait une mésalliance. J'ai travaillé dur pour les apprivoiser, bien sûr. Après tout, ils font partie de ma famille. La première fois que je les ai vus, le jour où j'ai traversé le pays au côté de Mia en larmes, tout s'est bien passé. Ses parents, endeuillés, m'ont plus ou moins ignoré. Ils ont sous-estimé mon endurance et le papa de Mia, en particulier, doit encore se mordre les doigts de cette occasion manquée.

Il aurait dû me voir venir, mais il se trouve qu'il n'en a rien fait. Après cette première présentation aux funérailles, à New York, nous nous sommes revus à Columbus. Mia avait invité ses parents à nous rejoindre en avion pour le dîner. Elle voulait qu'ils fassent connaissance de son nouveau compagnon, votre fidèle serviteur.

Bien sûr, j'ai fait mon numéro de charme. Vêtu de mon plus beau costume, je les ai invités à dîner au Columbus Club, l'endroit le plus sélect de la ville. Il n'y a pas si longtemps, les femmes devaient emprunter l'entrée de service pour se rendre dans cette ancienne résidence du gouverneur. J'adore cette tradition. Quand je lui ai fait faire le tour des lieux pendant que Mia et sa maman échangeaient les derniers potins dans l'une des pièces de réception, le papa de Mia semblait impressionné par cet endroit chargé d'histoire.

— Ce cliché datant des années 1930 montre une vieille fraternité du Maine. Un endroit très privilégié. J'ai eu beaucoup de chance de pouvoir en faire partie.

J'ai pointé l'index vers la photo encadrée d'un groupe de jeunes blancs dégingandés assis en rang d'oignon sur le ponton d'un lac cristallin, avant d'ajouter :

— Je dois beaucoup à mon cher père.

— Vraiment ? a remarqué Donald. Moi aussi, j'ai fait partie d'une fraternité du Maine. Ce sont eux, d'ailleurs, qui ont fait de moi ce que je suis aujourd'hui.

Il m'a tapé dans le dos et j'ai cru que c'était gagné, jusqu'à ce qu'il demande :

— Combien d'étés ?

Le truc, avec ces histoires d'internats, de confréries, d'activités et clubs de privilégiés, c'est qu'il est difficile de feinter. Quelle que soit la question, elle cache toujours quelque code ouvrant sur un autre sujet. J'ai décidé de contre-attaquer :

— Et vous, Donald, à quelle fraternité apparteniez-vous ?

Il était en train de répondre quand nous avons rejoint nos compagnes respectives :

— Oh, chez nous, il y avait des Final Clubs – hmm, vous ne comprendriez pas… Mia ! Tu es ravissante.

Vieux snob.

Notre hôte nous a montré notre salle à manger privée, les couverts étaient dressés pour quatre personnes devant une cheminée crépitante. J'avais tout spécialement commandé un centre de table composé de roses blanches.

— Regarde-moi ces fleurs ! Ce sont mes préférées, a roucoulé Phyllis avant de se pencher pour les humer.

Quand j'ai levé les yeux, Mia me souriait.

— Quelle belle attention, a-t-elle renchéri et elle a serré ma main quand je l'ai aidée à s'asseoir.

— Paul, est-ce que ceci m'est destiné ?

Phyllis tenait entre ses doigts la boîte de pilules antique incrustée d'or que j'avais fait déposer à sa place. J'ai humblement opiné de la tête.

— Elle est exquise. Merci.

Je sentais peser sur moi le regard de Donald. L'expression de son visage était à l'opposé de celles de Mia et Phyllis, mais les dés étaient jetés. Quelques mois plus tard, j'appelais Donald pour lui demander la main de sa fille, prétextant que je n'avais pas pu me libérer du travail pour sauter dans un avion et faire ma demande en personne. J'ai découvert par la suite que la mère de Mia l'avait appelée, en larmes, pour la supplier de prendre son temps. Pourtant, cette traîtresse avait déjà accepté la première de ce qui allait devenir une véritable marée de boîtes de pilules anciennes destinées à acheter sa bienveillance. Heureusement, Phyllis s'était réveillée trop tard, elle aussi. Un subtil mélange d'alchimie et de promesses avait solidement ancré l'hameçon ; Mia n'était plus sous leur emprise.

L'avantage, c'est qu'ils me traitent avec égards. Il faut dire qu'ils n'ont pas le choix, s'ils veulent voir leurs uniques petits-enfants. Ils semblent en être conscients, peut-être parce que j'ai lâché quelques mots sans équivoque lors de mon coup de fil suivant à Donald, quand nous leur avons annoncé l'arrivée de notre bébé.

— Félicitations, Paul. Tu as travaillé vite.

Les mots de Donald étaient emplis de dégoût, comme s'il avait mangé un œuf pourri et qu'il ne savait pas où le recracher.

— Merci beaucoup, Donald – à moins qu'il faille désormais dire « grand-père ».

Je me trouvais au bureau, dans mon espace personnel qui formait un angle de l'agence. J'avais l'impression que le monde entier m'appartenait. C'était le cas, d'ailleurs. J'ai repris :

— Figurez-vous que c'est le bon moment pour ouvrir un compte en banque au nom de vos petits-enfants. Je viens de lire un article à ce sujet.

— Vraiment ? Comme c'est intéressant. Laissez-moi vous donner un petit conseil, Paul. Ne vous avisez pas de me dire comment je dois investir mon argent. Je subviendrai aux besoins de ma fille et de ses enfants. Quant à vous, n'attendez rien de moi, Paul. Pas un centime. Je ne me fais aucune illusion sur vous.

Ses mots étaient coupants comme des copeaux de verre. C'est regrettable, pourtant, de ne pas s'entendre avec son unique beau-fils. Tant pis pour lui. Nous aurions pu aller à la pêche ensemble, adhérer à quelque club d'investisseurs. D'après mes recherches, il aime les voyages onéreux. Faire du golf en Écosse avec son unique beau-fils, voilà qui aurait été sympa.

— Écoutez, Donald. Est-ce que je peux vous parler franchement ? Je m'occupe très bien de votre fille et je prendrai le plus grand soin de vos uniques petits-enfants. Je ne sais pas pourquoi vous ne m'aimez pas, mais je tiens vraiment à ce que nous trouvions un terrain d'entente, vous et moi. Cela nous profiterait à tous les deux, vous savez. Je vous aide à entretenir votre lien avec Mia et vos petits-enfants – vous savez aussi bien que moi que votre relation en pâtirait beaucoup si vous l'obligiez à choisir entre nous – et vous acceptez ce fils que vous n'avez jamais eu. Que diriez-vous d'un petit voyage ensemble – en Écosse, par exemple ? Qu'en pensez-vous ? Ce serait l'occasion de changer d'avis à mon sujet.

Rôdant dans le coin de mon bureau tout en parlant, j'ôtais quelques grains de poussière des feuilles du ficus. De toute évidence, il allait encore falloir changer d'équipe de nettoyage.

— Nous n'allons pas être amis, jeune homme, et vous n'êtes certainement pas mon fils. Vous êtes le mari de ma fille, un point c'est tout. Rien de plus.

Cette fois, il parlait à voix basse.

J'ai baissé la mienne pour adopter le même ton :

— Eh bien, tant pis pour vous. Tout comme vous, je suis roi en mon royaume. Si vous souhaitez voir vos petits-enfants, vous feriez mieux de satisfaire le roi. À bientôt.

Après avoir raccroché, j'ai appelé ma secrétaire. Ma plante verte étouffait sous un monceau de poussière, une véritable honte. Et si un client s'en apercevait ?

— Changez immédiatement d'entreprise de nettoyage.

— Monsieur Strom, nous avons changé de prestataire il y a tout juste deux mois. Laissez-leur une chance.

Ma secrétaire n'avait visiblement pas envie de se mettre en quête d'une nouvelle entreprise. Tant pis pour elle. Je n'aimais pas la manière dont elle me regardait, dernièrement. Comme si elle me jaugeait. Une personne embauchée pour vous seconder ne peut vous manquer de respect, c'est intolérable. Manifestement, il n'y avait pas une, mais deux mesures à prendre, aujourd'hui.

— Ceci n'est pas sujet à discussion. Faites ce que je vous dis, un point c'est tout. Après, vous pourrez prendre votre pause. Je vous donne une demi-heure de plus pour votre déjeuner, vous l'avez bien mérité.

J'étais un patron exigeant mais je savais aussi être gentil. Demandez à qui vous voudrez. Jusqu'à un certain point, en tout cas. Cette assistante avait atteint la limite. Quand ma patience est à bout, c'est terminé. Elle s'en rendrait compte par elle-même au retour de sa longue pause déjeuner.

Avec les parents de Mia, cependant, il a fallu mettre en place un contrôle plus subtil. J'autorise les Pilmer à voir les garçons, bien sûr, surtout depuis que Mia m'a raconté qu'ils avaient ouvert un compte bien fourni pour chacun d'eux. Elle m'a même donné les codes d'accès pour que je puisse les gérer. N'est-elle pas gentille, ma petite femme. J'aurais parié que Donald s'y opposerait, mais pas de chance pour lui, Mia était amoureuse, et ce qui lui appartient m'appartient.

À chaque permission de visite, mes beaux-parents sont en adoration devant Mikey et Sam, comme de bons grands-parents doivent l'être. Ils leur apportent des cadeaux de leur âge et se comportent exactement comme il faut. De mon côté, je fais en sorte que cette occasion ne se présente pas trop souvent. J'espace au maximum les visites – les leurs chez nous, dans l'Ohio, et les nôtres chez eux à New York – pour que l'absence attendrisse leur cœur et les mette en meilleures dispositions envers leur unique beau-fils. Je sais que Mia et sa mère communiquent régulièrement par vidéo, les garçons ont ainsi l'opportunité de voir leur seule grand-mère vivante. Maintenant que j'ai promu Phyllis au rang de grand-mère, elle a laissé tomber ses dernières réserves concernant notre mariage hâtif. Je continue donc de lui faire parvenir des petites boîtes de pilules. Un marché facile.

C'est agréable que Mia vienne d'une famille aisée. Surtout en fin d'année, quand ses parents nous offrent de belles sommes d'argent. Il est rare que nous ayons le temps de nous rendre à New York pour les fêtes, un engagement professionnel arrive toujours à point nommé. L'argent, lui, nous parvient quoi qu'il arrive, sous forme de chèques glissés dans des enveloppes de lin qui crissent sous les doigts. Quatre chèques, un pour chacun d'entre nous. Cela aurait pu constituer une bonne raison d'en faire un de plus, c'est vrai. Si j'avais été prévenu de cette rentrée annuelle de chèques, si j'avais calculé ce que nous rapporte la vie d'un enfant, j'aurais sans doute accepté d'avoir un autre bébé.

Ces cadeaux nous aident beaucoup, mais cela m'embête d'attendre sept mois jusqu'aux prochains. C'est tard. Les dividendes par actions trimestriels de Mia ne font pas de mal, non plus, mais cet argent a déjà été dépensé. Je n'ose même pas imaginer combien de parts nous posséderons dans toutes ces entreprises à valeur sûre, après le décès de Donald et Phyllis. Ils sont plus jeunes que ne l'étaient mes parents, mais ils vivent dans une grande ville au rythme effréné. Qui sait ce qui peut leur arriver. Leur héritage pourrait nous tomber dessus à tout instant. Comme cette lettre d'un oncle obscur installé au Texas – Derrick, frère de Donald et mouton noir de la famille. Rien ne l'avait annoncée. Vous voyez, il n'y a aucune raison de s'inquiéter de l'argent. Les opportunités se présentent d'elles-mêmes. Ça fait un moment que je me prépare à annoncer la nouvelle à Mia, pour l'oncle du Texas, mais j'attends le bon moment.

Bien sûr, je savais que Mia Pilmer était riche. On me l'a raconté avant même que je la rencontre. Mais je n'ai pas pensé à son argent quand je lui ai fait la cour. J'étais un cadre établi dans la publicité, elle était une jeune beauté fraîchement sortie de l'université. Pourquoi me serais-je intéressé à l'héritage de ses parents, de son oncle ou de qui que ce soit ? Cela aurait été mesquin.

Des rumeurs sont parvenues à mes oreilles, selon lesquelles le père de Mia était un businessman corrompu, qu'il avait tout appris de son propre père, Donald Pilmer Sénior. Je suis sûr que vous en avez entendu parler, vous aussi, j'éviterais donc de me faire l'écho de ces potins. Tout ce qu'il faut savoir, c'est que dans une famille aussi riche sur plusieurs générations, il y en a forcément un, dans la lignée, qui a triché quelque part. Barons de l'industrie, banquiers d'affaires, gens de la finance en général, vous voyez le genre d'hommes. Surtout quand ils viennent de New York. Vous allez vous dire que je parle comme un jaloux, mais vous n'y êtes pas du tout. Je sais apprécier les escroqueries bien menées. Et puis, je bénéficie moi-même de cette corruption, alors au contraire : gloire aux Pilmer ! Seulement voilà, dans des familles comme celle-ci, il faut faire preuve de prudence. Un jour, la chance tourne. Personne n'a envie de faire partie de la génération qui fera tout sauter – celle qui représente la fin de la lignée, en d'autres termes. S'ils portent l'argent des Pilmer dans leurs poches, mes garçons, au moins, porteront le nom de Strom sur leur passeport.

J'entends la porte d'entrée et je me demande si Mia arrive ou si elle part. Je repose la photo de ses parents sur la console du palier, à côté de celle de ma famille au complet, à l'exception de moi. Je m'aperçois que j'ai laissé des empreintes sur les deux cadres en argent, mais je n'ai pas envie de les essuyer.

17 HEURES

9

JE DESCENDS EN VITESSE mais je m'aperçois que Mia est sortie. Elle se tient dans le jardin, devant la maison, le téléphone pressé contre l'oreille. Elle doit rendre la baby-sitter folle, à vérifier quasiment toutes les heures si tout va bien. C'est sans doute pour cela que Claudia prend des drogues : pour supporter les appels incessants de Mia. À sa place, j'aurais envie de la baffer.

Je consulte l'heure sur l'horloge ronde fixée au mur de la cuisine, au-dessus de la porte de service. Dix-sept heures. Un horaire tout à fait acceptable pour s'offrir un petit cocktail. J'inspecte la pièce exiguë pour retrouver mes repères. Je n'ai pas séjourné ici depuis l'été dernier. Tout est en ordre, grâce à Mia et à l'équipe de nettoyage qu'elle a appelée en renfort. Je remarque la facture posée sur le comptoir.

Les instructions sont rédigées dans une écriture à peine lisible : « Pour l'ouverture de printemps et le ménage. Veuillez faire le virement dans les plus brefs délais. Merci, Betsy. » Je fouille dans ma mémoire pour me rappeler qui est Betsy et, tout d'un coup, le visage d'une femme édentée dégageant une odeur de cendrier m'apparaît. Eh bien, on dirait que son odeur toxique ne les empêche pas de faire du bon travail, elle et son équipe. Je n'ai pas encore ouvert la maison, mais j'imagine que ce doit être une tâche assez salissante. Elle est restée fermée depuis la fin octobre. Je suis sûr que toutes sortes d'insectes, de saletés et Dieu sait quoi encore se sont accumulés pendant cette période. Un boulot déplaisant, en dessous de tout ce que j'aurais pu imaginer faire pour gagner ma vie. Comment se fait-il que certains d'entre nous font le ménage et d'autres encadrent des équipes ? Encore un coup de l'univers. Tout le monde n'a pas droit à un cerveau, un physique agréable et du charme. Nous avons vraiment de la chance.

J'ouvre le placard et en sors un verre à cocktail, puis un autre pour Mia. Lui faire une petite vodka tonic pourrait avoir le même effet qu'agiter un drapeau blanc. J'ouvre le réfrigérateur. Il est vide. Nous n'avons pas encore fait les courses. Il n'y a ni citron ni rien. Peut-être que ce serait une bonne idée de lui proposer de m'en charger. Je sors par la porte de service, m'engage sur l'allée pour contourner la maison et rejoindre ma femme. Elle me tourne le dos, la tête penchée vers l'appareil qu'elle tient dans la main. Elle est encore au téléphone.

Je m'approche sur la pointe des pieds.

— Je suis soulagée. C'est parfait… Oui maman, je vais bien.

Je déduis qu'elle parle à Phyllis mais au même moment, elle se retourne, lâche son téléphone qui tombe dans l'herbe et hurle :

— Paul ! Tu m'as fichu la trouille !

Je lève les mains, impressionné par ses cris et la peur que je lis dans ses yeux. Je ne comprends pas pourquoi elle semble si nerveuse. Cela doit venir des échanges que nous avons eus un peu plus tôt. Je dois trouver un moyen de l'apaiser, de reprendre le cours de ce week-end exceptionnel. Elle a besoin d'un verre. Je la regarde se baisser pour ramasser son téléphone.

— Mia, dis-je, mais elle tend la main pour me faire taire et parle à l'appareil.

— Maman, tout va bien. Je n'ai pas entendu Paul approcher, c'est tout.

Un moment passe. Je me demande ce que Phyllis peut bien raconter à sa fille.

— Très bien. Oui. Je te rappelle demain. Merci encore.

Elle appuie sur le bouton Fin, puis lève les yeux vers moi :

— Qu'est-ce qui te prend ? Pourquoi tu rôdes autour de moi ?

Dans ses yeux, je vois la panique.

— Calme-toi, mon chou, dis-je en m'approchant d'un pas.

J'ai envie de la prendre dans mes bras mais elle recule vivement, les épaules levées jusqu'aux oreilles, les yeux écarquillés, le regard fixe.

— Tu m'as fait peur, finit-elle par lâcher en croisant les bras comme pour se protéger.

— J'en ai bien l'impression. J'étais venu te demander si tu voulais boire quelque chose, c'est tout. Au cas où tu aurais envie de citron, je me ferai un plaisir d'aller en acheter à l'épicerie. Ou bien autre chose, d'ailleurs. Dis-moi ce dont tu as besoin et je serais heureux d'aller le chercher.

Je suis tenté de lui rappeler que je suis son chevalier dans son armure étincelante, mais je m'abstiens.

— Ce serait formidable. J'ai toute une liste de courses à faire. Au fait, tu as transféré l'argent, pour les garçons ?

Elle a l'air de retrouver son calme. Ses yeux ne sont plus aussi écarquillés et effarouchés.

— C'est fait, dis-je pour la rassurer.

C'est faux. Je le ferai dès que je serai à l'intérieur de la maison. Je demande :

— Où est ta liste ? Je ne resterai pas absent longtemps. À moins que tu ne veuilles m'accompagner ?

— Non, je vais finir de ranger la maison. Tu la trouveras sur la table, près de la porte d'entrée.

— Ok, je m'en occupe.

Je tourne les talons et commence à me diriger vers la maison. Tout d'un coup, je m'arrête et je me retourne pour regarder ma femme. Je suis inquiet. Il est inhabituel qu'elle parle à sa mère un vendredi soir. D'ordinaire, la vie sociale de Phyllis et Donald ne permet pas les conversations téléphoniques après une certaine heure. L'apéritif est sacré, pour eux. Je scrute le visage de ma femme et j'ajoute :

— Hé ! Est-ce que ta mère va bien ?

— Oui, très bien, répond Mia.

Elle cligne les paupières comme pour éviter mon regard et se plie subitement en deux pour arracher une mauvaise herbe dans la plate-bande qui entoure la maison. Elle ne va pas tarder à planter ses géraniums écarlates pour rappeler le rouge vif de notre porte. Le jardin regorgera de fleurs blanches : des marguerites, des hortensias et d'autres variétés dont j'ignore le nom. Certaines apparaissent comme par magie, d'autres sont l'œuvre de Mia. Elle creuse précautionneusement des trous dans lesquels elle borde les plants avec autant d'attentions que si c'étaient des petits enfants. À Columbus, son jardin – notre jardin – est au cœur de toutes les conversations, pendant l'été, et je sais déjà qu'il en sera de même ici. Elle continue d'éviter mon regard et se concentre sur ses mauvaises herbes. Ses mains sont couvertes de saleté humide et odorante. Je renifle.

Je n'ai pas bougé. Elle cesse de désherber, se redresse et dit :

— On échangeait simplement des nouvelles, tu comprends.

Elle termine généralement ses phrases par « tu comprends » quand elle veut mettre un terme à une conversation. D'ailleurs elle se détourne à nouveau de moi. Entre-temps, elle a réussi à extraire de la terre presque toutes les mauvaises herbes à portée de ses mains. Je me demande si elle n'est pas en train d'arracher des plantes vivaces, à force de zèle, mais je garde mes réflexions pour moi. Elle s'y connaît aussi bien en jardinage que moi en vente. Je décide de ne pas m'appesantir sur cet échange avec sa mère pour le moment. Je crois que je maîtrise à peu près Phyllis, qui est sous mon charme depuis la première boîte de pilules.

— Tant mieux. Je suis heureux de savoir qu'elle va bien. J'espère que tu l'as saluée de ma part. Bon, j'y vais.

Je m'éloigne. Je ne vais plus laisser le comportement étrange de Mia gâcher ma bonne disposition. Nous allons passer une soirée exceptionnelle, tous les deux. Nous allons venir à bout du reste de tension qui perdure depuis le trajet.

Ses nouvelles consignes alimentaires doivent y être pour quelque chose. Depuis qu'elle a trouvé ce praticien de médecine holistique, elle est d'humeur grincheuse. Tout a commencé il y a quelques mois, avec notre généraliste. Après avoir écarté les soupçons de lupus et d'ulcère, il a diagnostiqué chez ma femme des signes de stress dus à sa responsabilité de parent... à moins qu'il ne s'agisse d'une fatigue généralisée, a-t-il ajouté. Tant de mères débordées en souffraient. En fin de compte, il nous a renvoyés chez nous avec la recommandation de dormir davantage. Quel diagnostic époustouflant.

Mia a fini par dénicher une pratique paramédicale qui ne jure que par la médecine « holistique ». Une fois par semaine, elle se fait désormais injecter des vitamines par intraveineuse. Elle s'est mise au régime végétarien et ne boit plus que de l'eau dans des bouteilles en verre, mais elle ne se sent toujours pas bien. Pauvre Mia. Rien ne soulage ses maux d'estomac chroniques et sa nausée permanente. Je vais veiller à ce qu'elle dîne bien, ce soir.

De retour dans la cuisine, je me verse un doigt de vodka Tito's et l'avale cul sec. Un frisson parcourt mon corps à l'instant où l'alcool pénètre mon organisme. La liste est sur la table, à côté de la porte d'entrée, conformément aux instructions de Mia. Au-delà des citrons verts, il y a là une multitude d'articles couchés dans son écriture élégante et précise : du fromage, des crackers et du raisin.

Du café pour le petit déjeuner. Du pain et du beurre de cacahuètes. De l'eau dans des bouteilles en verre. De la laitue et des pommes, issues de l'agriculture biologique. Les céréales préférées de Mia et du lait. De la confiture pour les croissants – ça, on n'en aura pas besoin. La liste n'est pas si longue, en fin de compte. Par rapport à ce qu'elle rapporte de l'épicerie pour les garçons et moi, chaque semaine, c'est une bagatelle. Ce sera un plaisir de lui acheter tout cela, me dis-je avec un sourire.

Alors que je roule en marche arrière dans l'allée, je réalise que notre voiture conserve encore les relents du trajet. Je détecte le parfum du nouveau lait pour le corps bio de Mia au citron vert et à la noix de coco, celui de mon after-shave aux arômes épicés. Un soupçon de sueur, aussi, sans parler de l'odeur de pizza aux poivrons que je n'ai toujours pas terminée et qui m'attend dans le réfrigérateur. Une autre fragrance me frappe au moment où j'adresse un signe de la main à Mia, juste avant de tourner et de les voir tous deux disparaître dans mon rétroviseur, le cottage et ma femme. C'est celle de mes garçons. La senteur caractéristique des affaires de foot sales et imprégnées de transpiration, mais aussi leur fraîcheur d'après le bain.

Pendant un instant, je me demande si je n'aurais pas mieux fait de les compter parmi nous, ce week-end, de les inclure dans mes projets. Non, c'est mieux ainsi. Ils représentent mon futur, le symbole de mon immortalité. Ils sont très bien chez nous, avec Claudia.

17 H 30

10

FRANK'S MARKET, la petite épicerie qui se trouve juste à la sortie du portail principal de Lakeside, peut se vanter d'afficher une activité florissante en été mais je me demande comment elle survit aux hivers. Ce soir, le parking exigu est plein à craquer. Je coince la Flex contre les coffres métalliques remplis de sacs de glace à emporter pour un dollar.

Comme je l'ai déjà précisé, presque personne ne vit à Lakeside à l'année. Je doute que quelqu'un achète des glaçons pendant les rudes hivers. S'il vit vraiment ici à plein temps, Buck est une des rares exceptions. C'est étrange de rester ici douze mois par an. L'endroit n'est pas propice à cela. Il fait froid, c'est isolé et il n'y a aucune commodité. Peut-être que Frank ferme pendant l'hiver. À leur place, c'est ce que je ferais.

J'entre dans le supermarché, je pousse mon mini-caddie le long de la première allée et manque d'écraser les baskets d'une femme qui se tient en travers de ma route. Je lui jette un coup d'œil et elle recule, comme il se doit. Les étagères sont trop rapprochées pour des caddies normaux et il y a bien trop de monde, en ce moment, pour prendre le moindre plaisir à faire ses courses. Je vais expédier la tâche aussi vite que possible.

Je secoue la tête en découvrant leur sélection – il ne faut pas faire le difficile, ici. On dirait que les produits proviennent d'une grande surface. Après avoir été dédaignés par les consommateurs d'une grande ville, ils ont dû être transportés ici pour leur offrir une dernière chance. Côté laitue, il n'y a que de l'iceberg sous plastique, plus blanche que verte. Les pommes sont abîmées et le raisin – eh bien, il paraît simplement immangeable. Je marmonne un : « Désolé, chérie ». Après avoir passé l'angle, je découvre les crackers et les céréales de Mia, tous deux dans un état acceptable à première vue. L'apparence peut tromper, cependant. Je trouve enfin le rayon des fromages. Le choix se limite à trois variétés : du cheddar de la marque Cracker Barrel, des bâtonnets pour enfants et des tranches de fromage reconstitué Velveeta. Va pour le cheddar.

D'ordinaire, Mia fait des provisions au marché gourmet, près de chez nous, avant que nous partions au lac. Cette fois, elle m'a dit qu'elle avait manqué de temps. Je me demande ce qui pouvait bien l'occuper autant, mais enfin, ce n'est pas comme si nous allions mourir de faim. On mangera plus simplement, voilà tout. Là-haut, ils n'ont jamais entendu parler de nourriture bio. Quant aux légumes, eh bien, à l'exception des épis de maïs entiers, de l'iceberg ou des patates, ils s'achètent aussi en conserve. Dieu merci, les citrons verts ont l'air passables.

Il y a un restaurant qui fait des sushis, un peu plus bas sur la côte. La dernière fois que nous y sommes allés remonte déjà à quelque temps. Les garçons adorent leurs grillades *hibachi* et les cuistots qui leur jettent des queues de crevette, fabriquent des volcans avec des tranches d'oignons et les divertissent, en gros, pendant tout le repas. Avant que Mia ne cesse de manger des « protéines animales », nous prenions plaisir à y aller. Leur poisson est assez frais pour les sushis, leur bar est bien fourni et les enfants sont contents. Malheureusement, mon épouse a décrété que les alternatives végétariennes qu'ils proposaient n'étaient pas « idéales ». Nous n'y sommes pas retournés depuis qu'elle a changé de régime, ce qui est vraiment dommage.

Moi, c'est cette épicerie que je ne trouve pas idéale. Elle me fait penser à une station essence qui s'essaierait aux produits frais. À mon avis, ils feraient mieux de se limiter aux aliments sous plastique et à l'alcool. Car il faut bien le dire : c'est à ces produits que Frank's Market doit sa survie, croyez-moi. Le portail de notre communauté sans alcool se trouve à trois mètres d'ici. Nous autres païens, nous passons invariablement par cette supérette pour faire le plein avant d'entrer, et nous revenons de temps à autre pour nous réapprovisionner.

Alors que je patiente dans la file d'attente, devant les caisses, je me demande si Buck aura le toupet de se pointer chez moi pour l'apéritif. Cette perspective désagréable me turlupine parce qu'elle n'est pas complètement improbable. Je vérifie l'heure sur ma montre : 17 h 45. L'idéal serait que je sois rentré au cottage avant lui, au cas où il viendrait. Je lui ouvrirais la porte et j'en profiterais pour le décourager complètement de venir chez nous. Si d'aventure il insistait ou si Mia s'en mêlait, je trouverais un moyen de lui expliquer d'homme à homme qu'il ne vaut mieux pas se risquer sur ce terrain. Bref, il faut que je me dépêche.

Devant moi, je compte cinq autres clients pour un seul caissier, un habitant du coin ou Frank en personne, peut-être. Il est mince, ses cheveux filasse et grisonnants sont ramenés sur sa nuque en une curieuse queue-de-cheval. Le haut de son crâne est chauve. Ses ongles sont cassés et jaunes, sans doute à cause de la cigarette.

Ils me rappellent ceux de mon père, à la fin de sa vie. Je repense à une scène de mon enfance, assis devant la table de la salle à manger, une assiette de haricots verts intacte devant moi. Mon père tapotait la table de ses ongles jaunes. Je devais avoir l'âge de Sam, peut-être un peu moins. J'avais terminé mon morceau de viande et ma purée de pommes de terre, mais j'étais incapable de me forcer à ingurgiter ces haricots verts. Ma mère a gentiment suggéré que je quitte la table mais mon père a rageusement repoussé sa chaise et s'est levé en déclarant :

— Il restera assis à cette table jusqu'à ce que son assiette soit vide.

Il était le roi et nous étions ses sujets. Mon petit frère m'a jeté un regard de compassion avant d'abandonner sa chaise et de rapporter à la hâte son assiette dans la cuisine. Il savait que la tempête menaçait : l'air était épais, chargé de tension. Mon estomac semblait prêt à décharger sa bile à tout instant. Ma mère m'a effleuré l'épaule avant de quitter la pièce à son tour, mais elle n'a rien dit. Je l'ai entendue murmurer quelques mots à mon père, dans la pièce d'à côté, j'ai senti l'odeur de soufre de l'allumette qu'il a soufflée après s'être allumé une cigarette et je l'ai entendu crier :

— Puisque je te dis qu'il va finir ! Il n'y a pas de mais.

Peu après, j'ai entendu le glissement de la porte de verre coulissante qui menait à la véranda, derrière la maison. Il est sorti et l'a refermée derrière lui d'un claquement sec.

Je me souviens avoir souhaité qu'on l'enferme là pour toujours. L'espoir, la soif d'évasion que cette possibilité m'a inspirée sont encore vivaces dans ma mémoire. Au plus profond de mon cœur et depuis ma plus tendre enfance, cependant, je savais qu'on n'échappait pas à un dictateur. Il était plus grand que moi, plus grand que nature. Il fallait que je sois plus malin que lui, que je le batte à son propre jeu. Il nous a frappés jusqu'à notre adolescence. Il aimait tout particulièrement arracher sa ceinture de son pantalon pour cingler nos cuisses et nos fesses à la moindre occasion.

Je ne veux pas que vous vous apitoyiez sur mon sort, bien sûr. Dans la vie, chacun porte sa croix. Vous imaginez bien que j'enjolive mon enfance quand j'en parle à qui que ce soit, des étrangers ou même Mia. Je leur décris les paisibles dîners de famille que nous partagions chez nous, ou dans ce restaurant chic du centre-ville. Tout cela fait partie d'une stratégie de survie probablement héritée de ma mère. On ne déballe pas son linge sale, jamais. On sourit et on accepte son sort. On ne fait pas de vagues avant d'avoir pleinement maîtrisé la situation, mais une fois le moment venu, on peut savourer sa revanche.

Le petit garçon de six ans que j'étais a fini par céder, au terme de plusieurs heures passées tout seul, attablé dans la salle à manger plongée dans le noir. J'ai finalement attrapé l'un des haricots verts devenus mous, froids et gélatineux, et je l'ai déposé sur ma langue avant de le faire glisser au fond de ma gorge. Bien entendu, je n'ai pas tardé à vomir tout mon dîner sur la table et sur moi-même. Je crois qu'au fond de moi, je savais que cela allait arriver. J'avais gagné cette bataille. Plus jamais on ne m'obligerait à manger des haricots verts à la maison. Depuis, ces légumes sont pour moi un symbole de réussite. Je mets un point d'honneur à en manger dès que nous ne sommes pas à la maison, comme dans ce beau restaurant du centre-ville. Après cet épisode, j'ai fait mine d'adorer tous les haricots sauf ceux qu'il voulait me voir manger. Quand nous nous trouvions au restaurant, en sa présence, je prenais un malin plaisir à les déguster un à un, sourire aux lèvres. Chaque bouchée me rappelait sa défaite. Un avant-goût de mon ultime victoire.

À ce point de mon récit, vous vous demandez sans doute pourquoi ma femme et moi ne voyions pas d'inconvénient à vivre tout près de mes parents, ce dictateur et sa complice, terreurs de mon enfance. La réponse est simple. Au-delà du fait que je suis trop vieux pour recevoir des coups de ceinture et que je n'ai plus besoin de leur argent pour vivre, nous avions besoin d'aide pour garder les enfants. Mon père ne pouvait plus me faire de mal et il n'aurait pas osé toucher à mes garçons.

Peut-être, aussi, voulais-je montrer à mes parents à quel point ma vie était accomplie, comparée à la leur. Combien ma femme était belle, combien nous étions riches. Notre maison était plus grande, certes, deux fois plus spacieuse que celle où ils vivaient, et notre jardin faisait le double du leur. On aurait presque pu croire qu'ils logeaient dans notre remise. En tout cas, j'aimais à le penser. À tout point de vue, ma vie était plus heureuse. Je leur ai prouvé que j'étais capable d'acheter ma propre maison dans cette banlieue devenue hors de prix et très prisée. Quand ils ont emménagé, eux, ce n'était pas le cas. Ils ont eu de la chance, voilà tout, alors que moi, je peux me vanter d'une hyperréussite. Je voulais qu'ils voient cela, qu'ils côtoient mes garçons, qu'ils se rendent compte de leur bonheur. Qu'ils les regardent manger ce dont ils avaient envie, dans les quantités qu'ils souhaitaient. La vie que je menais était ma plus belle revanche.

Sous beaucoup d'aspects, je suis l'opposé de mon père et je me bats tous les jours pour que cela reste ainsi. Je veux être son contraire. Je refoule le feu qui crépite au fond de moi, cette rage brûlante qu'il m'a instillée depuis ma petite enfance comme un volcan à moitié endormi qui crache quelques fumerolles de temps à autre mais sommeille la plupart du temps. D'ailleurs, la majorité des gens qui me rencontrent dans le monde du travail me prennent pour quelqu'un d'aimable, facile à vivre, voire un boute-en-train. Ce n'est pas faux, et je travaille dur pour être tout cela.

Habiter juste à côté de la personne que vous méprisez le plus vous rappelle sans cesse que vous devez mieux faire, être meilleur. Mon petit frère Tom, lui, a quitté la région il y a bien longtemps. Personne n'a eu de ses nouvelles depuis qu'il est sorti de l'université. Enfin, ce n'est pas complètement vrai : il a fait une brève apparition à la cérémonie de funérailles, mais cela ne compte pas. Son absence, pendant toutes ces années, a mis ma mère à rude épreuve. Je parierais même qu'elle a contribué à son Alzheimer précoce, mais mon frère n'en endosserait jamais la responsabilité. Il a préféré se cacher en Californie et refouler notre existence jusqu'au moment où la perspective d'un héritage l'a tiré de sa tanière. Dommage pour toi, Tommy, vraiment.

Qui sait. Peut-être que ce n'était pas la faute de Tom. Peut-être que ma mère voulait tout simplement se fondre dans le décor, oublier l'ogre qu'elle avait épousé et qu'elle avait laissé prendre le contrôle de sa vie. Ce n'est pas impossible. À l'époque, j'espérais qu'Alzheimer était contagieux, que mon père ne tarderait pas à décliner, qu'il deviendrait une épave gazouillante et baveuse. J'en ai tellement rêvé ! Je le voyais déjà glisser dans la dépendance pour expier ses crimes. Ce n'est jamais arrivé. Ce n'est pas grave : le gaz s'en est chargé. Cela ne me dérange pas de vivre à côté de la maison où mes parents sont morts. Comme je l'ai déjà dit, Mia s'en étonne. Je ne vois pas pourquoi. Nous sommes tous amenés à disparaître un jour. Leur heure était venue.

Quant au grand frère volatilisé qui fait son apparition à l'enterrement, cela s'est passé ainsi : Mia, les garçons et moi-même sommes entrés dans la salle mortuaire où trônaient les deux cercueils fermés et le pasteur-à-louer nous a accueillis debout, stoïque :

— Toutes mes condoléances, a-t-il dit avec un hochement de tête, je suis sûr que vous n'aurez rien contre le fait qu'une troisième personne se joigne à nous pour ce dernier hommage. Votre frère Tom n'a pas pu faire le trajet en personne, mais il a souhaité participer à la cérémonie depuis l'endroit où il se trouve.

L'homme a alors pointé l'index vers un téléphone portable, posé sur le cercueil de mon père.

— Est-ce que vous vous moquez de moi ? Tommy ? ai-je réussi à articuler avant que Mia n'attrape mon bras.

— Hey, grand frère. Comment ça va ? a répondu le téléphone portable.

J'ai penché la tête. Le premier choc était passé en entendant sa voix familière. Je savais pourquoi il reprenait contact. Mais il ne restait rien, je m'en étais personnellement chargé.

— J'ai connu des jours meilleurs, Tommy. Où es-tu ?

Le téléphone a lâché un rire :

— Au même endroit que d'habitude, grand frère. Enfin, ce n'est pas le moment de papoter. On commence ?

J'ai dégluti, j'ai haussé les épaules et Mia m'a guidé vers mon siège, à côté du sien. Le prédicateur a parlé pendant une durée qui m'a semblé inférieure à une minute et tout a été terminé. Après un ultime « Amen » je me suis levé, j'ai attrapé le téléphone et j'ai appuyé sur le bouton désactivant le haut-parleur.

— Tom, écoute, il faut que je te parle.

J'ai couvert le téléphone de ma main et j'ai tourné le dos à ma famille en prenant appui sur le cercueil de mon père.

— Il n'y a plus rien à dire, a répondu Tom, je compte sur toi pour partager équitablement le reste de l'héritage entre nous, comme le veut la coutume, mais je ne m'attends à rien. Si tu tiens à me communiquer les procédures concernant leurs biens, le pasteur a les coordonnées de mon avocat.

À voix basse, très maître de moi, j'ai répondu :

— Ils étaient complètement endettés. Il ne restera pas un centime, une fois les funérailles payées. Veux-tu qu'on se voie pour en parler ?

— Très bien. Je m'attendais à ce que tu dises cela. Je te souhaite une belle vie, Paul.

La communication a été coupée. C'est un sacré numéro, mon frère. Un peu fou, aussi. J'aimerais tout de même mettre la main sur lui – pour échanger des souvenirs, des trucs de frères, vous voyez de quoi je parle. J'ai tout fait pour le retrouver, en vain. La Californie est un grand État, c'est frustrant. Je suis sûr qu'il mène une petite vie heureuse. Il avait l'air en forme, au téléphone. Je le trouverai en temps voulu, si j'ai besoin de lui. Nous sommes des survivants, lui et moi. Nous avons tous deux échappé à nos parents. Nous ne nous y sommes pas pris de la même manière, c'est tout.

Je sais ce que vous pensez : que je rumine des pensées bien sombres, pour une si belle journée. Oui, je ressasse de tristes souvenirs au lieu de me concentrer sur l'instant présent, sur le plaisir de me retrouver dans cette merveilleuse petite communauté nichée au bord du lac. Je ferais mieux de m'adonner à la contemplation de ce ciel orange vif qui annonce le coucher du soleil au lieu de songer à mon père, défunt – hélas – avant toute déchéance cognitive. Je devrais me réjouir, d'ailleurs, car je suis le prochain dans la file qui patiente devant le caissier aux ongles jaunes. Je pourrais aussi me féliciter d'avoir été plus rusé que ce dictateur aux griffes couleur citron, d'avoir su m'extraire aussi vite de son influence malveillante.

Comme ceux de mon père, les ongles du supposé Frank martèlent le comptoir :

— Bonjour, tout va bien pour vous ? Vous avez trouvé ce que vous vouliez ?

Son sourire révèle une dentition également teintée de tabac, on dirait des grains de maïs accrochés à ses gencives. Si j'ai trouvé tout ce que je voulais ? Bien sûr que non. Est-ce que cela arrive, ici, qu'on trouve ce qu'on veut ?

— Oui, ça ira.

Je souris de toutes mes dents immaculées et je m'arrête juste avant d'ajouter : *on ne peut pas faire de miracles, non plus.* Ce serait une réponse plus honnête, mais j'ai fini par comprendre que les gens n'aiment pas toujours entendre la vérité. Cela pourrait heurter la « sensibilité » de certains. Comme si la sensibilité était quelque chose qu'on pouvait toucher. Nous sommes bien étranges, nous les humains, très étranges. Je vous ai déjà dit que j'étudiais les émotions de mon entourage. Eh bien, je suis également comédien. J'ai appris à imiter un bon nombre de réactions : les larmes pour la tristesse, ou tout au moins l'air abattu. Le sourire et l'œil pétillant pour la joie. Vous connaissez le reste. Vous avez probablement appris à en reproduire certaines, vous aussi. Soyons francs : la mort du chien de votre ami vous attriste-t-elle réellement autant que vous le clamez sur Facebook ? Allons donc. *Nous parlons d'un chien.* Pourtant, je suis sûr que vous ressentez davantage d'émotions que moi. Moi, en gros, je connais la colère et l'envie. Parfois, je dois admettre que j'éprouve un certain orgueil, aussi.

— Ce sera tout ? demande l'homme comme si la vue du comptoir vide n'était pas une réponse suffisante.

— Je vais prendre un paquet de Marlboro rouges, dis-je à ma propre surprise.

Je ne suis pas fumeur, je n'ai jamais fumé. J'ajoute :

— Et puis des allumettes, si vous en avez.

J'ai fait ça d'instinct. Un achat impulsif, comme ils disent. J'avais envie du contact d'un paquet de cigarettes dans ma main, de la marque que fumait mon père. Ressentir cette envie de l'écraser au point de le rendre infumable en sachant que je pouvais le faire. Un de ces minuscules actes de rébellion que j'ai gardés depuis mon enfance. Quant aux allumettes, il m'en fallait. Il faut toujours avoir un paquet d'allumettes sur soi, avait coutume de dire le vieux, au cas où il faudrait taxer une clope. Nous étions ses serviteurs, Tommy et moi. À sa décharge, j'ai pu constater que cela pouvait être utile, d'avoir toujours du feu à portée de main.

— Bien sûr, dit l'homme avant de se retourner vers une armoire verrouillée, de tourner la clé et d'en sortir un paquet.

Tout d'un coup, il semble m'apprécier davantage. Nous voilà âmes sœurs, confrères de fumette.

Je fais glisser ma carte de crédit sur le comptoir, non sans remarquer la poussière et la crasse que des années de produits empaquetés, de sacs en plastique chargés de fruits et légumes, de mains et de sueur ont incrustées dans son revêtement. Je me demande combien de personnes ont laissé leur ADN ici. L'homme passe ma carte dans la machine, puis me la rend. Je l'essuie sur mon jean avant de la remettre dans mon portefeuille.

— Vous en avez une autre ? Celle-ci a été refusée.

Je ressens une bouffée de quelque chose, une étincelle ardente.

— Essayez encore une fois. C'est une American Express. Il n'y a pas de limitation.

Je déglutis pour contenir ma voix. Deux personnes attendent derrière moi, mais d'autres ne tarderont pas à arriver. J'étudie leurs chaussures pour éviter leurs regards. L'homme qui se tient le plus près de moi doit être un ouvrier ; il porte des bottes de cuir fauve à semelle épaisse et un pantalon large dont le tissu kaki est parsemé de taches. Un peu plus loin, une femme arbore des baskets de la marque Nike sous un pantalon de yoga moulant. Une vacancière venue passer le week-end. Tous voient en moi l'image du cadre supérieur prospère.

— Toujours pas, dit l'homme. Vous n'avez qu'à m'en donner une autre. Vous bloquez la file.

Fini, les camarades de fumette.

— Vous devez faire erreur. Enfin, en voici une autre.

Ma voix est sourde, chargée de colère. Mes mâchoires sont crispées. Si je me voyais dans un miroir, je reconnaîtrais les yeux noirs et furieux de mon père. Je lui donne la carte que je conserve pour les urgences. Il faut vraiment que je sorte d'ici, que je rentre à la maison. J'ai commandé cette carte il y a six mois. Séparée du compte joint, elle ne sert qu'à mon usage personnel, mais elle est presque à sec. L'offre est arrivée à point nommé : depuis que je l'ai, cette carte a financé la plus grande partie de ma vie quotidienne.

— Je vous donne le ticket de caisse ou je le mets dans le sac ? demande l'homme en glissant l'exemplaire vendeur sur le comptoir pour que je le signe.

— Le sac.

Je signe d'un trait irrégulier qui ressemble davantage à un gribouillis de S suivi d'un gribouillis de P qu'à autre chose. Quand j'y pense, je suis fier de mon monogramme : Paul Randolph Strom. *PRS : presque une personne. Il ne manque vraiment pas grand-chose.* Je souris. En moi, le feu s'apaise et un sentiment proche du soulagement me submerge.

— Bonne soirée !

— C'est ça, connard, dit une voix dans mon dos.

Je devine que c'est l'homme avec les bottes de chantier parce que ce n'est pas la voix du caissier. Cet ouvrier est jaloux de moi, de ma vie : de mon armoire remplie de vêtements de marque, de ma grande maison dans une rue aux trottoirs arborés, de ma ravissante femme qu'il s'imagine en tenue de yoga moulante. Il en a sans doute marre de nous tous, des citadins riches qui commencent déjà à envahir les rues et les boutiques de cette petite ville alors que ce n'est même pas le Memorial Day.

Le feu est presque assoupi et j'aimerais que cela reste ainsi. Au lieu de me retourner, je me contente d'émettre un petit gloussement en opinant légèrement du chef : *Pauvre type*, voilà le message corporel que j'envoie. Je sais qu'il va le comprendre, je me dépêche donc de gagner ma voiture et d'y déposer les trois sacs de courses bruns. Je n'ai pas le temps de me battre avec cet homme. Je pousse mon caddie contre l'armoire à glaçons et je saute dans ma Flex.

Au moment où je quitte ma place de parking en marche arrière, l'ouvrier apparaît dans la lueur rouge de mes feux. Si j'appuie sur le champignon, je l'écrase. Cela passera pour un accident. On le voit à peine, dans la pénombre. Il s'immobilise, les mains sur les hanches, comme pour évaluer ses options et ses chances. Au bout d'un moment, il lève le doigt du milieu de sa main droite et je souris. Il s'écarte et je poursuis mon chemin, comme je l'avais prévu. Dans la vie, tout tourne autour d'une chose : gagner ou perdre. Ce type vient de comprendre qu'il avait perdu.

Je vérifie d'un coup d'œil qu'Ouvrier ne me suit pas au moment où je passe le portail de notre parfaite petite communauté. Je doute qu'il ose affronter les barrières – même si ce n'est pas la haute saison, tout est sécurisé, ici. Cela dit, il est assez facile de suivre quelqu'un quand on se colle au train arrière de sa voiture. Il suffit d'être réactif et prudent. Je l'ai déjà fait. Pas récemment, mais suffisamment souvent pour savoir comment m'y prendre. C'est un peu comme au cinéma. On met une chemise noire, on choisit une nuit sombre, si possible sans lune. La plupart du temps, les gens ne font pas attention à leur environnement. Ils ne rendraient même pas compte si une même voiture les suivait sur plusieurs kilomètres.

C'est pareil pour les filatures à pied ou, par exemple, pour se glisser dans la maison de quelqu'un. À condition d'être silencieux et méthodique, c'est un jeu d'enfant.

Prenez mon père : à croire qu'il était aveugle plutôt que sourd. C'était en plein milieu de la journée. Il aurait dû me voir, assis au milieu de leur salon exigu, ma veste de costard jetée sur le canapé et ma cravate desserrée, quand j'attendais que ma mère revienne des courses. Quand il s'est rendu dans la chambre à coucher, il est passé tout près de moi, mais il ne m'a pas remarqué. Il n'a jamais vu ce que j'étais réellement. Il m'a toujours sous-estimé.

Il aurait dû me voir venir. Enfin, cela n'aurait rien changé, de toute manière.

18 H 15

11

Je remarque la file d'attente alors que je descends lentement 2nd Street. Vingt personnes, au moins, patientent devant chez Sloopy. Cet endroit va être bondé tout le week-end et ma serveuse préférée, celle aux cheveux roses, va pouvoir profiter de quelques bons pourboires. Je suis bien content d'avoir réservé une table dans ce nouveau restaurant italien de Port Clinton, pour ce soir. J'ai appris qu'ils avaient leur propre jardin potager, de quoi rendre ma femme heureuse. J'espère qu'il y aura moins de monde là-bas qu'ici. Je n'en reviens toujours pas qu'autant de gens aient eu la même idée que nous, ce week-end. Manifestement, les affaires sont florissantes, pour certains.

Dans le crépuscule naissant, je dépasse le parc éclairé par des réverbères et j'aperçois une jeune mère en train de pousser son enfant sur une balançoire. J'ai tant d'images en tête de Mia faisant exactement la même chose avec nos garçons, j'entends encore leurs cris de joie se perdre dans le vent alors que je les regarde, assis sur un banc. Aucun de mes fils n'a hérité de ma rage, j'en suis presque certain. Je n'en ai décelé aucun indice. Pas de cailloux lancés, pas de jouets mutilés ou détruits. Au contraire, ils jouent gentiment ensemble et je les crois polis et heureux. La sombre rage semble avoir sauté leur génération, mais il y a de fortes chances pour qu'elle réapparaisse chez leurs enfants. La colère est un gène puissant. Pour le moment, en tout cas, je vais continuer à alimenter leur bonheur. Ils sont mon cadeau au monde. Voilà ce que sont mes enfants.

Je m'arrête devant la maison des Boone. On dirait que toutes les lumières sont allumées dans toutes les pièces. Il ne fait aucun doute qu'ils amusent, abreuvent et régalent la compagnie dans leur immense cottage d'époque. J'essaie de scruter les fenêtres pour découvrir qui d'autre est assis à leur table de douze couverts. Tout ce que je parviens à distinguer, ce sont des silhouettes impossibles à identifier. La plupart de nos voisins ne me connaissent pas et ne semblent pas chercher ma compagnie. Je partage ce sentiment. Voilà encore une émotion que j'ai à mon actif : le mépris. La plupart connaissent Mia, cela dit, et nombre d'entre eux sont ses amis. Mia fait partie des gens qu'on a envie d'avoir comme amie.

Prenez Buck, par exemple. Je tourne au coin de Laurel Street et notre maison est entièrement illuminée, elle aussi. Deux personnes sont installées dans les fauteuils de la véranda, en face du canapé. Ces meubles sont vieux, c'est embarrassant. L'ancien salon de jardin en osier a de la valeur – ils n'en font plus de semblables de nos jours, voilà tout –, mais le tissu qui recouvre les coussins est ignoble, un motif floral d'un vert et rose criard qui me rappelle la collection de tasses à thé favorite de ma mère. Je sais que nous avons acheté les meubles avec la maison et que nous n'avons pas encore investi dans de nouveaux coussins. Ce serait peut-être une dépense à faire cet été. Nous avons beau laver les taies, l'odeur de poussière, épaisse et insistante, est toujours là. Quand vous restez assis là trop longtemps, elle rampe le long de vos vêtements et s'infiltre dans vos pores comme une dose infime de poison avant de se répandre en vous. En général, je commence à éternuer dès que je passe plus de dix minutes sur la véranda.

Mia le sait très bien. Pourtant, c'est là qu'ils se sont installés. Tous les deux. Dans mon cottage. Sur ma véranda, pendant mon week-end en amoureux. J'enfonce mes ongles dans mes paumes et la douleur me fait du bien.

Je m'engage dans l'allée et j'immobilise la voiture devant la porte de service, à l'arrière de la maison. Tout d'un coup, je me rappelle que Mia n'aime pas que je me gare là. À ses yeux, c'est de la paresse. Elle préfère que je range la voiture dans le garage. C'est plus civilisé, m'explique-t-elle. C'est peut-être vrai, mais je suis en retard et j'ai trois sacs de courses à transporter. Je suis impatient d'interroger Mia au sujet de la carte de crédit, notre carte commune, qui vient de m'être refusée. J'attendrai que Buck soit reparti. Cela ne devrait pas tarder, car nous avons des projets pour le dîner.

J'ouvre le coffre et j'attrape les sacs. Au moment où, les deux mains chargées de provisions, je me demande comment tourner la poignée pour entrer, Mia me devance :

— Tu en as mis du temps, qu'est-ce qu'il t'est arrivé ? J'ai cru que tu t'étais perdu.

Son visage est rose d'avoir ri ou bu de l'alcool. Ou les deux. Elle me décharge d'un des sacs quand Buck apparaît dans son dos :

— Est-ce que je peux vous donner un coup de main ? Il y avait sûrement la queue, à l'épicerie.

— En effet.

Je m'exprime d'un ton calme, mesuré. Je suis néanmoins un volcan qui gronde. Je dépose les deux sacs sur le comptoir, à côté de celui que ma femme a laissé là. En jetant un coup d'œil dans le troisième sac, je vois le paquet de cigarettes. J'aurais mieux fait de les laisser dans la voiture. Je glisse ma main dedans, j'enfouis le paquet au creux de ma main et le cache vite dans ma manche. Je le mettrai dans ma mallette, en haut.

— Je vais déballer ça, Paul, déclare Mia. Que dirais-tu si je te préparais quelque chose à boire ? Une Tito's avec un soupçon de citron vert ? Va t'asseoir, je m'en occupe.

Je n'ai pas très envie de quitter la cuisine, mais il faut que je me débarrasse des cigarettes.

— Super, merci. Mon chou, nous devons partir d'ici dix minutes. La table est réservée.

Je crois surprendre un échange de regards entre ma femme et Buck, comme un dialogue silencieux. Enfin, peut-être que je me fais des illusions. Mon cerveau tourne à plein régime, aujourd'hui. Je sors de la pièce sans ajouter un mot. Il va bien falloir que j'aille chercher la surprise dans la boîte à gants, mais à chaque fois que je pense à le faire, notre voisin est dans les parages. Je la prendrai ce soir, après le dîner, quand ce brave vieux Buck sera parti pour de bon.

Je gravis les marches deux par deux pour gagner notre chambre à coucher, enfouir les cigarettes dans la poche intérieure de ma serviette et la refermer aussi vite. Sur le chemin du retour vers le salon, je fais une halte à la salle de bains pour me brosser les dents et me rafraîchir le visage à l'eau fraîche, augmentée d'un soupçon d'after-shave. Dans le miroir, j'examine ma chemise et je décide qu'il vaut mieux en changer. C'est notre week-end exceptionnel, après tout. Je repasse prestement dans la chambre à coucher pour prendre mon pullover favori, un sweat-shirt bleu marine en cachemire. J'enfile un tee-shirt blanc immaculé, puis le pull. Mes yeux sont encore sombres mais ma nouvelle tenue éclaire un peu mon regard. Mon jean est irréprochable et mes mocassins de cuir ne laissent pas de doute sur l'homme d'affaires que je suis. Un cadeau de Mia, il y a quelques années. De la marque Gucci. La classe.

J'éteins la lumière de la chambre et je redescends.

— Nous nous sommes installés à l'intérieur, avec Buck, annonce Mia quand j'arrive en bas des escaliers. Je sais que tu détestes cette vieille véranda poussiéreuse. Tiens, voilà ton verre.

Je m'aperçois tout d'un coup que Mia s'est changée. Elle porte une robe de soie chatoyante, couleur champagne, qui lui arrive à mi-cuisse, et des chaussures à talon.

Ses jambes sont magnifiques. J'aurais dû le lui dire. Je suis sûr que Buck m'a devancé. Assis dans mon fauteuil favori, ce dernier me tourne le dos mais cela ne m'empêche pas de lui jeter un regard furibond avant de me joindre à eux.

Mia a déposé mon verre à côté du sien, sur la table basse. Elle tapote le coussin du canapé. Il est neuf. Un décorateur nous a aidés à aménager cette partie de la pièce. Le cuir du sofa est de couleur fauve clair, ferme mais molletonné. Les deux fauteuils club, eux, sont recouverts de coton bleu pâle. Je n'en ai jamais possédé d'aussi confortables. Buck est assis en face de Mia, de l'autre côté de la table, dans l'un de mes bons fauteuils. Ils sont beaucoup plus agréables que le sofa mais je décide de prendre place à côté de ma femme. En passant, j'en profite pour serrer son genou entre mes doigts.

— Aïe, dit-elle en éloignant sa jambe.

J'ai dû y aller un peu trop fort.

— Pardon, mon chou. Je voulais juste te dire à quel point tu es belle, dans cette robe. Je me suis laissé emporter. Santé !

— Comme c'est gentil, Paul. Santé !

Au ton de sa voix, on ne croirait pas qu'elle trouve cela gentil.

— Santé ! reprend Buck en élevant son verre dans ma direction.

Son beau visage de présentateur de journal télévisé n'a rien de jovial. Je crois qu'il n'a pas apprécié que je touche ma propre femme. Ses yeux s'étrécissent quand il demande :

— Dans quel restaurant allez-vous dîner, ce soir ?

— Oh, un endroit qui vient d'ouvrir, à Port Clinton. Ils possèdent leur propre potager, je me suis dit que cela plairait à Mia.

Je me retourne pour regarder ma femme qui me rend un sourire doux de ses lèvres fermées. Je pourrais passer un bras autour de ses épaules et l'attirer contre moi, juste pour voir la réaction de Buck, et la sienne aussi.

Peut-être même qu'un baiser romantique sur sa joue serait opportun ?

— Le *Ciao Bella,* répond l'autre. Un bel endroit. L'atmosphère est plutôt agréable, par rapport à ce qu'on trouve ici.

— Je suis heureux de voir que vous approuvez ce choix. D'ailleurs, l'heure avance. Nous ferions bien de nous mettre en route.

Je souris à Mia et je me retiens de la sortir du canapé en la hissant par le bras. Je résiste également à l'envie de mettre Buck à la porte de ma maison. La meilleure chose que je puisse faire, c'est de me lever. Ce que je fais.

— Comme tu étais en retard, j'ai repoussé la réservation d'une demi-heure, intervient Mia. Assieds-toi, détends-toi. Nous avons le temps de finir nos verres.

Bien joué, Mia. J'ai vraiment l'esprit encombré, ce soir. Tout d'un coup, une autre époque me revient en mémoire. Un autre foyer, un autre apéritif, cette fois à Nashville, dans le Tennessee, avec une autre blonde. On pourrait presque dire que c'était une imitation de Mia. Lois, une femme fascinante. Elle m'a dit exactement la même chose : *assieds-toi, détends-toi, nous avons le temps de finir nos verres.* Je suis certain qu'à ce stade, vous aurez compris que je n'aime pas qu'on me donne des ordres. Eh bien, ce n'était pas différent à l'époque.

J'étais jeune. Je ne savais pas contrôler ma flamme. Je ne savais pas qu'il suffisait de me lever, par exemple, et de me rendre dans la cuisine sous prétexte d'aller chercher quelques glaçons et un petit quelque chose à se mettre sous la dent. Lois m'avait ouvert la porte en robe de chambre. Elle n'était pas prête du tout. Elle m'avait dit de m'asseoir et de l'attendre, comme on parlerait à un chien. J'étais entré dans la maison et j'avais refermé la porte derrière moi. À cette époque, mes colères explosaient instantanément : une poignée rageuse en plein milieu d'un beau visage, par exemple. Cela faisait plus d'un an que nous nous fréquentions, Lois et moi. Elle n'a pas eu l'occasion d'anticiper ce coup car jusqu'alors, notre relation avait été ponctuée de rires et de bonnes séances de baise. Ce soir fatal, cependant, nous devions nous rendre à une réception donnée en mon honneur par un professeur avec lequel je travaillais. Cette soirée était très importante, autant pour les remerciements que pour les félicitations. C'était, en quelque sorte, mon introduction dans la société. Et voilà que Lois n'était pas prête à l'heure qu'elle m'avait annoncée. Elle m'a manqué de respect tout comme elle négligeait l'importance de cette réception. Ce n'était pas ma faute, pas complètement.

Le sang coulait de son nez quand elle a levé les yeux vers moi, très choquée. Le devant de son peignoir s'était coloré de marron rougeâtre, ses yeux bleu vif brillaient de peur et de larmes. J'ai regardé mon poing, frotté les endroits où sa peau m'avait blessé, puis j'ai secoué la tête.

— Lois, s'il te plaît. Ne me dis jamais ce que j'ai à faire.

Nous nous trouvions dans son petit appartement devenu le nôtre, un endroit que je connaissais intimement car nous avions fait l'amour sur chacune de ses surfaces et chacun de ses meubles. D'un pas rapide, je suis allé dans la cuisine, j'ai ouvert le robinet et imbibé un torchon dans lequel j'ai ensuite déposé plusieurs glaçons. J'ai retiré le rouleau d'essuie-tout de son support, puis je suis retourné vers elle. Je secouais la tête de dégoût. C'était fichu pour la réception. Elle avait tout gâché.

— Il faut que tu mettes des glaçons sur ton visage. Allonge-toi, les saignements vont s'arrêter.

Je n'étais pas sûr de ce que j'avançais, bien sûr. Les rares fois où je m'étais battu avec des garçons de mon âge, nous nous en étions toujours sortis avec des égratignures. Quant à mon père, il veillait à ce que ses coups tombent à des endroits faciles à cacher sous des vêtements. Malheureusement, la blessure de Lois semblait sérieuse et assez visible.

— Pars, a-t-elle soufflé.

Voyant qu'elle refusait de prendre les glaçons ou le rouleau de papier, je les ai abandonnés sur le canapé, à côté d'elle. Elle tremblait violemment. Je me suis demandé si je devais la serrer dans mes bras mais, curieusement, j'ai eu peur de lui faire encore plus mal. D'être tenté de lui faire encore plus mal. Je suis resté planté là, pétrifié, les pieds comme scellés dans le sol. La fois où j'avais vu mon père s'en prendre à ma mère m'a traversé l'esprit comme un flash. Les hurlements qu'elle avait poussés, les vaines promesses qu'il avait proférées. Des souvenirs bruyants qui pulsaient à présent dans ma tête.

Entre Lois et moi, cependant, il n'y avait que du silence. Je me souviens d'avoir vérifié l'heure, sur ma montre. Le cadran était tacheté de sang.

Nous nous étions rencontrés en cours de mythologie grecque, pendant ma dernière année de fac. Je profitais de ce dernier semestre du premier cycle pour faire l'andouille tandis qu'elle était une jeune et adorable élève de première année. Au lit, elle m'appelait Zeus : je lui procurais des orgasmes comme aucun homme ne l'avait fait auparavant. Entre-temps, elle était devenue une élève de seconde année assidue tandis que je menais des études de consommateurs pour mon professeur, celui dont nous allions rater la réception-sur-invitation-seulement, tout en passant des entretiens dans des agences de pub de la ville. J'avais finalement accepté un poste de chargé de clientèle dans une entreprise locale, assez prestigieuse. Ce cocktail était mon pot de départ, mais je devais également être présenté à quelques huiles de Nashville. Cette soirée marquait mon entrée dans le monde des agences de pub. Pourquoi Lois ne comprenait-elle pas son importance ?

— Lois, personne ne doit savoir ce qui s'est passé ce soir, tu comprends ? Mon nouveau boulot commence demain.

Ma voix était calme. Paternelle. Elle devait souhaiter, elle aussi, que ma carrière démarre dans les meilleures conditions, sans être entravée par des insinuations et autres potins.

Ses tremblements ont redoublé mais ses yeux sont restés fixés sur moi, comme si elle sondait l'intérieur de mes organes pour y apercevoir mon cœur qui battait. Le flux de sang qui coulait de son nez s'était tari, mais son peignoir en était imbibé, il y avait des éclaboussures jusqu'aux replis de coton blanc, sur ses genoux.

— Si tu pars maintenant et que tu ne me rappelles plus jamais, personne ne saura rien. Si je te croise ou que j'entends parler de toi, je porte plainte.

Sa voix frémissait de peur.

J'ai été tenté de répondre : *Porter plainte, pourquoi pas ?* J'aurais expliqué qu'elle délirait, qu'elle était tombée sur le plan de travail de la cuisine, qu'elle s'était mis en tête de me faire porter la faute. Je serais capable de me disculper en moins de temps qu'il lui faudrait pour formuler son accusation. Mon père m'avait enseigné toutes ces techniques. Mais je n'avais plus besoin d'elle. Il était temps de passer à autre chose, de lancer ma carrière. Cette situation, ce bagage résiduel de la faculté était devenu encombrant.

— Comme vous voudrez, ai-je répondu.

Je me suis fendu d'une révérence avant de partir.

C'était une référence à son film préféré, *Princess Bride,* mais sa réaction n'a pas été la même que d'ordinaire. Son hurlement m'a poursuivi au-delà de la porte, jusque dans la nuit moite de Nashville. Je sais, pourtant, qu'il y avait encore de l'amour pour moi dans son cœur. Je suis inoubliable. Oh, et entre nous, la soirée s'est avérée fabuleuse. Cette pauvre Lois m'avait chargé de présenter ses excuses : elle n'était pas dans son assiette.

Debout dans la cuisine, j'écoute le rire de ma femme retentir dans le salon. Avec ses mots, ses attitudes et sa joie, elle attise involontairement la flamme, mais ça va aller. J'ai appris à me contrôler depuis cette nuit, à Nashville. Je décide de me calmer : *Mia ne fait pas exprès de te mettre de mauvaise humeur, ce soir.* Je le sais. Cela fait longtemps que nous sommes ensemble et notre relation fonctionne bien. Elle essaie tout bonnement de divertir notre envahisseur, notre tocard de voisin solitaire. Dans quelques instants, nous serons en route pour le restaurant et tout rentrera dans l'ordre. Il faut que nous parlions de ce travail, de Buck, de cette histoire de carte de crédit. Nous en aurons l'occasion pendant le dîner. Ce sera peut-être un peu désagréable, mais dès qu'elle aura compris mes priorités, nous passerons une soirée inoubliable. Tout est encore récupérable. Voilà. Je sens que ces réflexions m'ont apaisé. J'essuie mes paumes couvertes de transpiration sur mon pantalon avant de retourner au salon avec les noix de cajou achetées à l'épicerie.

— Quelqu'un veut des noix ?

Mia et Buck secouent la tête au même moment. Avec un haussement d'épaules, je dépose néanmoins le sachet de noix sur la table et me rassieds au côté de ma femme.

— Alors, Buck, avez-vous passé l'hiver ici ? Est-il vrai que vous vivez à Lakeside toute l'année ?

— Je l'ai fait et je le fais encore. Pour le moment. C'est un endroit parfait pour trouver un peu de paix, réfléchir. En tout cas, cela marche pour moi, ajoute-t-il.

Il nous adresse un sourire et sa fossette apparaît. Assis en face de lui, sur ce canapé, nous sommes l'image même du couple heureux. Il doit être très jaloux. Très seul, aussi.

— Votre épouse est morte, si j'en crois ce qu'on me dit ?

Nous n'avons jamais évoqué l'absence de sa femme de manière directe. En tout cas, d'homme à homme. Qui sait quelles informations Mia a déjà récoltées. Tout ce que m'a rapporté la rumeur, c'est que sa femme était décédée. C'est la moindre des choses que de manifester un peu d'intérêt pour notre invité.

— Paul, intervient Mia. Tu entends ce que tu dis ?

Je remarque ses joues rougies et elle secoue la tête. On dirait de l'embarras. Désolé, Mia.

— En effet, Paul. Un cancer des poumons, stade quatre, inopérable. Elle ne fumait pas. Elle s'est réveillée au milieu de la nuit parce qu'elle avait le souffle court et quatre mois plus tard, je l'enterrais.

Buck prononce ces mots sans laisser transparaître la moindre émotion. J'en aurais fait de même, si je ne m'étais pas entraîné à mimer les réactions des autres. Cela m'amène à m'interroger sur cet homme. Il ajoute :

— J'ai vécu les cinq mois les plus durs de ma vie.

— Cela s'est mieux terminé pour vous que pour elle, tout de même.

Apparemment, ma blague n'a été appréciée ni par ma femme ni par notre invité.

— Buck, je suis désolée ! s'exclame Mia. Je réalise tout d'un coup que Paul souffre d'une légère carence en intelligence émotionnelle. Il fait de son mieux, mais… Paul, tu réalises que cette remarque n'était pas très sensible, n'est-ce pas ?

J'ai glissé dans ma poche les allumettes qu'ils ont abandonnées sur le comptoir de la cuisine après avoir vidé les sacs de courses. En cet instant, je suis tenté d'y mettre le feu et de jeter le tout au visage de ma femme. Le feu. Ma main gauche se glisse dans ma poche mais je ne parviens pas à attraper les allumettes dans cette position assise. Je prends une inspiration profonde et j'adresse un grand sourire à ma femme. Qu'elle est mignonne.

Je reporte enfin mon attention sur l'intrus.

— Toutes mes condoléances, Buck. Est-ce la raison pour laquelle vous avez quitté votre emploi pour venir vous installer ici, au milieu de nulle part ?

Peut-être que le poste de fouineur local est vacant, me dis-je. Je battrais cette commère de Doris Boone à plates coutures, de toute façon. Enfin, si j'aimais les ragots. Ce qui n'est pas le cas.

— Oui. J'ai vendu tout ce que nous avions acheté ensemble. Notre maison, notre appartement en ville, nos voitures, à l'exception d'une. J'ai vendu mon entreprise et je me suis mis en route. Je ne sais pas très bien comment je me suis retrouvé sur cette sortie d'autoroute, mais il semblerait que c'était la bonne.

Il essuie ses paumes sur son pantalon comme pour signifier que le sujet est clos.

Je me tourne vers ma femme. Elle est rouge comme une tomate et son visage est fendu d'un sourire si grand et si faux qu'elle doit en avoir mal aux joues. À moins qu'il ne soit sincère. Ce qui est sûr, c'est que je le vois rarement. Elle doit le réserver à notre nain de jardin.

— Cet endroit est idéal pour panser des blessures, affirme Mia.

Bref. Mon esprit revient à Lois. Bien sûr, je l'ai revue sur le campus, mais elle ne m'a pas remarqué. Je connaissais son emploi du temps et comme je voulais m'assurer qu'elle ne gâcherait pas ma nouvelle vie, mon nouveau boulot dans l'agence de pub la plus en vue de Nashville, j'ai continué à glaner de ses nouvelles. Comme je vous l'ai dit, je suis assez bon en filature. Elle s'est bien remise de sa blessure. D'après ce que j'ai entendu, elle a prétendu qu'elle s'était évanouie, qu'elle était tombée. Des problèmes d'hypoglycémie, peut-être ?

J'ai découvert qu'elle avait subi une opération chirurgicale, pour remettre les choses en place. Je crois d'ailleurs qu'elle en a profité pour enlever un petit quelque chose de son nez, s'offrir une légère amélioration esthétique. La dernière fois que je l'ai vue, elle était jolie. Plus belle, même, qu'avant l'incident. Voilà comment elle est, ma petite Lois : elle tire parti de tout. Quoi qu'il en soit, elle a honoré sa part du contrat et moi aussi. Je suis un homme de parole. Après avoir lancé ma carrière à Nashville, je suis retourné vivre à Columbus. Quant à Lois, elle est mariée, désormais, avec une tripotée d'enfants. Vous voyez : tout s'arrange.

— Vous feriez mieux d'y aller, tous les deux, si vous ne voulez pas perdre votre table, finit par lancer Buck.

Il se lève. C'est bien aimable à lui. Ma femme l'imite aussitôt, comme si c'était à lui qu'elle devait obéir.

— Je suis prête, dit-elle, je dois juste prendre mon sac à main.

— Je connais le chemin de la sortie, conclut Buck, passez une bonne soirée !

Probablement effrayé à l'idée de me serrer la main, il se contente de m'adresser un signe maladroit. Je ne sais toujours pas ce qu'il faisait avant de s'incruster dans notre vie, mais je ne pense pas qu'il ait réellement été présentateur de journal télévisé. Il a parlé d'une entreprise. Je vais essayer de le croire. Pour le moment, tout ce que je veux, c'est qu'il s'en aille de chez moi.

— Très bien, oui, passez une bonne soirée également !

Alors que je l'escorte vers la porte, j'en profite pour ajouter :

— Qu'en est-il des femmes, dans votre vie, Buck ?

Après tout, cela fait un an que sa femme est morte. Les hommes ont des besoins, tout de même. Entre mecs, on peut se poser ce genre de questions.

Mia apparaît à côté de moi. Elle a dû entendre ma question car elle s'interpose :

— Paul, tu te rends compte de ce que tu dis ?

Buck glousse :

— Ce n'est pas grave, Mia. Je suis sûr que Paul ne me souhaite que le meilleur. N'est-ce pas, Paul ?

Il accompagne sa remarque d'une solide claque dans le dos. Un geste de complicité fraternelle, bien sûr. Je glisse ma main dans ma poche et me surprends à frotter les allumettes entre mes doigts.

19 H 30

12

MALGRÉ LES EFFORTS DE MIA, nous sommes en retard pour notre réservation. J'en étais sûr. C'est vendredi soir et, comme nous, d'autres touristes sont arrivés au lac. Nous sommes bloqués dans les bouchons. Je respire un bon coup. Il n'y a rien à faire sinon essayer de me détendre. J'ai appelé le responsable des réservations qui a promis de nous attendre. Pour l'occasion, j'avais demandé une table particulière. Je suis soulagé et j'ai bien l'intention de leur exprimer ma reconnaissance avec un bon pourboire. J'espère que Mia a apporté du liquide. Je propose :

— Appelons Claudia pour savoir comment vont les garçons.

Je vois bien que Mia est tendue, à côté de moi. Sur ses genoux, ses mains sont étroitement jointes. Elle s'inquiète probablement du fait que je sois agacé par notre retard, mais je vais lui montrer que je vais bien. Appeler les garçons est une promesse de paix. Je suis un mari et un père de famille normal, aimant.

— Ils ne sont pas à la maison. Ils sont sortis manger une pizza, me répond-elle.

— Eh bien, Claudia peut répondre au téléphone dans une pizzeria, non ?

— Je préférerais ne pas les déranger pendant le dîner.

C'est étrange. C'est elle qui a appelé Claudia au moins quatre fois depuis que nous avons quitté la maison, ce matin.

— C'est la pizzeria du cinéma. Un nouveau dessin animé avec des superhéros est sorti aujourd'hui. Je lui ai dit qu'elle pouvait les y emmener. J'avais tout prévu, j'ai même acheté les billets en ligne.

Mes poils se dressent sur ma nuque. Est-ce que ma femme est en train de me mentir ? Cela n'a pas de sens. Pas du tout. Je refuse d'y croire. Je connais ma femme. Elle m'aime. Selon toute logique, je suis censé lui faire confiance, tout comme elle doit pouvoir me faire confiance. Nous partageons deux fils, une vie commune. Elle a tout prévu, elle leur a acheté des billets d'entrée pour le cinéma. Comme c'est attentionné. Elle est vraiment gentille. Il faut que je me détende.

L'amour est si compliqué pour nous, les humains. Nous sur-analysons, nous nous inquiétons, nous essayons d'interpréter chaque chose. C'est plus facile à gérer quand on se voit comme des animaux dotés de besoins et de désirs. Car c'est bien ce que nous sommes, nous tous. Tenez, par exemple : ma femme m'aime presque autant que Gretchen. Gretchen bénéficie du Paul insouciant, libéré de toute obligation. Mia – eh bien oui, Mia n'a droit qu'à une version un peu moins lustrée de celle que voit Gretchen, cette part de moi que Gretchen aime tant. Mia en a profité, à son heure, au début de notre histoire, mais maintenant elle a deux enfants et – eh bien oui, tout un passé avec moi. Du meilleur et du pire. J'espère qu'elle se rappelle les premières années, celles où tout brillait encore.

Ah, Gretchen. C'est elle que je m'interdis d'appeler depuis que nous avons quitté Columbus. C'est celle qui m'a téléphoné plusieurs fois depuis que nous sommes partis. Une bonne fille. Je sais que je lui manque. Elle m'a dit que c'était l'anniversaire de nos six mois, ce week-end, mais tout de même, ce n'est pas une bonne idée de lui parler aujourd'hui. J'ai des règles. Je ne veux pas que votre opinion de moi soit ternie par l'existence de Gretchen. Ne changez rien. Notre relation ne fait de mal à personne ; si on regarde le monde avec honnêteté, elle ne fait qu'y apporter un peu plus de joie.

Nous nous voyons presque tous les jours, désormais, et cela me fait mal de ne pas l'avoir touchée, de ne pas avoir entendu sa voix aujourd'hui. Ne vous méprenez pas : pour moi, elle passe après Mia. Elle est autre chose. Gretchen c'est le divertissement alors que Mia, c'est la famille. Gretchen, c'est la jeunesse et la baise – pardon, les moments d'amour. Mia, c'est les dîners de famille, les plants de fraise et le Scrabble. Est-ce que c'est suffisamment clair ? Elles n'ont rien en commun et elles ne se rencontreront jamais. Je suis leur seul point de recoupement, le centre du diagramme de Venn que figurent le cercle de Gretchen d'un côté, celui de Mia d'un autre. Leurs vies ne convergeront jamais ; elles ne se rencontreront pas, même si Gretchen habite dans la banlieue voisine, à cinq minutes en voiture de chez nous. Voilà comment fonctionne mon univers. Il est clair, net, bien ordonné. Je contrôle tout.

Cela n'empêche pas Gretchen d'être furieuse de ne pas me voir ce week-end, d'autant plus que je lui ai dit que nous ne nous parlerions pas au téléphone. Je suis étonné qu'elle m'ait appelé alors qu'elle connaît très bien les règles. Elle comprend la situation. Je lui ai expliqué d'emblée que j'aimais ma femme, que je ne la quitterais jamais – même si, entre vous et moi, il ne faut jamais dire jamais, n'est-ce pas ? Gretchen et moi partageons quelque chose de spécial, mais pas autant que ce que j'ai construit avec Mia. J'imagine que tout cela peut prêter à confusion, mais ma relation avec ma maîtresse n'a rien à voir avec ma relation avec ma femme. Elles sont parfaitement distinctes et je les estime chacune à leur juste valeur. Ce soir, je ferais mieux de ne pas penser à Gretchen, mais pour une raison que j'ignore, mon cerveau tourne en boucle.

Hier, nous avons déjeuné au lit. Gretchen portait une nuisette de soie marine qui mettait en valeur sa silhouette gracile et accentuait sa poitrine généreuse. C'est une jolie petite brune, bientôt trentenaire, qui travaille dans une boutique de lingerie qui s'appelle *I See London.* Nous nous sommes rencontrés il y a six mois, alors que je traînais dans le centre commercial pour tuer le temps et, qui sait, trouver un cadeau pour Mia. Du jour au lendemain, je me suis retrouvé avec beaucoup de temps pour moi, et faire des courses me semblait être une activité aussi valable qu'une autre. Si par hasard je croisais quelqu'un, j'avais prévu de dire que je faisais une étude de terrain pour un nouveau client. Seules les femmes fréquentent les centres commerciaux pendant la journée, tout le monde le sait. Moi, j'avais un motif professionnel de le faire.

Je suis entré dans cette boutique regorgeant d'atours en soie déclinés dans toutes les couleurs de l'arc-en-ciel. Dès que j'ai vu Gretchen, j'ai senti cette attirance familière – l'excitation, l'électricité – et j'ai su que nous étions faits pour nous rencontrer. J'ai commencé par solliciter son aide pour le choix d'un ensemble. Nous sommes passés à une conversation sur la qualité de la soie – grâce à mes fréquents voyages en Asie, je n'acceptais que la meilleure qualité possible et je savais la repérer. C'est tout au moins ce que je lui ai dit.

Ses yeux ont commencé à briller quand j'ai parlé de voyages et j'ai compris qu'elle mordillait à l'hameçon.

— Permettez-moi donc de vous présenter notre lingerie haut de gamme, a-t-elle dit avant de tourner les talons en rejetant sa longue chevelure sombre par-dessus son épaule.

— Je vous suivrais n'importe où, ma chère.

J'ai accompagné ma réponse de mon fameux sourire augmenté de mon clin d'œil mythique.

Ce n'est pas comme s'il y avait eu quelqu'un d'autre dans la boutique, le centre commercial tout entier était désert. Gretchen et moi avons flirté pendant une heure, au moins. Je lui ai demandé de tenir devant elle différents modèles pour me permettre de m'en faire une idée. Les pointes de nos doigts se sont effleurées sur la matière soyeuse et nous avons parlé de notre passion commune pour le jazz (oui !), de notre rêve partagé de vivre sur une plage (pourquoi pas ?) et de passer un Nouvel an à Paris (allons-y !). Elle était passionnante, jeune, enthousiaste et l'attirance a été immédiate, intense. Je ne cherchais rien de ce type, promis. J'ai peut-être laissé mon alliance dans la voiture, c'est vrai, mais ce n'était qu'un oubli.

— Alors, qui sera l'heureuse élue pour porter cet ensemble ? a-t-elle demandé alors qu'elle finissait d'emballer mon achat dans un épais papier cadeau blanc, fermé par un nœud rouge.

Elle m'a tendu le paquet. J'avais remarqué un peu plus tôt que ses doigts étaient ravissants, ainsi dépourvus de tout ornement.

Je me suis d'abord limité à lui répondre par un sourire, j'ai attendu quelques instants, puis je me suis lancé :

— J'espère qu'il vous plaît. Il est pour vous.

Son joli visage en forme de cœur s'est teinté de rouge quand je lui ai remis le cadeau.

— Je ne peux pas, a-t-elle soufflé.

— Mais si, vous pouvez. J'insiste. Je suis sûr qu'il vous ira merveilleusement bien.

J'avais vérifié l'heure sur ma montre :

— Il faut que j'y aille. Une réunion de travail. C'était agréable de papoter avec vous, Gretchen.

J'ai tourné les talons pour m'en aller, curieux de voir si l'hameçon avait pris. J'étais arrivé à la porte de la boutique, prêt à disparaître dans le centre commercial, quand j'ai senti une main sur mon épaule.

— Paul, attendez. Est-ce que je peux vous revoir ?

Gretchen a rougi encore un peu plus avant d'ajouter :

— J'ai vraiment aimé bavarder avec vous, moi aussi.

J'ai sorti une carte de visite de mon portefeuille – une nouvelle, où mon numéro de téléphone portable remplaçait le numéro du bureau. Hormis cette différence minime, c'était une copie conforme de ma carte de chez Thompson Payne, titre inclus : Directeur Conseil. Les femmes raffolent de la série « Mad Men ».

— Appelez-moi. Il faut que je file.

C'est dur de s'éloigner quand l'attraction est si puissante, mais heureusement, c'est ce que j'ai fait cet après-midi-là. Croyez-moi : cela donne une intensité décuplée au premier baiser quand on l'a tant attendu. Je m'y connais. En quittant le magasin, je suis tombé sur Doris Boone. Debout près d'une plante en pot, elle me dévisageait comme si j'avais commis un crime. J'ai eu envie de lui lancer : « Il ne me semble pas que ce soit illégal de faire une course dans un centre commercial pendant la journée, si ? »

Au lieu de cela, je lui ai adressé un faible signe de la main et je me suis hâté de sortir du parking en me persuadant qu'elle n'avait rien vu. Je faisais une étude de marché, voilà tout.

Chaque fois que Gretchen rentre à la maison après une journée de travail chez *I See London*, elle dégage une forte odeur de parfum. Elle m'a expliqué qu'ils pulvérisaient une senteur française à travers les bouches d'aération, une sorte de gaz incolore et parfumé. L'odeur est épouvantable et me fait éternuer, un peu comme quand je reste assis trop longtemps sur la véranda, à Lakeside. Quand nous nous retrouvons, elle n'a parfois pas le temps de prendre une douche avant que je me présente à sa porte, et moi, je ne peux pas attendre. C'est impossible. Sa peau est immaculée, ses lèvres pleines et roses. D'ailleurs, il me suffit de penser à elle, même maintenant, pour frémir.

Allons, il faut que je me concentre sur ma femme. Pas plus tard que ce soir, il y a quelques instants à peine, elle est allée raconter à un parfait étranger que j'étais dépourvu d'intelligence émotionnelle. C'est aberrant. Et voilà qu'elle me ment au sujet de mes enfants.

— Comment s'appelle ce film, Mia ?

Nous sommes arrêtés à un autre feu. Quand je me tourne pour la regarder, l'habitacle est rempli de lumière rouge. Elle semble effrayée, à moins que ce ne soit un effet de l'éclairage écarlate.

— *Super Dog*. Il vient de sortir. Les garçons étaient surexcités. On les appellera demain matin. Ils seront sûrement couchés avant la fin de notre dîner.

— Essayons, tout de même. Peut-être que le film n'a pas commencé.

Si je m'attendais à une querelle, je me suis trompé.

— Bien sûr. Appelle depuis ton téléphone pour passer par le Bluetooth. Comme ça, nous parlerons tous ensemble.

Je sors mon téléphone et j'appelle Claudia. Le feu passe au vert pendant que la sonnerie retentit avant de laisser la place à sa boîte vocale : « C'est bien Claudia. Laissez un message. » Son enregistrement est tout aussi dénué d'énergie que sa personne. Une toxico, c'est certain.

— Claudia, c'est Paul Strom et Mia, dis-je dans le vide, on voulait juste dire bonne nuit aux garçons. Si vous n'êtes pas au cinéma, rappelez-nous, s'il vous plaît. J'espère que tout va bien. Merci.

Je n'ai pas transféré d'argent sur sa carte de crédit. Elle va devoir payer le pop-corn et la pizza de sa poche. Heureusement que Mia s'est déjà occupée des billets. Enfin, s'ils sont bien là où elle prétend. Je ne peux pas m'empêcher d'y penser et pourtant, où d'autre pourraient-ils se trouver ? Ma femme ne me ment pas. Je relâche mes épaules contractées et j'esquisse un sourire.

— Eh bien, il faut croire que tu avais raison, dis-je en jetant un coup d'œil dans sa direction.

À ma droite, Mia hoche la tête. Je mets mon clignotant et je m'engage sur un parking. Nous sommes arrivés.

— Il a l'air très bien, ce restaurant, Paul, dit Mia quand nous nous immobilisons devant le voiturier.

Peu d'établissements, par ici, proposent un service de voiturier. Je suis heureux de constater qu'elle est aussi impressionnée que moi. Le jeune homme ouvre la portière de Mia et j'observe l'expression de son visage tandis qu'il l'évalue du regard : *Pas mal*, semble-t-il se dire.

— Bienvenue au *Ciao Bella*, lance un autre garçon venu ouvrir ma portière.

— Merci.

Je saisis le ticket qu'il me tend et me dépêche de rejoindre ma femme de l'autre côté du véhicule. Je passe un bras autour de sa taille, je baisse les yeux vers elle et je resserre mon étreinte. Elle est si mignonne, si gentille. Pourquoi mon esprit s'entête-t-il à l'imaginer en train de manigancer quelque perfidie ? Nous gravissons les marches de l'établissement et entrons dans un sanctuaire à la lumière tamisée et au lambris sombre. Je suis immédiatement séduit par mon choix, mon goût raffiné.

— C'est charmant, Paul, déclare Mia.

Une hôtesse nous escorte jusqu'à la table d'angle promise, près de la fenêtre, avec vue sur le lac. Il faut que je glisse une pièce à cette jeune femme. Il reste un billet de dix dollars dans mon portefeuille, j'espère que cela suffira. Quand je le lui remets, elle m'adresse un petit signe de la tête et sourit. Tout d'un coup, je me demande si ma femme a apporté sa carte de crédit. Je constate avec soulagement qu'elle est en train d'accrocher son sac à main au dossier de sa chaise.

— Bienvenue, dit un homme qui doit avoir mon âge et se révèle être notre serveur attitré.

Ses cheveux sont blancs, ses yeux d'un bleu glacial et son teint presque aussi pâle que le lin de la nappe. Il est vêtu d'une veste de smoking blanche et d'un pantalon noir. Plutôt guindé. Cela me plaît.

— J'ai cru comprendre qu'il s'agissait d'une occasion particulière. Puis-je vous demander si vous fêtez un anniversaire ou une date importante ?

— Non, une journée exceptionnelle, c'est tout, dis-je.

Mia et moi éclatons de rire au même moment. J'aime le son de nos rires mêlés.

— Eh bien, dans ce cas, le champagne me semble de rigueur, propose le serveur.

Je regarde Mia. Il est poli d'attendre la réponse de votre compagne.

— Avec grand plaisir, dit-elle. Est-ce que cela te va, Paul, ou préfères-tu un cocktail ?

Ma femme est si bien élevée, si adorable.

— Je serais ravi de boire du champagne avec toi, mon chou.

— Formidable, dit le serveur qui disparaît aussitôt.

Nos regards se perdent dans le paysage. Je remarque un phare perché sur les rochers, au loin. Son puissant projecteur avertit les marins des dangers de la côte. En tournant, il laisse dans son sillage une obscurité encore plus noire.

20 HEURES

13

— ALORS, COMMENT S'EST PASSÉ ton après-midi, Mia ?

J'ai l'impression de ne pas avoir parlé à ma femme depuis le trajet en voiture. Il est temps de me montrer bien élevé, aimable, de savourer un délicieux dîner au bord du lac.

— J'ai passé un très bon moment.

Le serveur réapparaît et nous fait le numéro habituel du bouchon de champagne qui saute et tout le tintouin. Une fois nos verres remplis à égalité, il s'en va enfin. Mia lève le sien :

— Santé.

— Oui, santé, mon chou. Écoute, je suis désolé pour ce qui s'est passé au déjeuner. J'ai le sentiment que cette discussion nous a affectés. Le fait que tu travailles avec John génère beaucoup de stress entre nous. Que dirais-tu d'abandonner cette idée, tout simplement ?

— Très bien.

Mia sourit et balaie la salle du regard.

— C'est assez chic, pour le coin. Je suis bien contente de m'être habillée.

— Tu es ravissante. Tu sembles presque aussi jeune que la première fois que je t'ai rencontrée, dans la salle de conférences de Thompson Payne.

— Ce doit être l'éclairage… Paul, je n'arrive pas à croire que tu oses parler de Thompson Payne.

Mia sourit, mais son regard est sérieux. Mon cœur bondit dans ma poitrine.

— Pourquoi ne devrais-je pas parler de l'agence ? Elle fait partie de notre vie depuis le début.

— Oh, Paul ! Je veux bien croire que cela t'embarrasse, mais ne serait-il pas temps de m'en parler ?

À quoi fait-elle allusion ?

— De quoi parles-tu ?

Je prends une gorgée de champagne et m'aperçois une fois de plus que je n'aime pas beaucoup ce breuvage. Enfin, toute boisson alcoolisée est bienvenue, en ce moment. J'interroge Mia :

— Est-ce que tu te sens bien ? Quelque chose ne va pas ?

— C'est ce que j'aimerais savoir.

— Eh bien alors, tout va très bien ! N'oublie pas que je ne suis jamais embarrassé, mon chou.

— Eh bien, tant mieux. Cela va nous faciliter la tâche. Est-ce que tu veux savoir à quoi je fais allusion, Paul ? Très bien. Pour commencer, quand avais-tu l'intention de me dire que tu n'as plus d'emploi ?

Boum. Et voilà. Je me demande depuis combien de temps elle est au courant. Je soupçonne John de le lui avoir dit, mais cela n'a pas d'importance.

— C'est une situation temporaire qui va vite se régler. J'ai passé des entretiens et j'attends une réponse à tout instant. Je ne voulais pas t'inquiéter pour rien.

Voilà. À question facile, réponse parfaite.

— C'est précisément là le problème. Tu ne m'as même pas dit que tu avais été viré.

Heureusement, elle a baissé le ton au moment de prononcer le mot *viré.* Quel mensonge.

— Je tiens à t'informer, mon chou, que je n'ai pas été licencié. Je suis parti.

Je m'efforce d'afficher un air supérieur. Qui oserait licencier Paul Strom ?

— Ils t'ont laissé démissionner, en effet, mais ils t'ont mis à la porte. Je connais toute l'histoire, Paul. Je sais aussi la vérité pour le problème avec Caroline.

Le serveur apparaît et tend un menu à ma femme, puis à moi. Il remplit nos flûtes de champagne, toutes deux vidées en un temps étonnamment court. Elles ne doivent pas contenir grand-chose. Le menu est impressionnant, très lourd dans ma main, comparable au poids d'un marteau. Le serveur s'incline avant de quitter notre table. Je prends une grosse gorgée de champagne.

— Je ne vois pas où est le problème ?

Elle remue des choses qu'elle ferait mieux de ne pas toucher. Mia n'est plus chez Thompson Payne. Cela fait près de dix ans qu'elle est hors du coup. Elle ne sait rien de ce qu'il s'est passé, ou pas, avec Caroline. Elle ne sait rien du tout. Quoi qu'elle ait entendu, ce ne sont que des ragots. Je déteste les ragots. Mia n'était qu'une simple rédactrice affectée aux manuels techniques. Elle ne connaît rien au monde de la publicité. Nada.

— Paul, vas-tu obliger ta femme à te rappeler ton obsession pour une jeune collègue ? Vraiment ? Peut-être que nous ferions mieux de partir, dans ce cas.

Elle referme le menu et le pose sur la table.

Je baisse les paupières et je respire un grand coup. Quoi que Mia ait bien pu entendre, Caroline n'était pas mon obsession. Pas du tout. Elle me pose problème – elle me posait problème. Tout s'est arrangé, depuis.

— Enfin, Mia. Ce dîner romantique fait partie de notre journée exceptionnelle. Nous n'allons pas nous en aller, quelle idée ! Je vais passer outre le fait que, pour une raison que j'ignore, tu as spontanément pris le parti de quelqu'un que tu n'as jamais rencontré plutôt que le mien. Tu crois ce que dit John, un homme jaloux de moi, de mes succès, plutôt que ton propre mari ? Eh bien, je vois l'importance que tu me donnes.

Submergé par une juste indignation, je prends encore une bonne gorgée de champagne.

De l'autre côté de la table, Mia soutient mon regard. Qui clignera des yeux le premier ? À mon tour, j'ai refermé le menu qui gît désormais sous mes poings serrés.

— Tout ceci est grotesque. Je ne vais pas rester assis ici à écouter ma femme me déblatérer des accusations injustifiées. Il n'y a rien de plus à dire sur ma situation. Parlons plutôt de John, de sa grande gueule et de son offre d'emploi ridicule que tu n'accepteras pas !

Les yeux de Mia me lancent des éclairs de méfiance. Pour éviter son regard, je tourne la tête et commence à inspecter le restaurant. Notre serveur rôde autour de nous. Il nous observe, et ses pupilles pâles semblent m'accuser d'être un connard. Je lui prouve qu'il a raison en le chassant du dos de la main pour le faire déguerpir. Il disparaît.

— Il ne s'agit pas de John. Ce n'est pas lui qui me l'a appris, d'ailleurs. Tu sais qui s'en est chargé ? Doris. De toutes les personnes possibles, il a fallu que ce soit Doris Boone.

En disant cela, Mia a joint les mains au-dessus de son menu, comme pour une prière.

Doris Boone ? Comment Doris Boone peut-elle savoir ce qu'il se passe dans ma vie ? Et si elle sait, qui d'autre est au courant ? Tout d'un coup, la scène où elle se cachait derrière un pot de fleurs, dans le centre commercial, me revient à l'esprit. Je la revois également répandre des commérages sur la véranda de sa maison de Lakeside. Ou bien venir rendre une visite à Mia, chez nous, après m'avoir vu partir travailler. Quand nous étions jeunes, Doris Boone était dans la classe de mon frère Tommy. On peut dire qu'elle connaît la famille Strom. Elle a toujours compliqué les choses. Heureusement que j'excelle à résoudre les problèmes, justement.

— On dit que l'épouse est toujours la dernière au courant, ajoute Mia.

Elle parle doucement, sans colère. Je vois une larme rouler le long de sa joue. Cette unique larme attendrit mon cœur et éteint le feu. Je ne suis pas un monstre. Elle l'essuie du bout des doigts et prend une gorgée de champagne.

La pauvre.

— Oh, mon chou. Caroline était dingue de moi et la situation a dérapé. C'était gênant pour tout le monde, mais surtout pour moi. Si j'ai joué un rôle dans cette histoire, c'est bien celui de victime. Elle a besoin d'aide. Quant à mon poste, il était temps de passer à autre chose. Cela faisait une éternité que je l'occupais. Je ne te l'ai pas dit, parce que j'essayais de vous protéger, toi et les garçons, avant de changer. Mon prochain emploi sera formidable, bien mieux que celui que j'avais chez nos amis. Probablement l'un des meilleurs postes à pourvoir à Columbus. Je te promets que je suis sur le point de t'annoncer une grande nouvelle.

Je tends lentement le bras à travers la table et je pose ma main sur la sienne. Elle ne la retire pas. Je reprends :

— Tout va s'arranger. J'ai bien pris soin de toi, jusqu'à présent, non ? J'ai reçu plusieurs offres que je suis en train d'évaluer. J'aimerais juste que tout soit impeccable, parfait. Je veux ce qu'il y a de mieux. Et puis, en attendant, nous avons ton compte épargne.

Les yeux de Mia sont fixés sur moi, je vois une flamme y brûler et, tout d'un coup, je m'inquiète. Je m'efforce de respirer. J'écrase mes mains contractées contre les siennes, sur la table, mais je n'arrive pas à stopper ce qu'elle a déclenché. Pourquoi tient-elle tant à parler de tout cela ? Et ce soir, par-dessus le marché !

Pourquoi pleure-t-elle ? Ses larmes semblent réelles. Mia me regarde droit dans les yeux. Sans ciller. Je n'aime pas ce qu'elle voit, je n'aime pas sa manière de me regarder.

Elle fait une grossière erreur. Remettre en question notre fondement, notre merveilleuse vie, c'est dommage. Vraiment. Aujourd'hui, plus que jamais, elle ferait mieux de se concentrer sur toutes les belles choses que nous partageons.

À côté de nous, une table de quatre prend place. Les femmes s'esclaffent, lâchent de grands éclats de voix en staccato. Les hommes s'entre-congratulent en se tapant dans les mains. N'ont-ils pas compris que nous nous trouvons dans un établissement romantique, un lieu de calme et de sérénité ? Je meurs d'envie de les réduire au silence.

20 H 15

14

JE RECHIGNE À L'ADMETTRE, mais cela me coûte un effort conséquent d'ignorer la joyeuse troupe de la table voisine pour me concentrer sur ma femme. Le regard baissé vers la table, Mia retire sa main de la mienne. Elle essuie une deuxième larme et me regarde comme si elle me découvrait pour la première fois.

— Le compte épargne est pour nos garçons, pas pour nous. Nous n'y toucherons pas.

— Bien sûr. Aucun problème.

Cela ne me coûte rien d'acquiescer, pour le moment. Il faut que je me calme, j'ai vraiment besoin de me détendre. Il est temps de passer notre commande. Nous allons parler de nourriture, savourer l'instant. J'ouvre mon menu, je l'étudie attentivement et je lance :

— Est-ce que tu as faim ? J'ai un appétit d'ogre. On dit que leur veau au parmesan est merveilleux. Oh, et jette un œil aux salades, pour l'entrée : il y a beaucoup de choix, pour toi.

Voilà le cadeau de la vie. Les choix. Il y en a tellement. Quand vous faites une erreur, vous changez de cap. Vous passez à autre chose. Comme Lois : une erreur. Maintenant, je partage la vie de la femme avec laquelle j'étais destiné à avoir des enfants. Tout le reste n'est que bruit de fond.

Le serveur se glisse jusqu'à notre table. Il évite soigneusement de croiser mon regard et concentre toute son attention sur Mia. Je ne peux pas lui donner tort. Elle est belle, ma femme.

— Êtes-vous prêts à commander ?

— Je vais prendre la salade de saumon mais sans saumon, s'il vous plaît.

— Avec plaisir, madame. Un peu de risotto, peut-être ? Végétarien ?

Si le serveur trouve cette commande aussi grotesque que moi, son visage n'en montre rien. Ce type est tout simplement dénué de sens de l'humour. Complètement.

— S'il vous plaît, oui. Merci.

— Est-ce que je peux vous être utile d'une autre manière ?

Qu'est-ce que c'est que cette question piège ? Il est serveur, bon sang. De quelle autre manière peut-il nous être utile ?

— Tout va bien, merci. Ce sera tout.

Les yeux de Mia brillent encore, mais les larmes ne coulent plus sur ses joues.

Connard. Pour qui se prend-il ?

— Pour moi, le veau et la salade de la maison en entrée, dis-je en brandissant mon menu.

Il l'attrape sans me regarder et s'éloigne.

J'espère qu'il a compris qu'il pouvait dire adieu à toute perspective de pourboire.

J'étudie l'élégant établissement, les tables drapées de lin blanc, désormais peuplées de convives animés. Les femmes ont revêtu leur plus belle robe, leurs bijoux les plus raffinés, leurs compagnons ressemblent à tous les hommes dans ce type de restaurant : identiques quand on les voit de loin. En s'approchant, on pourra reconnaître la texture des étoffes, la coupe des vestes. Des vagues de conversation polie et d'éclats de rire déferlent jusqu'au coin de la pièce où nous nous tenons, silencieux.

Comment peut-on se retrouver ainsi acculé au sein de son couple, me demanderez-vous ? Je suis sûr que vous n'avez jamais vécu cela. Ha ! Habituellement, cela commence par de légers malentendus, des blessures qui ne se referment pas, en quelque sorte. Dès lors, les sentiments négatifs commencent à s'accumuler, un peu comme une forteresse en cubes de bois, pour les enfants. Il suffit d'un bloc de trop pour que l'ensemble s'effondre. En ce qui me concerne, il me semble que j'ai toujours fait preuve d'équité, de magnanimité. J'essaie de ne pas me montrer rancunier – pour filer la métaphore, on pourrait dire que je pose mes blocs assez vite. Il faut dire que cela ne me coûte aucun effort. Dans l'échiquier de la vie, je sais toujours ce qui m'attend. Il faut anticiper ses mouvements, voir loin. Toujours.

Tenez, par exemple. Les garçons étaient petits, Sam nourrisson, Mikey un peu plus de deux ans, tous deux encore dépendants de leurs couches. Une période chargée, stressante. Je rentrais du travail pour donner un coup de main – la plupart du temps, j'arrivais directement du bureau, ce qui me faisait rater d'importants apéritifs avec des clients. Mia m'accueillait avec un regard vide, des cernes noirs sous les yeux. En guise de bonsoir, elle me tendait l'un ou l'autre des bébés. Elle était affreuse, vraiment laide. Plusieurs fois, j'ai été tenté d'appeler ma mère à la rescousse, mais si je le faisais, j'ouvrais la voie à celle de Mia qui n'aurait pas tardé à mettre son nez partout, à critiquer à tort et à travers. C'était impensable. Mes beaux-parents devaient rester à New York et continuer à bâtir leur empire. Au lieu de cela, je me suis libéré aussi souvent que je l'ai pu pour aider Mia. M'a-t-elle jamais remercié ? Niet. Est-ce que je lui en tiens rigueur ? Bien sûr que non. Cela dit, je n'allais certainement pas ajouter à notre stress avec un troisième enfant. En refusant un autre bébé, je nous rendais service à tous les deux. Elle serait probablement devenue folle.

Toujours est-il que j'aurais pu lui en vouloir, n'est-ce pas ? Eh bien, il n'en est rien. J'ai passé l'éponge sur ces années de tensions et de désordre. C'est elle qui m'en veut.

En ce moment même. Ce n'est pas son genre. D'ordinaire, Mia n'est pas comme ça et je ne mérite pas cette attitude, pas du tout. Ainsi assise en face de moi, on ne dirait pas une femme qui essaie d'acculer son mari. Son comportement ne s'accorde pas avec ses mots. Elle devrait avoir l'air en colère mais elle semble triste. Comme si c'était moi, et non elle, qui avait gâché notre soirée à deux. C'est grotesque. Tout est de sa faute.

Elle se détourne de moi pour faire face à la fenêtre et regarder l'eau, dos tourné au restaurant animé. De son joli visage, je ne vois que le profil. Vient-elle d'écraser une larme ? Elle concentre son attention sur quelque chose, de l'autre côté de la vitre. Bien entendu, je sais que le lac est là, tout près, noir et menaçant, et puis il y a le phare, avec ses feux d'avertissement inextinguibles.

En y regardant de plus près, le visage quasiment collé à la vitre, je découvre devant le restaurant une sorte de pont extérieur, comme une terrasse, couverte de tables et de chaises. Je suppose que par beau temps, et certainement durant la journée, l'établissement s'agrandit de quelques places en plein air. Pendant la saison estivale, la terrasse ne doit pas désemplir. Ce soir, cependant, elle est déserte.

Mon regard se reporte sur ma femme. Mia sourit, maintenant. Je vois le reflet précis de son visage dans la vitre, la lueur de la bougie qui éclaire ses dents blanches, son petit nez, ses yeux brillants. Pourquoi sourit-elle ? Que voit-elle qui échappe à ma vue ?

— Est-ce qu'il y a quelque chose de drôle ?

Si je décrypte correctement ses expressions, son visage a d'abord exprimé la colère, puis la tristesse. Qu'est-ce qu'un sourire vient faire là ? Ma femme tressaille, puis se retourne et me contemple. A-t-elle vraiment sursauté ? A-t-elle pu oublier ma présence ?

— Non, rien.

Son sourire s'efface et elle reprend :

— Paul, quels sont tes projets ? Si on ne t'a proposé aucun poste dans les agences de publicité de la ville, ce que je suppose, as-tu élargi ton périmètre de recherche ? As-tu regardé s'il y avait d'autres opportunités ?

Manifestement, elle ne m'écoutait pas quand je lui ai dit que j'avais reçu plusieurs propositions. Que nous soyons passés de mon veto sur son nouveau poste de rédactrice publicitaire à mon éviction du monde de la publicité – un domaine que nous aimons tous les deux – ne me plaît pas du tout. Mon chasseur de têtes m'a bien confirmé que j'avais reçu une offre d'emploi, en provenance du magazine *Columbus City* pour couronner le tout. C'était l'objet du coup de fil de ce matin, celui qui nous a obligés à commencer la journée plus tard que prévu. Mon interlocuteur était très excité, il s'est mis en tête que c'était du « sur-mesure ». S'il croit que cet emploi est adapté à un homme d'affaires de mon envergure, ce type est un imbécile.

Le magazine m'octroierait le titre de directeur en chef des recettes, un nom qui semble tout droit sorti de son imagination, et qui l'est probablement. Le département des ventes – dix personnes en tout – devrait me rendre des comptes. Oui, autant appeler un chat un chat : je serais chef des ventes d'un magazine local. Ce n'est pas ce que je cherche. Ce poste est bien en deçà de mes compétences, mais s'il le faut, je le prendrai. Si quelqu'un me demande des détails, j'enjoliverai autant que possible le temps de trouver quelque chose de plus adapté. Je ne veux pas accepter cette offre et encore moins inscrire ce boulot bas de gamme sur mon CV, mais s'il le faut, je m'en arrangerai. Mais enfin, il y a tant d'argent à ma portée, sur ce siège, en face de moi : à quoi bon me rabaisser à ce point ?

— J'ai étudié le marché, j'ai passé des entretiens. Comme je te le disais, j'ai reçu plusieurs propositions que je suis en train d'évaluer. Je vais commencer par négocier, puis j'opterai pour l'offre la plus intéressante. Je vais bientôt t'annoncer une bonne nouvelle, tu verras.

Cela fait un moment que ma flûte de champagne est vide et j'ai besoin de boire quelque chose. Avec ce serveur qui me déteste et m'ignore par-dessus le marché, je vais sûrement me retrouver à sec pour le restant de ce pitoyable repas. Je scrute le restaurant, puis les tables avoisinantes, et enfin je croise le regard d'une jeune femme corpulente, qui semble être la serveuse de la table voisine. En guise de réponse à mon signe, elle hoche la tête et me fait comprendre qu'elle arrive tout de suite. J'espère que notre serveur ne l'a pas mise en garde.

— Qu'est-ce que tu prévois de faire, alors ? demande Mia.

Les bras croisés sur sa poitrine, elle se penche en avant comme une institutrice qui vous aurait convoqué dans son bureau pour vous faire choisir vous-même la punition que vous méritez. Qui se laisserait faire ? Pas moi.

— Si tu as reçu des indemnités, elles ont fondu depuis longtemps, reprend Mia. Tous nos comptes sont à sec, ou presque. Tu n'as pas l'impression qu'il y a urgence ?

Ce repas entrera dans les annales comme le dîner le plus interminable de tous les temps. Je ressens soudain le besoin pressant de vérifier l'heure. Le problème, avec ces Apple Watch lisses, c'est qu'il faut tourner le poignet d'une certaine manière pour que l'écran s'allume. Sinon, il reste sombre et il faut appuyer sur un bouton pour y voir quelque chose, ce qui n'est pas discret. Je regrette l'époque où les montres se contentaient de vous donner l'heure. Et puisqu'on en parle, je me demande où se trouve ma vieille montre de Nashville. Dommage que je n'aie jamais réussi à débarrasser son bracelet des taches de sang.

Ça va aller. Je sais déjà que le temps va s'écouler aussi lentement que quand on attend que mon fils ait accompli quelque tâche. Je comprends que la patience soit une vertu et je salue toutes les personnes qui en sont dotées, tant qu'elles me laissent tranquille. Nous y voilà, en tout cas : la question du travail, de l'argent. Ça ira. Comme je vous l'ai dit, j'ai tout prévu.

— Il se trouve que j'ai reçu des indemnités.

C'est un mensonge. On ne reçoit presque rien, quand on est licencié. Ils m'ont donné deux mois de salaire, un geste symbolique. Qu'importe. On vous convoque dans le bureau de cette idiote de responsable RH et on vous dit que vous êtes viré, c'est tout. Des inconnus se chargent de ranger vos affaires dans des cartons. Des gardes du corps vous escortent jusqu'à la porte de l'immeuble comme s'ils craignaient que vous fassiez exploser la baraque, ou quelque chose de ce goût-là. Comme si vous aviez su qu'on allait vous virer et que vous aviez apporté une arme. Mais ça n'arrive pas, parce que ces gens sont sournois. Ils ne vous donnent aucun avertissement, sûrement pour éviter que vous vous pointiez avec un flingue, pour vous empêcher de faire exploser la tête de la chef des RH, avec ses yeux de cocker et son air de gamine de douze ans. Je hais tous les gens qui travaillent aux RH. Maintenant que j'y repense, je me rends compte que je n'en ai pas vraiment terminé avec celle de l'agence.

Rebecca More. Assise derrière son bureau, elle a pointé l'index vers le siège, en face d'elle. Derrière elle, l'intégralité de l'espace était rempli de plantes en pot, comme dans une pépinière sauvage, et l'air sentait l'engrais. Les plantes bloquaient la vue, par la fenêtre, si bien qu'on avait perpétuellement l'impression qu'il faisait gris. Bien entendu, ce n'était pas notre première entrevue. Elle m'avait convoqué deux ou trois mois plus tôt pour me signaler qu'une collaboratrice avait rempli une déclaration de harcèlement à mon encontre. J'avais été stupéfait. Deux raisons à cela. D'abord, sa tenue vestimentaire. Allons donc ! Nous sommes censés être la meilleure agence de publicité de la région et voilà que cette femme portait, je ne plaisante pas, une tenue tout droit sortie de la grande surface Kmart. Un pantalon de polyester noir et un chemisier rose pâle, qui fermait difficilement au niveau de ses énormes seins. Ses yeux de chien battu étaient accentués par des lunettes noires en œil de chat. J'ai failli éclater de rire : j'étais persuadé que l'équipe créative m'avait attiré à mon insu sur le tournage d'un spot publicitaire télévisé tourné ici, dans nos locaux.

Rebecca More ne pouvait pas travailler chez Thompson Payne. Elle n'était pas assez cool.

— Asseyez-vous, monsieur Strom, a-t-elle dit, agitant la main en direction de la chaise de cuir blanc.

Je me suis tout de suite glissé dans mon rôle et j'ai obtempéré sans protester :

— Appelez-moi Paul.

Tout en lui faisant mon numéro de charme, je cherchais des yeux les caméras de l'équipe créative cachées derrière les pots de fleurs. Je ne doutais pas qu'à tout instant, l'un des gars du département créatif allait apparaître, les cheveux ramenés en une queue-de-cheval, et lancer :

— On t'a bien eu, mec !

— Est-ce que quelque chose vous fait rire, monsieur Strom ? a demandé Rebecca.

J'ai mordu ma lèvre inférieure pour cacher mon sourire. Peut-être que ce n'était pas un spot télévisé, en fin de compte. Pas de problème. Avant la fin de l'entretien, elle se plierait à tous mes désirs. Voilà ce que je me suis dit.

— Bienvenue chez nous, Rebecca ! Depuis combien de temps travaillez-vous à l'agence ?

À son regard narquois, tête penchée, j'ai deviné que ce n'était pas la bonne réplique.

— Je suis votre directrice des ressources humaines depuis deux ans, monsieur Strom. Nous nous sommes croisés à quelques réunions, mais qu'importe. Aujourd'hui, il s'agit d'une mise en garde formelle. Dans le cadre de votre travail, vous êtes sommé d'éviter tout contact superflu avec Mlle Caroline Fisher. Vous devez cesser de l'inviter à vos *pitches*. Elle avait la possibilité d'engager des mesures plus avancées, mais elle a choisi de vous donner une seconde chance, monsieur Strom.

Rebecca a refermé un dossier – le mien, sans doute – sur son bureau et a déposé ses lunettes dessus.

Assis en face d'elle, j'ai cligné des yeux. Je n'étais pas choqué, mais plutôt en colère. *Comment osait-elle ? Elle, que j'avais aidée à grandir et à prospérer dans l'agence, se retournait contre moi* ? Un lien spécial nous unissait depuis le début, quelque chose qui se rapprochait sérieusement de ce que nous avions, avec Mia. Je savais qu'elle ressentait la même chose. Caroline était nouvelle à l'agence, fraîchement arrivée dans la ville. Je l'avais remarquée dès le jour où ce bon vieux Thompson lui avait fait faire le tour des bureaux. Dès sa deuxième journée, cependant, elle s'était retrouvée seule. Il lui fallait un mentor, quelqu'un qui lui montrerait les ficelles du métier. J'avais immédiatement pensé lui proposer mes services. En la voyant traverser le parking, je me suis donc hâté de rejoindre l'ascenseur et devinez quoi ? Nous sommes montés au même étage. Juste nous deux.

Au stade où nous en sommes, vous aurez compris que je suis particulièrement sensible à un certain type de femme. Mince, jeune, longue chevelure. Ainsi est Caroline. Ses longs cheveux d'un blond cendré ondulent sur ses épaules, elle a les yeux verts et, au bureau, elle porte des jeans moulants, des talons hauts et des vestes de tailleur. Bref, elle en jette.

— Directeur Conseil, a-t-elle remarqué quand je me suis présenté dans l'ascenseur, c'est le boulot de mes rêves. Enfin, pour plus tard.

Elle a rougi. Elle craignait sans doute que je prenne la mouche parce qu'elle visait mon poste. Bien entendu, je ne me sentais nullement menacé. Attiré, plutôt. Oui, réellement attiré.

— Eh bien, pour vous préparer à la reprise éventuelle de mon poste, que diriez-vous si je vous mettais sur le dossier des huiles essentielles ? En ce moment, c'est notre projet le plus amusant, côté consommateurs.

Pendant que je lui proposais le dossier, je me voyais déjà en train d'enduire Caroline d'huile essentielle de lavande – ses épaules, ses cuisses…

— Ce serait formidable. Merci, monsieur Strom.

— Appelez-moi Paul.

Quand les portes de l'ascenseur se sont ouvertes, je lui ai serré la main un peu plus longuement que d'ordinaire. L'énergie sexuelle était là. Les débuts étaient prometteurs.

Et boum ! À peine a-t-elle appris que j'étais marié qu'elle faisait de moi un pervers. Nous peaufinions le dossier des huiles essentielles depuis plusieurs heures, en vue de la grande présentation, quand soudain ma secrétaire nous a interrompus : ma femme était en ligne, c'était urgent. Il n'y avait aucune urgence. Mikey avait de la fièvre, voilà tout. Mais c'était suffisant. J'ai pris l'appel et l'attitude de Caroline a changé.

J'ai bien essayé de plaisanter avec elle, de poser ma main sur son épaule, comme je le faisais jusque-là, mais elle s'est dérobée.

— Paul, je ne savais pas que vous étiez marié, a-t-elle lancé, les bras croisés sur sa poitrine.

— Et alors ?

J'ai fait mine de me concentrer sur la présentation étalée sur la table de conférence.

— J'imagine que vous avez des enfants, aussi ?

Elle a cligné des paupières en me fixant de ses grands yeux, puis elle a secoué la tête.

Bien sûr, elle était surprise. Je ne l'avais jamais conviée dans mon bureau, où sont exposées les photos de ma parfaite famille. Depuis peu, il m'arrivait d'oublier de mettre mon alliance, et puis je l'avais tant et si bien occupée avec la présentation sur les huiles essentielles qu'elle n'avait pas trouvé le temps de lier connaissance avec qui que ce soit d'autre dans l'agence. Personne n'avait pu compléter l'image qu'elle se faisait de moi. Et alors ? Elle ne savait rien de ma famille, mais ma famille n'avait rien à voir avec nous. Avec Caroline et moi.

On ne s'est même pas pelotés, je n'ai même pas embrassé ses lèvres pleines. Je m'apprêtais tout juste à faire un premier pas. Quel gâchis ! Ce revirement de situation ne semblait pas l'affecter autant que moi. À bien y repenser, elle semblait surtout vexée. Ah, la sottise de la jeunesse. Je savais qu'elle s'en remettrait, qu'elle m'accueillerait dans sa vie dès qu'elle aurait dépassé la surprise de me savoir marié et père de famille. Cela ne faisait pas de doute. Elle sentait aussi bien que moi la tension qui nous liait.

De retour dans la Petite Boutique des Horreurs, j'ai répondu :

— Toute histoire a deux versions, Rebecca.

Après m'être redressé sur ma chaise, je me suis penché en avant, plein de force et de colère d'avoir été injustement accusé par cette femme. Rebecca m'était hiérarchiquement subordonnée. Elle me devait le respect. Caroline était encore plus bas, sur l'échelle de l'entreprise – en pensant à elle, la vision de son jeune et superbe corps nu, sous moi, envoyait des frissons le long de ma colonne vertébrale. Je me suis ressaisi et j'ai ajouté :

— Caroline est une jeune chargée de clientèle. Elle sort tout juste de l'université, elle est impressionnable et elle délire complètement.

De nouveau, Rebecca a eu cet agaçant mouvement de tête et a rétorqué, l'air narquois :

— Vous niez donc l'avoir harcelée ?

— Bien sûr.

— Savez-vous ce qu'est le harcèlement, monsieur Strom ?

— Bien entendu. C'est d'ailleurs la raison pour laquelle je peux fermement vous affirmer que je n'ai rien fait de tel. Personne n'aime ni ne chérit les femmes autant que moi, Rebecca. J'ai promu des femmes tout au long de ma carrière. Je préfère travailler avec des femmes qu'avec des hommes. C'est le contraire du harcèlement.

Cette réunion commençait à me pomper l'air. Je voulais qu'on en finisse, qu'elle me remette ce dossier et que je puisse enfin aller convaincre M. Thompson de la licencier.

— Vous l'appelez sur son portable cinq fois par jour, pendant les heures de travail, mais aussi le soir. Vous lui envoyez jusqu'à quinze textos par jour. Vous vous mettez en colère quand elle refuse de passer une soirée avec vous. Vous détestez que quelqu'un se refuse à vous, n'est-ce pas, monsieur Strom ?

— Bien sur que non. Je l'appelais pour des questions relatives au travail. Elle est en charge d'un bon nombre de mes dossiers.

— Vous êtes un homme intelligent, monsieur Strom. Pas de messages sur le répondeur, hormis pour lui dire de vous rappeler. Pas de SMS menaçant. Vous vous contentez de lui demander de vous contacter. Qu'y avait-il de si urgent pour que vous lui demandiez d'être joignable en permanence ? Quel sujet relatif à votre travail, monsieur Strom, requiert une communication aussi constante, même pendant les week-ends ?

— Notre agence travaille beaucoup, Rebecca. Vous savez sûrement que les clients n'en ont que faire, des soirées ou des week-ends, quand ils ont besoin de quelque chose.

En mon for intérieur, je me disais que tout le monde avait besoin de quelque chose. De quoi Rebecca pouvait-elle avoir besoin ? Hélas, elle n'était pas mon genre. Nous le savions tous les deux.

Rebecca a repris ses lunettes et les a chaussées avant de rouvrir le dossier. Elle s'est mise à lire un texte imprimé qui ressemblait à une liste :

— Ceci est la liste des communications effectuées sur le numéro personnel de Caroline Fisher durant le mois dernier. Elle ne m'a confié aucun autre message de vous et elle ne le fera pas si vous cessez de l'importuner.

Je me suis demandé ce que Caroline possédait encore de moi. Est-ce que j'oubliais quelque chose ? J'ai dégluti. Rebecca me fixait, dans l'attente d'une réponse.

— Entendu. Je vais immédiatement confier les dossiers de Caroline Fisher à Andy Pool. C'est un bon garçon. Entre nous, il travaille beaucoup mieux que Mlle Fisher. Et si je la chargeais des manuels techniques ? Cela pourrait lui plaire, non ? Ces clients high-tech nous épuisent une jeune recrue après l'autre. Vous devriez la placer là. Je me débrouillerai avec mes contacts. Ils vont adorer travailler avec Andy.

— Parfait. Je suis heureuse de voir que nous nous sommes compris. Ceci est votre seule et unique mise en garde, monsieur Strom. Comme vous le savez, notre entreprise a adopté une politique « zéro tolérance » en ce qui concerne la discrimination de genre et le harcèlement sexuel. Vous êtes l'un des directeurs de cette entreprise et vous êtes censé donner l'exemple. Ce n'est pas ce que vous avez fait jusqu'à présent. Malheureusement, sans preuve supplémentaire fournie par Mlle Fisher, je ne peux vous licencier aujourd'hui.

Rebecca s'est levée, a posé ses deux mains sur mon dossier et m'a dévisagé à travers ses lunettes ridicules avant de lâcher :

— Soyez assuré d'une chose, monsieur Strom : je sais que les preuves existent. Si vous l'approchez, si vous l'importunez, si vous l'appelez sur son téléphone ou même si vous lui faites passer une mauvaise journée au bureau à cause de vos écarts de conduite, vous pouvez dire adieu à votre carrière chez Thompson Payne. Est-ce que c'est compris ?

J'ai réalisé que je n'avais jamais été menacé par une femme auparavant et un sentiment indéfinissable, proche de la claustrophobie, m'a envahi. Trop de plantes vertes étaient alignées contre le mur, derrière elle, et l'odeur qui s'en dégageait était nauséabonde, comme celle d'une jungle dévorée de moisissure. Les plantes semblaient toutes pencher la tête, soit par manque de lumière, soit par excès d'arrosage, soit par ennui. Hormis cela, son bureau était dépourvu de tout ornement. Les murs étaient blancs, les étagères vides à l'exception de quelques ouvrages sur les règles et les procédures des ressources humaines : d'ennuyeux manuels destinés aux casse-pieds accros aux lois de son acabit. Tout autour de Rebecca More semblait morne, poussiéreux et agaçant. Il me tardait d'en avoir terminé avec elle mais elle attendait ma réponse.

— C'est compris, Rebecca.

Une fois debout, je me suis très légèrement penché vers elle, par-dessus le bureau. Prise de court, elle a reculé et s'est cognée contre son fauteuil, qui à son tour a percuté un arbuste en pot. À ma grande joie, une feuille verte est venue se poser dans ses cheveux.

J'ai prononcé son nom comme si c'était une substance toxique, un poison qui épaissirait ma langue par sa seule présence dans ma bouche. Enfin, j'ai tourné les talons et j'ai quitté son bureau sans me douter que j'y serais de nouveau convoqué, à peine trois mois plus tard.

J'ai pris la résolution de ne plus soutenir Caroline Fisher. C'était dommage, il faut bien le dire, après tout ce que j'avais fait pour elle. Tout ce travail en commun. Je me suis dit, aussi, que ce n'était sûrement pas la dernière jeune femme à vouloir travailler dans notre agence, et puis que j'avais une épouse formidable, une vie merveilleuse et deux garçons dont tout le monde s'accordait à dire qu'ils étaient les plus beaux qu'on puisse imaginer. Sans compter, bien sûr, qu'il y aurait toujours quelqu'un de nouveau dans ma vie, quelqu'un comme Gretchen. Une jeune femme qui croiserait ma route au bon moment, tout simplement. À cette époque, je ne l'avais pas encore rencontrée mais je savais qu'elle existait, qu'elle n'était pas loin. Il y a toujours une Gretchen quelque part. Il faut être réaliste. Regardez-moi : toutes les femmes m'adorent, ou presque. Quoi, Caroline ? Elle n'est même pas passée à la casserole. Quelle allumeuse. Franchement, qui peut bien avoir besoin d'une Caroline Fisher ?

Mia interrompt mes réflexions :

— Excuse-moi un instant. Je vais juste me repoudrer le nez.

Je me lève aussitôt pour l'aider à repousser sa chaise, bien sûr, mais le serveur est plus rapide. Elle lui sourit gentiment avant de s'éloigner, la soie champagne de sa robe reflétant l'éclat des bougies. J'observe le serveur qui replie la serviette de ma femme et la repose sur la table comme si elle n'avait jamais été assise là. Il m'ignore totalement. Cela ne me dérange pas. Mes pensées sont ailleurs.

20 H 45

15

IL S'EST AVÉRÉ QUE J'AVAIS BESOIN de Caroline Fisher. C'est ma faute, je sais. Je me suis mis en tête qu'en papotant une dernière fois avec moi, elle réaliserait la chance qu'elle avait laissé filer. Cela faisait plus de deux mois que le contact était complètement rompu, deux longs mois à marcher sur des œufs. Franchement, j'avais été aux abois pendant toute cette période, à vérifier sans cesse que personne ne me surprenait en train d'observer Caroline Fisher. Rebecca More ne me portait pas dans son cœur, elle me l'avait bien fait comprendre. Je n'avais aucun moyen de savoir qui d'autre, à l'agence, elle avait monté contre moi. Qui d'autre me surveillait.

Quant à Caroline, si je la voyais approcher dans le couloir, je m'éclipsais dans le premier bureau avant qu'elle puisse m'apercevoir. Andy avait repris tous ses dossiers, la transition s'était faite sans accroc. Caroline gérait désormais nos dossiers automobiles avec une responsable des ventes sénior, une casse-couilles qui s'appelait Judy. Parfait.

Je ne sais pas pourquoi mais, malgré tout cela, je n'arrivais pas à m'ôter Caroline de l'esprit. Il m'était impossible, par exemple, de ne pas la regarder, tous les matins, quand elle traversait le parking pour se rendre au bureau.

J'attendais, je chérissais ce moment où elle sortait de sa voiture, toujours ravissante. En cette journée particulière du mois de novembre, l'air était frais. Il ne restait plus qu'une semaine de travail avant Thanksgiving. Pour une raison que j'ignore, nous nous sommes retrouvés nez à nez dans l'ascenseur. Je jure que c'était involontaire. Cela s'est passé comme ça, c'est tout. Un heureux hasard. Elle portait une robe moulante en tricot bleu marine et des bottes en cuir à talons hauts, et elle sentait l'abricot. Quand elle m'a vu, elle a tenté de ressortir, mais il était trop tard et les portes se sont refermées.

— Bonjour, Caroline, ai-je dit d'un ton aimable.

Un salut innocent, dépourvu de toute menace, mais ma voix était sûrement voilée par le désir.

— Paul, a-t-elle répondu en hochant la tête.

Son regard était rivé sur les portes coulissantes comme si elle espérait un miracle.

— Heureux de te voir. Ça fait un moment.

Caroline a rétorqué sans ciller :

— En effet.

— Ça te dit d'aller boire un verre ce soir, en souvenir du bon vieux temps ?

Ça s'est arrêté là, je le jure. Peut-être bien que j'ai ajouté : « Tu es ravissante » ou bien : « Bon sang, tu me manques », mais c'est tout. Rien de plus.

Elle a tourné la tête et m'a dévisagé comme si des cornes avaient poussé sur ma tête. Son visage était livide, ses yeux écarquillés. Elle semblait épouvantée, c'était grotesque. Comment pouvait-elle avoir peur de moi ?

— Vous êtes incroyable. Vous êtes malade, vous êtes vraiment malade !

J'ai compris que j'allais avoir des ennuis dès qu'elle est sortie de l'ascenseur.

Cette fois, Rebecca a mis une semaine entière à me convoquer dans sa tanière envahie par la jungle. J'en suis même venu à me convaincre que Thompson ou Payne m'avaient sauvé. On était de la vieille équipe, tous les trois.

Quand on faisait un pas de travers, on se punissait d'une tape sur la main et c'était reparti pour un tour. Voilà ce que je me disais. Eh bien, ça n'a pas été le cas. Ils ne m'ont pas donné plus de deux mois. Sur ce point, Mia a raison.

Quand je me suis approché de son bureau, Rebecca caressait la feuille épaisse de l'une de ses plantes, un sourire satisfait sur les lèvres. Elle avait gagné et elle le savait.

— Monsieur Strom, a-t-elle lancé, asseyez-vous.

J'ai fermé la porte derrière moi mais elle s'est rouverte aussitôt. Un petit bonhomme corpulent, vêtu d'un uniforme de garde de sécurité, est apparu derrière moi.

— Vous vous moquez de moi, ai-je dit, indigné.

— Je peux vous assurer qu'il ne s'agit pas d'une plaisanterie, monsieur Strom. C'est fini. Vous êtes licencié. Vos affaires vont être envoyées à votre domicile. Les associés ont eu la générosité de vous concéder deux mois d'indemnité. Personnellement, étant donné la gravité de vos crimes, j'ai voté contre.

Rebecca savourait cet instant. Moi, non.

— Mes crimes, vraiment ? J'ai toujours été un employé loyal. Si cette entreprise est ce qu'elle est aujourd'hui, c'est en partie grâce à moi.

— Nous en avons terminé. Monsieur, veuillez l'escorter jusqu'à la porte, s'il vous plaît.

Rebecca a esquissé un sourire pincé et j'ai senti la poigne solide de l'abruti se refermer sur mon bras.

Je l'ai écarté d'une secousse.

— Grosse erreur, Rebecca.

Je suis sorti de la pièce la tête haute et j'ai gardé le sourire jusqu'à ma voiture. À peine assis dans ma Flex, j'ai commencé à échafauder mon plan.

J'ai épuisé mon compte épargne retraite à l'exception de la part employeur pour l'année passée, un apport que j'ai perdu avec mon licenciement. Je considère que c'est mon indemnité de départ. En puisant dans ce compte, j'ai perdu beaucoup en pénalités, mais il n'y avait pas d'autre solution. L'affaire a eu lieu peu avant Noël et les cadeaux des parents de Mia n'allaient pas tarder à tomber. Je me suis figuré que j'arriverais à faire durer mon épargne jusqu'au Noël suivant, puis de profiter une nouvelle fois des cadeaux de ces bons vieux Phyllis et Donald. Voilà ce que je me suis dit, à l'époque. Oh, et puis il y avait ma carte de crédit spéciale. Je conçois que, d'un point de vue financier, mon plan ne tenait pas vraiment la route. Ce problème avec l'argent, c'est mon talon d'Achille.

Ma femme réapparaît et je me précipite pour l'aider à se rasseoir avant que le serveur n'intervienne. Je ne suis pas un barbare. Après l'avoir installée, je tapote son épaule avant de retourner à ma place. Je la sens tendue, sous mes doigts. Il faut que nous passions à un sujet de conversation qui n'ait rien à voir avec l'argent. Nous sommes enfermés dans un dialogue sans issue. J'ai envie de changer de sujet, de l'apaiser. Dans sa vie, elle n'a encore jamais eu à se soucier de questions matérielles. Il n'y a aucune raison qu'elle commence aujourd'hui. Elle possède tout ce dont elle a besoin.

— J'ai un plan.

C'est vrai, mais je ne sais pas pourquoi je viens de dire ça. Cela doit avoir un rapport avec le fait que je sois acculé. Le plan que j'ai en tête ne concerne que moi. Je n'en parlerai pas à Mia. Elle le découvrira bien assez tôt. Peut-être même ce soir.

— Ah oui ? Lequel, Paul ?

Elle saisit sa serviette, sur la table, la déplie et la fait disparaître sur ses genoux.

La serveuse à laquelle j'ai adressé un petit signe s'approche. Elle croit que je lui ai demandé de nous resservir en champagne, mais la bouteille est vide. J'ai terminé ce qu'il restait pendant que Mia était aux toilettes. J'aimerais lui demander d'être notre serveuse attitrée mais au lieu de cela, je dis :

— Je vais prendre une Tito's avec des glaçons et un peu de citron. Mia, tu prends quelque chose ?

— Un instant, s'il vous plaît. Je vais chercher la personne qui s'occupe de vous, répond la serveuse.

Je sais parfaitement que dans des établissements comme celui-ci, le personnel est formé à exaucer, à tout moment, le moindre désir exprimé par un client.

— Mia ? Un chardonnay ?

— Oui, s'il vous plaît.

Une fois la serveuse repartie, Mia reprend :

— Jusqu'à présent, tu sembles surtout avoir prévu de nous endetter. J'ai vérifié pas plus tard qu'aujourd'hui : les plafonds de toutes nos cartes de crédit sont atteints. Tu es au courant ? Est-ce que tu caches une liasse de billets, quelque part, dont tu ne me dis rien ?

C'est toi, ma liasse de billets, ma chère. Je le pense, mais je ne le dis pas. Je sais que je devrais avoir honte mais il n'en est rien. Ça va s'arranger. Elle est pleine aux as, il n'y a rien à craindre.

— Tu analyses trop, Mia. Nous allons bien, nous sommes une équipe solide. Je vais subvenir aux besoins de ma famille, de mes garçons. J'ai l'intention d'accepter une proposition dès la semaine prochaine.

J'ai surtout l'intention de la faire sourire et hocher la tête d'un air rassuré, pourtant il n'en est rien. Très bien. Je vais accepter cette offre d'emploi ridicule juste pour lui montrer qu'on veut de moi. J'adopte un ton plus tendre, je penche la tête et j'ajoute :

— Mon chou, je n'arrive pas à croire que tu doutes de moi, après tout ce que nous avons traversé ensemble. Je prends soin de ma famille, je suis un bon mari. Tu le sais. Tout va s'arranger, alors tu vois, cette conversation est une perte de temps. Tu es en train de dramatiser. Le stress n'est pas bon pour toi, pour ta santé. Et puis, tu sais combien je déteste les drames. Alors revenons à cette belle soirée que nous sommes en train de passer. Est-ce que ça te va, mon chou ?

Il faut qu'elle m'aide à étouffer les braises. *S'il te plaît, Mia. Aide-moi à t'aider.*

Mia penche la tête à son tour, comme pour m'imiter. Elle lève les mains, puis les laisse retomber sur la table tandis qu'un nouveau serveur apparaît avec mon cocktail et le vin de Mia. Je suis content. J'ai décidé de laisser tomber cette histoire de travail pour John. Cela n'a plus d'importance, désormais. D'une part, elle sait tout – elle aurait mieux fait de me le dire plus tôt, d'ailleurs. D'autre part – eh bien, j'ai mon plan.

J'entends Mia lâcher un léger soupir, comme un souffle silencieux. Je me demande ce qu'elle a pu entendre d'autre, à mon sujet. Quelles questions me réserve-t-elle encore ? Est-ce la première goutte d'un déluge à venir ou est-ce une averse passagère ? Ce petit problème de boulot est-il tout ce qui la met dans cet état, la cause de toute la tension, dans la voiture et ici, à cette table ? *Ping.*

Ma salade maison arrive en fanfare, cachée sous une cloche d'argent que le serveur soulève dans un geste théâtral. J'en prends une bouchée. Les feuilles sont d'un vert sombre – de la roquette, du chou frisé et peut-être même un peu de pissenlit. Je reconnais des saveurs d'oignon doux et de bleu d'Auvergne acidulé. Ils ont opté pour une sauce vinaigrette, pas trop aigre. Savoir apprécier la bonne gastronomie est un atout important pour des hommes ambitieux de ma trempe, et il faut avouer que j'ai cette sensibilité. J'aime d'ailleurs partager mes penchants culinaires avec la jeunesse, plus particulièrement les jeunes femmes. Gretchen a été une bonne élève, sur ce terrain.

— Du poivre, pour votre salade ? demande une voix.

Notre serveur est revenu de Sibérie.

— Oui, s'il vous plaît. Deux tours.

Je le regarde dans les yeux comme pour le narguer en silence. Heureusement pour lui, il bat en retraite et trouve quelque chose à fixer dans mon assiette.

— Madame, avez-vous besoin de quelque chose ?

Qui est ce type ? Un chien de garde préposé aux convives déprimés ? Qu'est-ce qu'il ferait si elle répondait : *Oui, d'un meilleur mari, plus gentil, plus riche, plus vrai* ? Yeux Bleus pourrait-il lui en dénicher un ? Est-ce que ce genre d'homme se trouve sur le menu de ce restaurant, ou ailleurs ?

Pas du tout. Nous sommes tous comme moi, Mesdames, mais à des degrés différents. Nous sommes plus que partants pour supporter vos émotions, à condition que vous respectiez votre part du contrat. Soyez belles, prenez soin des enfants, veillez à ce que la maison soit propre, faites l'amour quand on vous le demande, et pour l'amour de Dieu, ne nous remettez pas en question et ne doutez pas de nos motivations. Jamais.

21 HEURES

16

PLUTÔT QUE DE COMMANDER une version améliorée de moi-même, ma femme sourit et répond au serveur :

— Je n'ai besoin de rien. Tout a l'air délicieux. Merci pour votre gentillesse.

Qu'est-ce qui se passe ici, bon sang ? *Votre gentillesse ?* A-t-elle perdu un membre ou s'est-elle simplement chamaillée avec son mari ? Tout le monde est en train de devenir dingue, ici, à part moi. Je prends une nouvelle bouchée de salade que je mâche consciencieusement tout en réfléchissant à un sujet de conversation plus inoffensif. *Les garçons.* Non, ils sont au cinéma avec une baby-sitter, de quoi angoisser ma femme jusqu'à ce qu'ils soient de retour à la maison, sagement bordés dans leur lit. *Mon boulot.* Nan. *Son boulot.* Niet. *Je sais : Lakeside.*

— Mon chou, n'es-tu pas heureuse d'être de retour dans notre cottage ?

Voilà. Un terrain sûr, consensuel. La raison pour laquelle nous sommes ici, pour notre journée exceptionnelle. Je m'enthousiasme :

— Quel endroit merveilleux ! D'ici peu, tes plates-bandes seront en pleine floraison. Les fraises aussi.

Mia lâche un soupir. Son visage est blême. Elle est affreuse. L'air épuisé, elle lâche :

— À mon avis, la meilleure chose à faire serait de rénover la maison et de la mettre en vente.

Voilà donc ce qui l'attriste. Ce n'est pas l'argent, non. Elle a peur de devoir lâcher le cottage. C'est ridicule, mais au moins, je comprends ce qui la travaille, maintenant. Le soulagement me submerge, ne laissant plus que quelques braises incandescentes.

— Mais non ! Nous ne vendrons pas la maison. Tant que je suis là, cela n'arrivera pas. Tout va s'arranger, je te le promets. Tu te souviens de l'époque où tu croyais qu'on ne pourrait pas se permettre cet achat et que je t'ai surprise en organisant le prêt immobilier de mon côté ? S'il te plaît, ne t'inquiète pas pour le cottage, il est à nous. Je m'occupe de tout.

Je suis tellement heureux de voir que la cause véritable de son angoisse n'a rien à voir avec moi, mais avec l'éventuelle perte de sa résidence secondaire. Ce n'est pas mon travail ni nos pépins financiers qui la dépriment. Elle ne veut pas perdre sa maison au bord du lac. Parfait. Elle reste ma douce Mia. C'est étrange, mais ce constat me donne envie de bondir de ma chaise, de saisir son visage entre mes deux mains et de l'embrasser à pleine bouche. De la prendre ici, maintenant.

Mais ce serait un truc à la Tom Cruise, un peu bizarre, pas du tout mon genre. Au lieu de cela, j'affiche mon plus beau sourire :

— Crois-moi. Tu pourras profiter de cette maison aussi longtemps que tu vivras. Bon sang, qu'est-ce que tu crois ? Les garçons vont en hériter. Ce sera la propriété de la famille Strom pour les générations à venir.

J'évite d'ajouter : *Comme chez les Boone.* Greg Boone ne supportait pas que je sois meilleur aux cartes que lui. Je le battais chaque fois qu'ils nous invitaient au lac. Si vous voulez tout savoir, c'était là la vraie raison de notre problème. Il me traitait de tricheur. *Mais non, monsieur Boone.*

Je ne suis pas un tricheur, je suis un gagnant. Dans la fièvre de cette nuit-là, cependant, il n'est pas impossible que j'aie traité Greg d'un ou deux noms d'oiseau, les mains campées sur les hanches. Je sais que je peux avoir l'air menaçant, parfois, mais la plupart du temps, mes aboiements sont plus impressionnants que mes morsures.

— Comme pour les Boone, dit Mia.

Elle semble encore avoir lu dans mes pensées. Pourtant, son visage s'est teinté de douceur. L'air pensif, elle prend une gorgée de son vin.

Mia et moi n'avons jamais évoqué la raison pour laquelle Greg et Doris ont cessé de nous inviter au lac. Ce n'était pas une grosse dispute, je n'ai pas explosé. Je n'ai pas frappé Doris, non plus. Je ne ferais jamais une chose pareille. Je veux dire, vous l'avez vue ? Petite, cheveux courts, trop joyeuse, trop agaçante. Non, je viens de l'expliquer, le seul motif envisageable est que je le battais sans cesse aux cartes. Ou alors, Mia a fait un faux pas.

— Tu parles encore souvent à Doris, n'est-ce pas ?

Voilà quelque chose que je viens de réaliser – la place que Doris tient dans ma vie, à Lakeside mais aussi à Granville. Il est temps d'interroger Mia à ce sujet. Ma salade est terminée, ma fourchette est placée sur seize heures pile, sur mon assiette. Je m'aperçois que je n'ai pas proposé à Mia de la goûter mais, après tout, elle aura la sienne en plat principal.

— Pas beaucoup, non, surtout depuis que ses enfants sont scolarisés dans une école privée, mais c'est une bonne amie. Elle me rend service, vois-tu, parce que je n'ai pas grandi ici, moi. Comme toi, ou elle. Ayant vécu à Granville depuis toujours, elle sait où sont enterrés les cadavres.

Son regard se perd dans le paysage, de l'autre côté de la vitre. À moins qu'elle soit en train d'admirer son propre reflet, comme dans un miroir éclairé par la bougie.

— Tu es ravissante, mon chou, dis-je en réfléchissant à son amitié avec Doris et à l'intérêt que ma femme peut bien porter aux cadavres de Granville.

Parlent-elles de mon frère rebelle, de ma famille ? Est-ce que Doris partage avec elle son penchant pour l'espionnage dans les centres commerciaux ?

Mia sourit et semble rosir d'avoir été surprise en pleine contemplation narcissique. C'est drôle. Mia ne fait pas partie de ces femmes qui vérifient leur apparence dans chaque miroir. J'ai souvent admiré son absence de vanité, sauf les jours où j'aurais souhaité qu'elle fasse un peu plus attention à son physique. Aujourd'hui, cependant, elle paraît littéralement absorbée par la fenêtre. J'ai déjà vérifié : hormis la nuit d'un noir d'encre, il n'y a rien derrière la vitre.

— Je la croise parfois dans notre quartier, à Columbus, reprend Mia, et ici aussi.

Je réalise qu'elle parle encore des Boone. C'est intéressant. Elle poursuit :

— L'époque où nous passions du temps ensemble me manque. Ils forment un couple amusant, et puis ce sont de très bons voisins, ici comme chez nous. Doris a été très gentille avec moi, malgré le fait que nous ne nous voyions plus tous les quatre.

— J'en suis certain, oui. Quant aux activités de couple, si tu veux mon avis, c'est tant pis pour eux. Je n'ai jamais compris pourquoi ils avaient cessé de nous inviter. Tu sais, je serais prêt à les revoir, si tu en as envie. Le week-end prochain, peut-être ? Le quatuor d'enfer qui se retrouve juste à temps pour la saison !

Je suis magnanime. Indulgent. Décontracté. Un vrai gentleman.

La bouche de Mia s'ouvre en grand et elle se penche d'avant en arrière, comme si elle était terrassée par un infarctus. Elle couvre son visage de ses mains et j'entends un cri étouffé, pareil à un miaulement de chat. D'un coup, elle repose ses deux mains sur la table. Je tends la mienne pour en saisir une mais elle l'écarte vivement.

— Oh, tu es impayable ! Tu sais très bien qu'il n'y aura pas de retrouvailles et tu sais parfaitement pourquoi.

J'adopte une expression de curiosité modérée.

— Vraiment ?

— Bien sûr que oui. Greg a dit que tu trichais aux cartes et qu'au moment où vous êtes sortis, tous les deux, parce qu'il voulait t'en parler, tu lui as répondu par des hurlements et des coups. Tu as flanqué ton poing dans la figure de notre voisin, de notre ami, Paul. Voilà ce que tu as fait. Bien entendu, Doris et moi n'en avons rien su. Nous n'avons rien entendu. Tu es venu me trouver et tu m'as dit qu'il était l'heure de rentrer. Tu as remercié Doris pour cette belle soirée et tu as abandonné son mari couvert de sang sur la terrasse, derrière la maison. Je n'arrive toujours pas à le croire.

Là, je penche la tête, je cligne des yeux et je dis :

— Tu as vraiment décidé de me blesser, Mia.

Elle me regarde, bouche bée.

— Pardon ?

— Tu m'as bien entendu. Je n'en reviens pas que tu me croies capable de faire une chose pareille. Greg est un crétin, un mauvais perdant, voilà tout. Il a perdu aux cartes, et au lieu de réagir en homme, il raconte des histoires pour me faire passer pour un idiot. C'est écœurant. Et puis, mon chou, si tu as cru à ce bobard, pourquoi ne m'en as-tu pas parlé plus tôt ?

Je m'interromps quand le serveur revient à notre table, secondé par deux autres membres du personnel. Après avoir déposé nos assiettes devant nous, ils en soulèvent les cloches d'argent d'un seul élan. Une mise en scène pour le moins dramatique.

Contrairement à moi, Mia sourit au serveur, puis elle reporte son regard sur moi.

— C'était donc ça ! Je n'avais pas compris, Paul. Je suis contente que les choses soient claires, maintenant. Le dîner a l'air délicieux, n'est-ce pas ?

Elle me croit. Ma femme me croit. Bien entendu.

— Eh bien, merci pour ces mots, mon chou. Tu as raison, mon veau sent divinement bon et il a l'air succulent. *Bon appétit**.

---

* En français dans le texte. (NdT)

J'en prends une bouchée et apprécie chacune des saveurs qui explosent dans ma bouche. Il n'y a rien de meilleur qu'une viande jeune et tendre. La salade de Mia ressemble à une version élaborée de celle qu'elle a mangée chez Sloopy, à l'heure du déjeuner. Quel dommage que ses goûts soient aussi limités. Mon seul regret, si on peut l'exprimer ainsi, c'est que personne ne nous ait apporté de pain. Je suppose que cette tâche est du ressort de notre chien de garde aux yeux bleus, mais je pourrais me tromper. Il réapparaît à notre table et je le regarde parsemer l'assiette de Mia de poivre avant de l'interrompre – il fait cela avec beaucoup de gentillesse, moudre du poivre pour ma femme.

— Pourrais-je avoir un peu de pain ?

Le serveur se raidit, le moulin serré entre les doigts, puis il hoche très légèrement la tête à mon intention et disparaît.

— J'ai bien l'impression que ce serveur ne s'est toujours pas remis de notre dispute de tout à l'heure. Veux-tu lui dire que tout va bien ? Ou alors, nous pourrions nous tenir la main quand il rapportera la panière ?

Mia sourit :

— Est-ce que tout va bien, Paul ? Je n'en suis pas certaine.

Ses yeux s'embuent mais elle baisse le regard vers sa salade et ses cheveux masquent son visage comme un écran de protection.

— Hé, je croyais qu'on était passé à autre chose. Est-ce que nous ne sommes pas en train de savourer un excellent dîner ?

J'abaisse ma voix à son niveau le plus apaisant avant de poursuivre :

— Si tu veux mon avis, mon chou, c'est même mieux que cela : nous sommes bénis.

Le panier à pain apparaît, accompagné d'un beau morceau de beurre dans une petite coupelle de porcelaine. Je m'en empare avant de me rappeler qu'il faut que j'en propose une tranche à Mia :

— Un peu de pain ?

Elle lève les yeux et sa chevelure soyeuse s'écarte pour révéler son visage.

— Non, merci. Tu as raison. Nous sommes bénis. J'aimerais seulement me sentir mieux, être plus en forme. Je suis lasse d'être malade, voilà tout, ajoute-t-elle avec un sourire, avant de conclure : Tout va bien, tu as raison. Mangeons.

— Mangeons.

Je meurs de faim, tout d'un coup, et il me tarde de m'atteler à ce repas qui m'attend. Mia sourit et prend une bouchée de sa salade. Nous allons bien, tellement bien. Nous mâchons notre nourriture en nous regardant dans la lumière tremblotante de la bougie. C'est comme si tous les autres, dans la salle, avaient disparu et que nous nous retrouvions tous les deux, liés contre le reste du monde.

— Tu sais ce qui me manque ?

— Non. Qu'est-ce qui te manque, mon chou ?

Elle semble si belle, si heureuse en cet instant. Je suis de nouveau submergé par l'envie de prendre sa main, de me rappeler cet instant et ce regard pour l'éternité, mais je veux vraiment finir ma viande.

— C'est ce sentiment d'insouciance. Cette liberté.

Après avoir prononcé ces mots, elle enfouit sa fourchette dans une montagne de légumes et enfourne tout ce bazar entre ses lèvres sans réfléchir, réalisant un peu tard que c'est une quantité beaucoup trop importante à mâcher. Elle couvre hâtivement sa bouche de sa main pour mastiquer.

Je lâche un léger gloussement hilare. On dirait une vache.

— Eh bien, c'est toi qui voulais des enfants, dis-je. Comme tu le sais, on peut dire adieu à sa liberté une fois qu'on est parent.

— En effet. Mais il ne s'agit pas seulement des enfants. Ce ne sont pas eux qui me donnent la sensation d'être moins… moins libre.

Elle lève les yeux au plafond puis tourne son visage vers la fenêtre. Au bout d'un moment, elle se retourne vers moi :

— Je me suis rappelé notre première rencontre, au bureau. Tu étais si intrépide. Tu m'as invitée à dîner alors que nous avions à peine échangé trois mots, sans compter que c'était contraire aux règles de l'entreprise. Tu étais mon supérieur, tout de même. Qu'est-ce qui se serait passé si je t'avais dit non, ce jour-là, au bureau ? Comment aurais-tu réagi ?

Mia me regarde avec le même amour et la même admiration que j'ai lus sur son visage le jour où nous nous sommes rencontrés. Ce regard qui indiquait qu'elle était tout à moi.

Radieux, je la contemple. Elle si mignonne, si innocente.

— Les femmes ne me refusent rien, mon chou. Tu en es la preuve vivante. Une fois que j'avais jeté mon dévolu sur toi, tu étais fichue.

Je dépose le dernier morceau de veau entre mes dents et je m'apprête à le déguster.

21 H 15

17

JE FAIS DURER MA DERNIÈRE BOUCHÉE. Le goût du veau est si particulier – riche, dense. Évidemment, sa viande varie selon les plats, mais elle garde des traits communs. Des saveurs subtiles, une chair malléable, qui me procurent une joie profonde. Je finis par l'avaler et je souris. Je repense à la cour que j'ai faite à Mia. C'était tellement facile, par rapport à d'autres, rencontrées récemment. Plus particulièrement Caroline.

Elle l'a senti, pourtant. L'alchimie, l'attirance. Mon pouvoir. Oh, il faut que je me concentre sur Mia. C'est plus accessible. Je suis en pleine opération « Ce Soir Mia Retombe Amoureuse de Moi ». Mais enfin, je suis perplexe. Qu'est-ce qui lui prend ? Pourquoi ce retour permanent vers le passé ? Je déglutis et décide d'adopter une approche plus douce :

— Tu n'aurais pas dit non, Mia. Le lien s'est fait instantanément. Notre alchimie était incroyable. Je sais que tu l'as ressentie, toi aussi.

— Je l'ai sentie, oui, admet Mia à voix basse.

Je me penche en avant pour mieux l'entendre quand elle reprend :

— Mais si je m'étais refusée à toi, qu'est-ce que tu aurais fait, sachant que nous travaillions dans la même entreprise ? Aurais-tu été gêné ? Aurais-tu tenté de me faire licencier, peut-être ? Tu avais tout le pouvoir. J'étais nouvelle à l'agence. Qu'est-ce qui se serait passé ?

— Je ne suis pas sûr de trouver une quelconque valeur ajoutée à ces conversations hypothétiques, mais si tu m'avais dit non, j'aurais continué à te demander de sortir avec moi jusqu'à ce que tu cèdes. Je savais que nous étions faits l'un pour l'autre. Je ne pouvais pas m'imaginer d'autre dénouement.

Je suis vraiment bon pour ce genre de discours. Je poursuis :

— Notre histoire est un roman d'amour, un coup de foudre avec tous les clichés : « ils vécurent heureux » *et cætera.*

— Je ne lis pas de romans d'amour, mais je sais que la majorité des humains sont envahis par la peur et la honte. La plupart des types auraient été nerveux à l'idée de proposer un dîner à une jeune associée nouvellement arrivée, surtout dans le cadre très réglementé du travail. Mais toi, tu n'as pas eu peur. Pas du tout. Tu n'as pas été gêné, non plus. C'est intéressant.

Elle doit avoir fini de ruminer ses légumes, car elle repose sa fourchette à seize heures pile et repousse son assiette de quelques centimètres. Elle a des manières irréprochables. Voilà encore une raison pour laquelle je l'aime.

— Je sais ce que je veux et je suis prêt à tout pour l'obtenir. Il n'y a pas de honte à cela, Mia. Pas pour moi, en tout cas. Je suis ainsi fait.

— C'est vrai, approuve-t-elle. Je te trouvais si unique, quand nous nous sommes rencontrés. Wouah ! Tu m'as impressionnée. Je me souviens de ces énormes bouquets de fleurs qui m'arrivaient sans arrêt. Tu cachais d'adorables messages d'amour dans des coins improbables de mon bureau, pour me surprendre. Tu m'as tourné la tête, comme dans un film, comme dans mes rêves. Avant même que je ne m'en rende compte, j'avais délaissé mes amis et ma famille pour passer tout mon temps avec toi. J'étais ivre de toi. Je te trouvais tellement exceptionnel, je pensais que tu étais le plus beau, le plus intelligent, le plus romantique des hommes que j'avais jamais rencontrés. Quant au sexe, eh bien, je n'avais pas connu d'autre homme avant toi. Tu m'as tout appris.

Mia marque une pause et boit une gorgée d'eau. Ses yeux brillent, probablement d'amour.

— Il m'en a fallu du temps, pour comprendre le genre d'homme que tu es.

— Le genre d'homme que je suis ? Qu'est-ce que ça veut dire ?

— Puis-je vous débarrasser, madame ? interrompt notre serveur de façon très grossière.

Mia essaie visiblement d'expliquer quelque chose, quelque chose qui me concerne, ou alors nous deux, je ne sais pas.

— Oui, merci. J'ai terminé. Nous ne prendrons pas de dessert, n'est-ce pas, Paul ?

— En effet. Le veau était parfait, dis-je au serveur.

Celui-ci m'ignore et demande à Mia :

— Un café ?

— S'il vous plaît, répond Mia.

— Non, dis-je au même moment.

Il va lui en apporter un, j'en suis sûr. Pourtant, Mia sait très bien que je déteste l'attendre. Quand un repas est terminé, il est terminé. Je n'aime pas m'éterniser à table. Vous savez pourquoi, maintenant : eh oui, l'histoire des haricots verts.

— Ma famille et mes amis n'en revenaient pas : je suis tombée amoureuse du jour au lendemain et en un clin d'œil, nous étions fiancés. Six mois à peine après notre premier rendez-vous ! C'est vraiment rapide. Qu'est-ce que je ne dirais pas à Sam ou Mikey s'ils me faisaient un coup pareil. Et ensuite, boum. Je suis tombée enceinte. Quel tourbillon !

— Oui. C'est exactement cela. Je n'ai pas eu l'impression que cela allait trop vite. Existe-t-il des règles concernant les fiançailles ? Je ne crois pas. Quand tout colle, tout colle.

— Tu as eu l'opportunité de parcourir le monde, de voyager, de vivre seul. Moi, en gros, je suis passée du domicile de mes parents au tien, en passant par la fac.

Mais oui. C'est précisément ce qui te rendait si parfaite. Je le pense, mais je n'en dis rien. Je fais rouler ma tête d'une épaule à l'autre et j'entends une sorte de crac sur le côté gauche de mon cou. Pourquoi fouille-t-elle dans le passé ? Les choses se sont passées comme ça. Elles ont fait de nous ce que nous sommes aujourd'hui. C'est bien pour cela que je l'ai sélectionnée, elle.

— Ce n'est pas faux. Mais c'est un parcours que de nombreuses femmes choisissent, un beau parcours.

— Cela n'a pas changé, même quand j'ai découvert que tu avais été infidèle durant nos fiançailles, reprend-elle tandis que le serveur dépose une tasse à café devant elle et commence à verser le liquide noir et chaud.

Cette odeur me rappelle les matins au bureau, avec Caroline. Je sens que je fronce les sourcils. Le serveur me déteste encore plus, maintenant. Pourquoi Mia déballe-t-elle notre passé devant cet étranger aux yeux de glace ?

— Du sucre ? De la crème ?

La manière dont il prononce ces mots ! On dirait qu'il dit : « Tu me veux ? Maintenant ? »

— Non, merci, répond Mia.

Une fois que le serveur a pris congé d'une légère courbette, elle me regarde et rougit. Elle doit savoir que je fulmine. Le volcan s'est ranimé.

— Je ne veux pas te contrarier, Paul. C'est juste que j'ai beaucoup réfléchi pendant cette période, enfin, surtout ces derniers mois.

Je n'aime pas quand Mia cogite. Tout ce que je demande, c'est qu'elle s'affaire à la maison, qu'elle prenne soin des enfants, de notre foyer et de ses parents, pour qu'ils continuent à nous envoyer du cash. Il faut qu'elle cesse de penser, c'est tout. Et puis aussi, qu'elle arrête de parler aux voisins fouineurs comme Doris ou Buck.

— Mon chou, tu n'as aucune raison de réfléchir.

Je secoue ma tête avec insistance. Si seulement elle pouvait se contenter de finir ce satané café. Pourquoi évoque-t-elle ce coup d'un soir insignifiant, qui date de plus de dix ans ?

C'est comme si elle ne m'entendait pas.

— Les faire-part étaient déjà postés, nous étions à quelques jours de la cérémonie quand je l'ai appris. Quelqu'un, à l'agence, avait laissé un mot dans le tiroir de mon bureau : *Ton fiancé drague une cliente.* Je me vois encore tenir cette fiche cartonnée sur laquelle le message était écrit. Mes mains tremblaient mais, dès que je l'ai lue, j'ai compris que c'était vrai. Je t'avais surpris en train de flirter avec elle au bureau. J'avais vu comme elle te regardait. C'est la honte qui m'a empêchée d'annuler le mariage. Tu savais que je réagirais ainsi, n'est-ce pas ? C'est pour cela que tu n'as pas nié, quand je t'ai montré le message. C'était un jeu de pouvoir. Tu as prouvé que, quoi que tu fasses, je t'épouserais, je resterais avec toi. Tu avais déjà gagné, à cette époque.

Je gagne toujours. Cela dit, je m'aperçois que ma mâchoire s'est crispée pendant qu'elle parlait. Enfin, c'est du passé, tout ça. Si elle tient vraiment à s'appesantir sur ces vieilles histoires, elle peut le faire toute seule. Je ne me sens pas coupable d'avoir eu cette aventure avec cette cliente. C'était ma dernière révérence avant de me faire passer la corde au cou. Des tas de gars font la même chose. Ce que je regrette, c'est d'avoir oublié son nom. Elle est partie s'installer dans le Michigan, je crois. Ou ailleurs. Bref.

— Mia, est-ce que cette affaire t'a vraiment travaillée pendant tout ce temps ? Comme je te l'ai dit, c'était une erreur. Je voulais te la confesser moi-même pour entamer notre vie commune dans l'honnêteté et la confiance et je ne suis pas fier d'avoir été devancé. Souviens-toi, je me suis mis à genoux pour te demander pardon.

Je repense à ce moment étrange, dans son bureau. J'ai immédiatement admis ma culpabilité mais j'ai rejeté la faute sur la cliente et ai supplié Mia de me pardonner. Tout s'est parfaitement déroulé. Réagir au pied levé, modifier légèrement ma trajectoire fait partie de mes forces.

— Tu te souviens, mon chou, comme elle m'a aguiché, cette cliente. Tu l'as vu toi-même. Mon seul crime a été de me tromper dans mon jugement. Je tenais trop à remporter ce contrat. C'était idiot de ma part et, tu le sais, cela ne s'est jamais reproduit. La preuve : notre mariage est une véritable réussite. Il n'y a jamais eu le moindre accroc entre nous. Il n'y a rien à redire. N'est-ce pas ?

Je ne veux pas entendre sa réponse alors je me dépêche d'ajouter :

— Je suis tellement heureux. Regarde-nous – nous sommes si bien assortis. Nous avons deux garçons formidables et une vie merveilleuse. Je t'aime. Quelle journée exceptionnelle, mon chou.

Mia sirote une gorgée de son café en m'observant pardessus le rebord de sa tasse. Au bout d'un moment, elle la repose dans sa soucoupe et son regard se détache du mien.

— C'est vrai, c'est notre journée exceptionnelle. Qu'as-tu prévu d'autre pour nous, ce soir ?

— J'ai encore quelques tours dans mon sac, dis-je en pensant aux cigarettes dans ma mallette et aux allumettes dans ma poche – sans compter la surprise, dans la boîte à gants. Tu es prête ?

— Je vais demander l'addition, dit Mia, consciente que le serveur lui répondra, à elle.

— Il va falloir que tu lui donnes une de tes cartes. Je… J'ai oublié de faire ce virement.

J'affiche un visage débordant d'amour et de joie. Je tends la main vers ma femme, à travers la table. Elle ignore mon geste.

— Je m'y attendais, répond Mia avec un sourire forcé et un étrange mouvement de la tête.

Nous devons ressembler à l'un de ces couples, sur les publicités des années cinquante, qui faisaient la promotion d'une belle vie, toute guindée et parfaite. Sauf que dans ce scénario, ce serait à l'homme de payer l'addition. Je sais.

— Tout va s'arranger, ne t'inquiète pas, dis-je encore une fois.

Elle secoue la tête avant d'attraper son sac accroché au dossier de sa chaise et d'en extraire une American Express Platinum que je n'avais encore jamais vue.

— Dieu merci, j'en avais commandé une pour des urgences, explique-t-elle alors que le serveur arrive.

Elle glisse sa carte dans ses mains.

Je croise les bras sur mon torse.

— Ceci n'est pas vraiment une urgence, Mia. C'est un revers du destin. Ça va passer, comme toutes les épreuves de la vie, mon chou.

— Vraiment ? Comment as-tu prévu de résoudre notre situation financière, Paul ?

Heureusement, le serveur revient avec la facture pliée dans une chemise de cuir noir avant que je puisse formuler ma réponse. Je regarde Mia ouvrir le dossier, récupérer sa carte et ajouter vingt-cinq pour cent de pourboire pour son garde du corps, avant de gribouiller sa signature : *M. Pilmer.*

21 H 30

18

C'EST OFFICIEL. C'est le dîner le plus long de mon histoire, depuis ce fiasco avec les haricots verts. Je réalise cela alors que nous nous tenons dehors, devant le restaurant, en attendant de récupérer notre voiture. Je me demande si Mia fait exprès de prolonger ce moment – mais pourquoi ferait-elle une chose pareille ? Le parking est presque vide, mais pas complètement. Manifestement, il y en a qui subissent un dîner encore plus long que le mien. Je les admire.

— Les étoiles sont belles, ici, dit ma femme en regardant le ciel, c'est une des choses que je préfère, quand nous sommes près du lac. Les lumières de la ville ne peuvent pas les éclipser, si bien qu'elles brillent de toute leur force.

Elle sort son téléphone et je la regarde ouvrir son application d'astronome amateur pour trouver le nom des constellations. Quelle activité infantile. Je souris malgré moi.

— Oh, regarde ! C'est Orion, fait-elle en élevant son téléphone de telle manière qu'il occulte complètement sa vue sur le ciel.

Ridicule.

— C'est le chasseur, reprend-elle, puis son bras retombe, elle me regarde et elle relève enfin les yeux vers le ciel.

— Qu'est-ce qu'il chasse ?

Le parking est tellement calme que c'en est sinistre ; nous ne sommes que tous les deux. Les rares clients restants se réduisent à quelques points minuscules autour des tables, à peine visibles derrière les fenêtres.

— Tu ne te souviens plus de tes cours de mythologie grecque ? C'était pendant ta dernière année de faculté, non ?

— C'est vrai, mais je ne prêtais pas beaucoup d'attention au professeur, je crains, dis-je en regardant Mia.

J'avais d'autres choses en tête. Lois, par exemple. Mais ma femme n'en sait rien.

— En fait, Orion est une sorte de narcisse. Il se prend pour le meilleur chasseur du monde, mais la femme de Zeus le tue à l'aide d'un scorpion. D'ailleurs, la constellation du Scorpion n'est pas encore levée, à cette heure. Elle ne sera pas visible avant les premières heures du matin, quand Orion disparaîtra.

Elle ne me regarde pas. Elle continue d'étudier le ciel.

Moi non plus, je ne la regarde pas. Plus maintenant.

— Waouh, une étoile filante ! Est-ce que tu l'as vue ? lance-t-elle tout d'un coup en me tapant sur l'épaule.

Enfin le voiturier amène notre voiture.

— Veuillez excuser cette attente. Quelqu'un avait bloqué votre voiture, je ne trouvais plus les clés, et... Enfin, je suis désolé, dit-il en se précipitant pour ouvrir la portière à Mia qui s'attarde à contempler les étoiles.

— Madame ?

— Oh, oui. Pardon, s'excuse-t-elle en se glissant sur le siège passager.

Je suis déjà installé, très désireux de partir. Le voiturier garde la portière ouverte. De toute évidence, il attend un pourboire.

Mia s'en aperçoit et fouille dans son sac avant de lui remettre un billet. Le type sourit et lance :

— Bonne nuit ! Et merci ! avant de claquer la porte.

— Tu es d'humeur généreuse, ce soir, on dirait.

D'ordinaire, j'apprécie les personnes qui donnent de bons pourboires. C'est un moyen de montrer qu'on n'est pas n'importe qui. J'ai toujours vu large, sur ce point. Pour un homme de ma carrure, c'est presque une obligation. Mais Mia ferait mieux d'éviter de dépenser de l'argent que nous n'avons pas.

— Ce pauvre garçon était à bout de souffle, répond-elle. En tout cas, c'était fabuleux de voir une étoile filante. Elle a explosé au beau milieu de la ceinture d'Orion. Quel dommage que tu l'aies manquée.

— Je l'ai vue.

Je mens, mais je ne veux pas me sentir exclu. Il y a un dernier sujet que j'ai prévu d'aborder pendant notre trajet de retour, mais j'avais espéré que Mia aurait bu davantage. Elle aurait été plus encline à parler sans réfléchir. Enfin. De toute manière, j'en fais ce que je veux, comme de la plupart des femmes.

— Au fait, mon chou, est-ce que ton père t'a parlé de ton oncle éloigné, celui qui a rompu tout lien avec la famille et qui vit au Texas ?

Conscient du fait que cette question arrive comme un cheveu sur la soupe, j'ajoute :

— C'est cette histoire de constellations qui m'a fait penser à l'étoile solitaire* et à ton oncle.

— Hm, non... Nous ne parlons pas beaucoup d'oncle Derrick, tu le sais bien. Pourquoi tu me poses cette question ?

— Oh, pour rien. Je pensais à lui l'autre jour, au bureau – ou plutôt pendant un entretien d'embauche. L'un des gros clients de cette agence est basé au Texas. Ça m'a fait penser à lui. Je serais curieux de savoir ce qu'il devient.

— C'est un trafiquant de drogue, quelque chose de ce genre. Cela dit, quand j'étais jeune, c'était toujours un convive très amusant, lors des fêtes.

---

* Allusion au drapeau du Texas sur lequel figure une étoile solitaire. (NdT)

Je m'aperçois qu'elle est cramponnée à la poignée de sa portière. Le genre de position qu'on adopte quand on redoute un accident. Elle poursuit :

— Mais tu as raison. Je ferais bien de prendre de ses nouvelles.

— Ce n'est pas une bonne idée. Tu sais bien : on ne réveille pas un chien qui dort. Surtout quand il fait partie de la famille. Et puis, s'il est vraiment trafiquant de drogue, je n'ai pas envie qu'il approche les garçons. J'ai parlé de lui à cause des étoiles, voilà tout.

Mon débit est précipité et mon cœur bat à tout rompre, dans ma poitrine.

— Très juste. On ne sait jamais. Il pourrait nous apporter des ennuis.

Mia semble en avoir terminé avec ce sujet, heureusement. Le reste du trajet vers Lakeside se déroule dans un silence agréable. Je savoure le fait de ne pas avoir à rentrer à la maison, payer la baby-sitter et batailler avec les garçons pour les mettre au lit. Ce moment me semble si paisible, juste nous deux dans la pénombre d'une voiture, réunis dans le silence. Un peu comme si, tous deux vieillissants, nous jouions au Scrabble ou à un autre jeu innocent. Un jeu de patience, me dis-je avec un sourire.

Bien sûr, il m'arrive de penser que je pourrais continuer ainsi. M'estimer heureux, me convaincre que j'ai tout ce qu'il me faut. Nous deux et nos garçons, fondus dans le reste de la population moyenne exerçant des professions ennuyeuses. Nous continuerions à venir ici les week-ends, à pêcher le doré jaune. Malgré mon titre de chef des ventes, je serais en réalité le directeur de la publicité du magazine local. Fatiguée de travailler depuis la maison pour l'agence de John, Mia se rendrait trois jours par semaine dans le petit bureau de *John Larson Advertising*. Elle gagnerait à peine de quoi couvrir les frais de garde qui lui incomberaient chaque fois qu'une réunion coïnciderait avec la sortie d'école des garçons, mais au moins, elle se sentirait productive. Elle déjeunerait avec ses collègues – hormis John, il n'y en a que trois – et la réceptionniste lui confierait que John a un faible pour elle. Elle sourirait à cette coquine et répondrait qu'il n'est rien de plus, pour elle, qu'un bon ami. Elle rêverait de nos week-ends au lac.

Pendant ce temps, à mon magazine, je rendrais des comptes à l'éditrice, une femme aussi visionnaire qu'une taupe rêvant que nous devenions le meilleur magazine de la ville – c'est le seul magazine de la ville. Sa chevelure d'un brun de rongeur serait crêpée pour lui donner plus de volume et elle aurait abusé du Botox au point d'arborer un visage pétrifié comme un masque. Elle parviendrait tout juste à esquisser un clin d'œil dans ma direction quand elle m'escorterait, après notre réunion de directeurs, et me demanderait si je veux prendre un café avec elle. Tout en parlant, elle glisserait ses ongles laqués de rose pâle le long de la couture de ma veste italienne. Je lui répondrais que je suis très heureux avec ma femme, mais que je suis confiant quant à nos objectifs financiers. Elle me dirait qu'elle se fiche bien des revenus et, plus tard, au cours de cette même journée, elle insisterait pour que je vienne prendre l'apéritif avec l'équipe, à l'instar de chacun de ses nombreux collaborateurs. Elle me tiendrait en échec.

Un frisson d'horreur me parcourt et j'espère que Mia ne s'en aperçoit pas. Je n'ai jamais été fait pour ce type de vie linéaire, prévisible et ordinaire. Les hommes comme moi ne vieillissent pas paisiblement. Ils avancent en bataillant à chaque pas. Je rentre mon ventre – l'unique défaut dans mon apparence autrement juvénile. Je suis semblable à Orion qui brille dans le ciel : ne m'approchez pas de trop près, je pourrais vous brûler.

Au moment où je m'engage dans notre rue, je m'aperçois que notre cottage est éclairé, lumineux, aussi accueillant que celui des Boone, peut-être même davantage. Je ne me souvenais plus que nous avions laissé autant de lampes allumées. Manifestement, c'est le cas.

À côté de moi, Mia étire ses bras devant elle, puis elle couvre sa bouche de sa main pour étouffer un bâillement. Il va falloir que je la persuade de prendre un dernier verre de vin, ou bien une tasse de thé.

Il n'est pas encore l'heure de se coucher.

22 HEURES

19

Les pas de Mia me parviennent depuis l'étage supérieur. Elle se trouve dans notre chambre à coucher et se débarrasse de sa robe et de ses talons. Je ne lui en veux pas. Je me rappelle une fois de plus que nous avons de la chance, nous les hommes, de ne pas avoir besoin de nous dandiner sur la pointe des pieds pour attirer l'attention du sexe opposé. D'ailleurs, comme vous le savez, je n'ai jamais rencontré aucune difficulté dans le jeu de la séduction et de l'accouplement. Il existe des hommes et des femmes, cependant, qui – eh bien oui, qui ne peuvent pas se permettre de négliger les améliorations esthétiques que leur offre le marché.

Pendant qu'elle se change, je ressors pour chercher ma surprise dans la boîte à gants. C'est une vieille enveloppe blanche de chez Thompson Payne, avec le logo de l'agence et l'adresse de l'expéditeur dans le coin gauche, en haut. Très simple et formelle, elle est hermétiquement fermée et il y a un petit quelque chose de spécial à l'intérieur.

J'ai rangé la voiture dans le garage pour faire plaisir à Mia. Une fois que j'aurai récupéré ma surprise, il faudra que j'appuie sur le bouton et que je file sans trébucher sur les détecteurs. Si je garde cette maison, je ferai réparer la porte qui mène au garage. Elle a toujours été branlante. J'actionne la fermeture et je m'élance dans la nuit en sautant par-dessus la ligne des détecteurs. Je ne sais pas comment je me suis débrouillé, mais j'ai réussi à garder l'enveloppe dans la main. L'univers veut se racheter pour cette histoire de croissants, j'en suis sûr.

Toujours au petit trot, je parviens à rentrer par la porte arrière en un temps record et je me glisse dans la cuisine. Elle est vide.

— Mia ?

— Je suis en train de me changer, répond-elle depuis le haut des escaliers.

— Super. Je nous prépare un dernier verre !

— Bonne idée, je descends dans une minute.

Je sors prestement deux verres droits, attrape le brandy dans notre placard à liqueurs – ou plutôt, l'espace de rangement au-dessus du réfrigérateur. Nous ne sommes pas vraiment adeptes des digestifs après le dîner, mais aujourd'hui est une occasion particulière. Je verse l'alcool dans les verres. Le puissant parfum de la liqueur me pique les yeux. Qui sait si le brandy peut périmer ? Tant pis, je n'ai pas le temps de changer de plan. Je saisis l'enveloppe, sur le comptoir et, en un seul mouvement habile, j'en déchire précautionneusement un coin, celui où figure l'inscription Thompson Payne. D'ordinaire, je porte des gants, mais je n'ai pas le temps de prendre des précautions. Je verse le contenu dans un verre, je froisse l'enveloppe et la jette dans l'évier.

Il y a une bougie, juste à côté. L'emballage à carreaux verts est d'inspiration campagnarde et annonce fièrement : « Bougie de cottage ». Un cadeau de la mère de Mia, je crois. Je fouille dans ma poche et j'en sors la boîte d'allumettes. J'en gratte une, j'allume d'abord la bougie, puis j'approche la flamme du bout de papier froissé. Il met un temps infini à prendre feu.

— Qu'est-ce que tu fais ?

Je sursaute. Mia est dans la cuisine.

Je me retourne pour dissimuler l'évier.

— Bon Dieu, Mia, qu'est-ce qui te prend d'approcher sur la pointe des pieds ?

Vivement que l'enveloppe finisse de se consumer.

— Qu'est-ce qui brûle ?

Quand je me retourne vers la vasque, l'enveloppe s'est entièrement désintégrée.

— Bon sang, j'ai juste jeté l'allumette dans l'évier après avoir allumé la bougie, mais il devait y avoir une serviette en papier.

J'allume le robinet et arrose les flammes. L'enveloppe blanche n'est plus qu'un tas de cendres qui disparaissent aisément dans la canalisation. Je me lave consciencieusement les mains, puis les essuie.

— L'Ours Smokey* serait fier de toi.

Elle a revêtu un bas de jogging. De couleur grise, il lui donne des airs de femme au foyer oisive qui s'empiffre de biscuits Oreo en regardant la télé toute la journée. Pour compléter la tableau, elle s'est affublée d'un sweat-shirt gris sur lequel est imprimé LAKESIDE en lettres blanches. Charmant.

En voyant ma tête, Mia lâche un petit rire :

— Je sais que tu détestes me voir en jogging, mais l'air est un peu frais, ce soir. C'est beaucoup plus confortable, comme cela.

— Ça se voit, dis-je en essayant de cacher mon mépris derrière un sourire, allons nous asseoir pour profiter de nos digestifs, tu veux bien ? Je vais mettre quelques bougies de plus.

— Très bien.

Je lui tends son verre de brandy et je la suis dans le séjour.

---

* Le « Smokey Bear » est la mascotte du Service des forêts, aux États-Unis. Il a été inventé pour informer le grand public du danger des incendies de forêt. (NdT)

Je sors à nouveau les allumettes de ma poche et allume les trois bougies de la table basse, puis je m'installe à côté de ma femme sur le canapé fauve. C'est divin d'être à la maison, juste tous les deux, douillettement installés dans nos nouveaux meubles de luxe, sélectionnés avec soin par un décorateur. Vous pouvez nous imaginer, nous prélassant dans le salon de notre maison du lac, en sirotant un digestif après un dîner coûteux au restaurant. Nous sommes un couple qui a réussi, un couple enviable. Je suis beau, Mia est bien conservée – même si cela ne se voit pas dans sa tenue actuelle.

— À ta santé ! À nous deux.

Je lève mon verre de cristal et le fais tinter contre le sien. Elle renifle sa boisson. L'odeur puissante de l'alcool lui arrache une grimace et elle en éloigne vivement son visage. Sa tête part en arrière comme si elle avait vu un fantôme. Je crois voir trembler sa main crispée autour du verre, très légèrement. Est-ce que je me trompe ? Je sirote une gorgée de mon propre brandy en veillant à ne pas frissonner, et je souris. L'alcool est fort, c'est vrai, mais elle exagère.

— Enfin, voyons. Je sais que tu n'aimes pas le brandy, mais c'est le seul digestif qu'on avait dans le placard. Cette soirée est particulière, non ? Bois-le, mon chou, il va te réchauffer.

J'ajoute avec un clin d'œil :

— Ensuite, c'est moi qui prendrai le relais.

Elle sourit faiblement :

— Oui, je vais essayer, Paul.

Je l'observe attentivement pendant qu'elle approche son verre de sa bouche.

À cet instant, un coup se fait entendre à notre porte d'entrée. Mia baisse le bras, repose le verre sur la table basse et me regarde avec inquiétude. C'est bizarre. Personne ne vient chez nous après vingt-deux heures, pas à Lakeside. Pas même à Columbus.

Les paupières de Mia s'écarquillent quand je me lève.

— Reste assise. Je vais voir ce que c'est.

Je suis courageux. Je suis l'homme de la maison. Je me dirige vers la porte d'entrée et j'allume les lampes du porche. Buck se tient dans le halo lumineux. Quel culot.

J'ouvre grand la porte et lance :

— Je sais que votre femme est morte et que vous avez probablement oublié ce genre de choses, mais quand un homme passe une soirée en amoureux avec sa femme, s'incruster n'est jamais une bonne idée. Ni avant ni après. Qu'est-ce que vous n'avez pas compris dans ce concept, exactement ?

Mes mains sont campées sur mes hanches et je sais que mes mots sont coupants, voire méchants. Je le sais, et ça me plaît. Il m'a énervé une fois de trop. Je reprends :

— Enfin, quoi ! Qui vous a dit que vous pouviez passer chez nous à n'importe quelle heure ? C'est pour vérifier la poussée des fraises, peut-être ? Elles vont bien. On n'a pas besoin de vous, monsieur Pouce Vert. Bonne nuit.

Je lui claque la porte au visage avant qu'il ait le temps de répondre. J'espère qu'il a compris qu'il n'était pas le bienvenu. Si son cerveau obtus n'avait pas saisi mes allusions jusque-là, le message devrait être clair, maintenant.

Je vérifie s'il s'en va par la fenêtre en forme de demi-lune de la porte et je m'aperçois qu'il est resté debout sur la véranda. Il me regarde. Visiblement, il n'a pas l'intention de partir.

— Bon Di...

Je suis sur le point de rouvrir la porte, à présent pour lui faire comprendre le message avec mon poing. L'idée me plaît déjà mais Mia se matérialise à côté de moi, m'arrête dans mon élan et prend les devants :

— Buck, quelle bonne surprise de vous voir deux fois dans la même journée ! Est-ce qu'il se passe quelque chose ?

Je fulmine. Mia tient fermement ma main et papote avec Buck alors que je ne rêve que d'une chose, lui casser la gueule.

— En effet. Un cambrioleur rôde dans les parages. Le shérif est passé tout à l'heure, mais vous étiez absents. Je me suis dit qu'il valait mieux que je vous transmette le message.

Quel brave petit scout.

— Oh, là là ! Merci de nous prévenir. Voulez-vous nous en dire un peu plus autour d'un dernier verre ?

— Avec grand plaisir, répond Buck en faisant un pas en avant.

Il ne manque vraiment pas de culot. Je me tourne vers ma femme. C'est aussi sa faute, à elle. Il faut qu'elle arrête de me manquer de respect.

— Mia, ceci est notre soirée exceptionnelle à tous les deux. La meilleure d'entre toutes.

J'arrache ma main de la sienne comme un gamin qui va faire une scène et je m'apprête à saisir son bras à mon tour. S'il le faut, je l'attirerai à l'intérieur pour l'éloigner de Buck. Plus rapide que moi, elle recule de quelques pas et se met hors de ma portée.

— Oui, c'est une soirée très particulière, Paul, mais Buck fait cela pour nous aider. S'il y a un problème de sécurité dans le voisinage, j'aime autant savoir comment je dois me comporter. Or, Buck peut nous le dire.

Elle est calme. Son visage est rouge mais sa voix est ferme. Nous voilà en pleine confrontation sur la véranda. Mia reprend à l'intention de Buck :

— Entrez, s'il vous plaît. Joignez-vous à nous.

Non, Buck, ce n'est pas ça. Ce n'est pas ce que tu penses. Elle t'a proposé de venir papoter, boire un verre, rien de plus. Nous ne sommes pas échangistes. Nous ne faisons pas partie de ces gens ouverts à la « différence », ces gens qui cochent « c'est compliqué » sur les sites Internet. Non. Nous nous situons au-dessus de la moyenne. J'ai un cadeau pour ma femme. Si une femme ne suffit pas pour mes largesses, pour tout ce que j'ai à donner, je m'arrange néanmoins pour que chacune se croie unique. Est-ce que c'est clair ?

Je dois me concentrer.

Mon cerveau tourne à plein régime. Je suis en train de perdre le contrôle de mon foyer et je ne sais pas comment réagir. Mon esprit surchauffé essaie de trouver une solution mais Buck entre dans la maison et s'interpose entre Mia et moi. Je dévisage ma femme, qui évite mon regard et attire Buck à l'intérieur. Elle lui emboîte le pas. Je n'ai pas d'autre choix que de faire de même. J'entre dans la maison, je referme la porte derrière moi et je me demande ce que je peux faire pour me débarrasser de cet invité importun.

— Je vous sers quelque chose à boire ? demande Mia qui l'a rejoint dans le salon.

Il ne me reste plus qu'à la suivre.

— Avec plaisir, qu'est-ce que vous avez ? demande Buck.

Il porte un tee-shirt estampillé LAKESIDE, exactement comme celui de Mia sauf que le sien est bleu marine. À part ça, il porte un jean délavé et ce genre de baskets que les gens de l'Est appellent des chaussures de bateau. Une tenue nautique sans aucune originalité.

— Paul m'a préparé un brandy mais je ne suis pas d'humeur, dit Mia en pointant du doigt le verre qu'elle n'a pas touché, sur la table basse.

— Ce truc sent le liquide d'allumage pour briquets. Est-ce que vous avez du vin ? Rouge ou blanc, peu importe.

— Bien sûr, répond Mia. Paul, est-ce que tu veux bien ouvrir une bouteille de vin et servir un verre à Buck ? Je vais en prendre, moi aussi.

Qu'est-ce qui se passe, bon sang ? Me voilà contraint de servir du vin à ma femme et à mon pot de colle de voisin. Mes mains se crispent et j'ai toutes les peines du monde à cacher mes poings serrés dans mes poches. Avec un sourire, je les regarde s'installer autour de la table basse.

22 H 30

20

IL NE FAIT AUCUN DOUTE QU'UN CHANGEMENT s'est produit dans la pièce depuis l'arrivée de Buck – surtout entre Mia et moi – mais je n'arrive pas à le définir. Certes, Mia a de nouveau convié notre voisin chez nous, en plein week-end en amoureux. Mais il y a autre chose. Je le sens, mais je n'arrive pas à établir ce que c'est.

Sans compter qu'elle semble décidée à snober son brandy.

Je file dans la cuisine et je trouve une bouteille d'un pinot noir passable au-dessus du réfrigérateur. Je me fiche que ce soit un vin bon marché : c'est pour Buck. Mia a déjà un verre qu'elle me fera le plaisir de boire avec moi. Le même que moi. Celui que je lui ai choisi.

Je retourne dans le séjour et m'immobilise un instant sur le pas de la porte. Ma femme et Buck sont en pleine conversation et leurs visages sont très proches, suffisamment pour avoir pu s'embrasser pendant que j'étais dans la cuisine. Le voisin s'est assis dans l'un des fauteuils en face du canapé. Elle a pris place dans le second. Les deux fauteuils sont bleus. Ils s'en servent. Ils se servent de moi.

J'entre dans la pièce et j'annonce :

— Votre vin, Buck.

Mia se lève d'un bond, comme si elle venait de réaliser qu'elle se trouvait trop près d'un autre homme sous notre toit. Elle se dépêche de me rejoindre et nous nous asseyons ensemble sur le canapé.

— Est-ce que tu m'as apporté un verre ? demande-t-elle.

— Tu as ton brandy, Mia.

Je me penche pour le lui donner. Elle n'en a même pas bu une gorgée.

— Je ne crois vraiment pas que mon estomac le supportera. Je vais prendre du vin.

Elle se lève et quitte la pièce avant que je puisse réagir. Je m'aperçois qu'elle en a profité pour rapporter le verre de brandy dans la cuisine.

— Permettez.

Je me lève. Je m'apprête à la suivre, mais Buck se redresse à son tour et nous nous retrouvons face à face, d'homme à homme. La première chose qui me vient à l'esprit est de flanquer mon poing dans sa fossette, dans son nez ou…

— Non, vraiment. Restez assis, tous les deux, intervient Mia.

Les paupières de Buck se plissent au point que ses yeux ne forment plus que deux fentes étroites, mais un sourire se dessine sur son visage.

— Eh bien, il ne nous reste plus qu'à obéir, n'est-ce pas ? Loin de moi l'envie de refuser quelque chose à une femme.

Il me fixe droit dans les yeux tout en prenant place sur le bord du fauteuil bleu.

— Qu'est-ce que vous faites ici ? dis-je en m'asseyant légèrement sur le bord du canapé, en face de lui.

Les bougies que j'ai allumées pour notre digestif en amoureux tremblotent, déformant les traits de présentateur télévisé de Buck.

— Je suis venu vous mettre en garde contre un cambrioleur, répond-il.

Il prend une gorgée de vin avant d'ajouter :

— Délicieux.

Il sait très bien que ce vin est bas de gamme et que cela est tout sauf délicieux – le vin, la situation. Je suis sûr. Je rétorque :

— Foutaises.

Mia revient dans la pièce. Il ne fait aucun doute qu'elle évalue où nous en sommes de la confrontation. Nous, les hommes, nous sommes peut-être des prédateurs, mais nous avons aussi un instinct de protecteurs. Tout comme ce serveur-garde du corps, pendant le dîner, Buck semble avoir flairé quelque chose, l'odeur particulière des problèmes, et il s'est mis en tête de la pister comme un chien limier. Mais il a tort et la seule personne susceptible de lui dire à quel point il se trompe est Mia, la proie supposée.

Mon père – un modèle idéal pour ses garçons, comme je l'ai déjà mentionné – adorait ce jeu. L'affrontement. À bien y réfléchir, j'y trouve un certain plaisir, moi aussi. C'était amusant de faire croire à la police que j'étais en état de choc, après avoir retrouvé mes parents morts dans leur lit et composé le numéro des urgences. À ce stade des choses, cependant, vous aurez compris que jouer la comédie était un jeu d'enfant, pour moi. Il m'a suffi de me remémorer que tout était leur faute. Ils n'auraient pas dû refuser de garder les enfants, la veille. C'était leur seul rôle, dans la vie. S'occuper de mes enfants, les traiter mieux qu'ils ne m'avaient traité, moi. Ce n'était pourtant pas si difficile. J'ai bien joué le jeu, aussi, quand il m'a fallu affronter Rebecca, dans les bureaux de Thompson Payne. Quels amateurs. Les gens essaient de faire de moi un suspect mais je suis bon. Je ne suis pas facile à coincer. J'ai perfectionné mes compétences à un âge précoce, ce qui m'a permis de passer au travers du radar attentif de Donald Pilmer. Quoique, pour dire la vérité, rien n'aurait empêché Mia de m'épouser, peu importe ce que son vieux père aurait bien pu affirmer ou déterrer.

Quand je lui ai annoncé que j'allais épouser sa fille, au téléphone, j'étais très calme. À bien y réfléchir, je trouve que la situation était proche de celle de ce soir, avec cette sorte de tension sous-jacente. Évidemment, il s'agissait beaucoup moins de lui demander sa bénédiction que de l'informer de nos projets. Je n'ai même pas sursauté quand il s'est mis à hurler. Il grondait, entre autres, que c'était trop tôt, indécent. Ma voix est restée calme, souveraine. J'étais confiant. J'ai été élevé pour résister aux tests, me montrer plus rusé que les autres. Mon père a bien tenté de me dompter à grand renfort de coups, mais ma mère me répétait que j'étais spécial, particulier. Voilà pourquoi je maîtrise parfaitement ce type de situation. Le seul problème, ce soir, c'est que je ne comprends pas ce qu'il se passe. Pourquoi Buck est-il ici ?

— Mia, dis-je sans quitter notre voisin des yeux. Cette visite n'a rien à voir avec un cambrioleur, n'est-ce pas ? Que fait-il ici ?

— Très bien, Paul, fait ma femme.

J'entends un tiroir s'ouvrir et, du coin de l'œil, je m'aperçois que c'est celui de la table basse. Je ne savais même pas qu'il y en avait un. Comme c'est intéressant. Ma femme continue :

— Je suis d'accord avec toi : il est temps qu'on parle. Pour commencer, je dois te dire que j'ai pris une décision.

— Et tu as besoin d'un témoin pour me communiquer cette décision ?

Je regarde toujours Buck mais je sens les yeux de Mia peser sur moi.

— Absolument. Buck est venu me soutenir, en tant que voisin mais aussi en tant qu'ami.

Mia inspire profondément, puis elle relâche très lentement l'air de ses poumons. Le moment semble durer une éternité.

— J'ai beaucoup réfléchi, j'ai beaucoup interrogé ma conscience et, malgré tout, cela me semble très difficile.

De l'autre côté de la table, Buck commence par sourire, puis il se reprend et serre ses belles mâchoires. Ses mains sont posées à plat sur ses cuisses. Ses doigts sont immobiles.

Je ne regarde pas ma femme. Je fixe la flamme de la bougie qui se reflète dans les yeux de Buck.

— Qu'est-ce que tu essaies de dire, Mia ?

Je ne tourne pas la tête pour regarder ma femme. Mon regard est rivé sur Buck.

23 HEURES

21

— C'est difficile, et pourtant, tu m'as menti sur tant de choses et pendant si longtemps, Paul.

La voix de Mia se casse, j'ai l'impression qu'elle va se mettre à pleurer mais je ne peux pas interrompre le duel de regards entamé avec Buck.

— Bon sang ! Regardez votre femme, quand elle vous parle ! intervient mon adversaire.

Il secoue la tête, reporte les yeux vers Mia et perd la bataille.

J'ai gagné. Je gagne toujours.

— Bien sûr. Mia, mon chou, de quoi parles-tu ? Qu'est-ce qui est si difficile ? Nous avons une vie formidable.

Je me déplace sur le canapé pour lui faire face. Elle pleure – je le savais. Je ne vois toujours pas ce qu'elle tient dans la main, mais je m'aperçois que je suis curieux de le découvrir. Je demande :

— De quels mensonges parles-tu, exactement ?

Mia me regarde droit dans les yeux, maintenant :

— D'oncle Derrick, par exemple ? Pas plus tard que ce soir. Nous étions censés passer un merveilleux dîner en amoureux, mais tu as menti. Je sais que tu as volé cette lettre, Paul. Je sais que tu es en train d'étudier les droits d'extraction. Tu essaies de me les voler.

Hmm. Mia : notre nouveau Sherlock Holmes. Comme c'est intéressant. Le rôle ne lui va pas. Il faut bien le dire, elle n'est pas assez intelligente.

Enfin, peut-être qu'elle en sait davantage que ce qu'elle vient de cracher. Pas de problème. J'ai fait cela pour nous deux. Pour les enfants. Pour le futur.

Buck doit s'en aller. Tout de suite. Je lance :

— Je ne parlerai pas de questions familiales alors qu'un étranger se tient dans ma maison.

Je suis calme. C'est moi qui commande. C'est moi, l'homme du château. Celui qui contrôle tout, comme toujours.

J'attends que Buck se mette en mouvement, qu'il parte, mais bien sûr, son instinct de chien de garde s'est réveillé et il ne bouge pas d'un pouce.

— Je veux qu'il reste, déclare Mia. Je me sens plus à l'aise s'il est là.

Je répète ses mots en imitant le ton geignard et misérable de ma femme :

— « Je me sens plus à l'aise s'il est là... » Allons, Mia ! Tu n'es plus une enfant, si ? Ces questions sont privées, elles concernent notre famille, notre couple. Je refuse d'en discuter en sa présence.

Je prends une gorgée de brandy qui me brûle la gorge.

— Paul, il va falloir que vous vous calmiez et que vous laissiez parler Mia, intervient Buck, ce connard de nain de jardin veuf.

Je le corrige :

— Vous, vous feriez mieux de retrouver votre vie d'ermite et de laisser ma femme tranquille.

Je suis à deux doigts de le frapper, je le sens, je sens une douleur pulser dans les jointures de mes poings, comme s'ils se souvenaient d'avoir souffert pendant plusieurs jours après que j'ai envoyé valser Greg Boone. Encore un voisin trop curieux. Je vais viser son nez mais je suis assez tenté de me débarrasser de cette stupide fossette, aussi. Je balance :

— À moins que vous ne baisiez ma femme, Buck. Dans ce cas, nous avons quelques questions à régler.

— Ne soyez pas vulgaire, répond l'intéressé avant de saisir son verre de vin et d'en boire une gorgée.

Il ne semble toujours pas décidé à partir.

J'aurais dû voir les choses venir depuis longtemps. Ils couchent ensemble et Buck veut enfin passer aux aveux. Il veut tout me dire maintenant, en plein week-end exceptionnel. Pas de problème. Peut-être même que je m'en doutais, au fond de moi. On va vider notre sac et ensuite, on se mettra d'accord et on réfléchira ensemble aux mesures à prendre. J'ai un plan et je découvre qu'elle en a un, elle aussi. Impressionnant. Mia m'a eu. Je suis tombé dans le piège qu'elle m'a posé alors qu'elle a échappé au mien. Je ne vais pas lui laisser l'avantage toute la soirée. La dernière surprise sera pour moi. Je gagnerai.

Mais que sait-elle, exactement ?

Mia glisse un papier vers moi. Je le reconnais, bien sûr. C'est la lettre de son oncle. Celle que j'ai ouverte et que j'ai cachée.

— Tu reconnais ce papier ? demande-t-elle.

Tout est très silencieux, dans la maison. Je sens que Buck se penche en avant pour étudier la feuille.

— Oui. Encore une fois : pourquoi cet homme reste-t-il ici ? Est-ce que nous allons parler de la lettre de ton taré d'oncle devant notre voisin ? C'est un problème familial, cela ne regarde personne d'autre que nous.

J'intercepte le coup d'œil que Mia lance à Buck. C'est moi qu'elle devrait regarder de la sorte. L'équipe, c'est nous. Je reprends :

— Écoute, on pourra reparler de tout ça une fois que nous serons rentrés à Columbus. Il est onze heures passées. On ne se couche jamais aussi tard. Moi, je vais me mettre au lit. La même chose vaut donc pour toi, mon chou. N'est-ce pas ?

Je me lève, je feins un bâillement et je fais craquer les jointures de mes doigts. Une mauvaise habitude, je sais. Une habitude de plouc.

— Paul, je sais que tu as essayé de revendiquer mes droits d'extraction des mines, dit Mia, ceux qu'oncle Derrick décrit dans cette lettre.

Sa voix est chevrotante. C'est dur, pour elle. Pauvre Mia. Je devrais peut-être lui raconter une petite fable, histoire de la calmer.

— Je faisais des recherches pour toi. Mais continue, si tu tiens vraiment à me faire passer pour un criminel.

Je me mets à arpenter le salon jusqu'à ce que je me retrouve juste derrière Buck. Son cou est exposé, je n'aurais qu'un seul pas à faire pour qu'il soit à portée de main. Je sens déjà sa chair entre mes doigts, sa nuque qui se brise gentiment.

Mia est méconnaissable. En l'espace d'une nuit, elle semble s'être transformée en une femme sournoise, manipulatrice, qui cache des choses à son mari. Gretchen, elle, me traite toujours avec beaucoup d'égards. Tout d'un coup, je réalise qu'elle est parfaite pour moi. À commencer par cette alchimie. Nous l'avons tous deux ressentie, dans sa boutique du centre commercial, et elle s'est renforcée à mesure que je testais sa réceptivité à mes règles, à ma façon de voir les choses. Par exemple : entre une soirée avec moi et un cinéma avec une copine, me donnera-t-elle la priorité ?

Gretchen ne me déçoit jamais. D'ailleurs, elle m'écoute encore mieux que Mia. Elle porte des jupes et des robes, exactement comme je le lui ai demandé. Elle ne s'affublerait jamais d'une de ces tenues de jogging ridicules qui lui donnent des airs de truie. Elle chérit chaque instant que je passe avec elle. Parfois, quand elle me voit partir, rentrer chez moi après une séance d'ébats intense, elle ne peut retenir ses larmes. Elle est dépendante de moi comme d'une drogue. Je sais qu'elle en veut plus. Elle le mérite.

J'ai beau lui dire que j'aime ma femme, Gretchen sait que notre couple rencontre quelques difficultés. Après tout, je vois Gretchen tous les jours et je passe le plus de temps possible avec elle. Quand on ne fait pas l'amour, on se concocte des déjeuners gastronomiques, parce que, à l'inverse de certaines autres, elle cuisine bien. Ou alors on échafaude des projets de vacances dans quelque pays lointain. Je lui raconte mes tournages de publicités télévisées à Hollywood et je lui promets de l'emmener la prochaine fois que je travaillerai en extérieur. Je vois ses prunelles briller à l'évocation de ces promesses. Je crois que nous savons tous les deux que ce n'est plus qu'une question de temps.

Si j'ai moins de difficulté à laisser partir Mia, maintenant, c'est grâce à Gretchen. Je me demande souvent si cela lui plairait d'élever les garçons avec moi, mais je ne lui en ai pas encore parlé. Elle serait super, j'en suis certain. Elle est très patiente. Je lui trouverais une grande maison en banlieue – une autre banlieue – et on y élèverait les garçons, tous les deux, ensemble. Mia ne les reverrait jamais.

Oh ! Je ne voulais pas dire cela. Ne vous inquiétez pas. C'est la faute de cette tension que je ressens en présence d'un étranger, dans notre maison.

— Paul, dit Mia. Assieds-toi, s'il te plaît.

— Écoute, Mia. Je suis fatigué. J'ai essayé de t'offrir une journée parfaite, la plus belle de toutes, mais tu t'acharnes à tout gâcher depuis le début. J'en ai assez. On se voit en haut. Quant à *lui*, il ferait bien de s'en aller, dare-dare. J'ai eu ma dose de ce petit *ménage à trois**.

Je fais un pas en direction des escaliers.

---

* En français dans le texte. (NdT)

23 H 30

22

C'est frustrant de quitter le confort douillet de son salon, aménagé avec goût par un décorateur, surtout quand vous en êtes chassé par une femme irrationnelle et le nain de jardin qui l'accompagne. Enfin, les circonstances ne me laissent pas le choix.

En ce qui concerne les droits d'extraction, Mia a raison. Je veux que ces droits me soient attribués et j'ai effectué un sacré travail de persuasion pour éclairer la lanterne de ce bon vieux Derrick, à ce sujet. On est presque parvenus à un accord, lui et moi. Mia n'a pas besoin de le savoir. Cet homme est tellement facile à manipuler. Il a tout gobé : ma relation privilégiée avec son frère, le père de Mia, les efforts continus que je fournis en vue de leur réconciliation.

Une fois que je lui aurai touché un mot de la prétendue trahison de son frère, ce sera un jeu d'enfant de gagner sa confiance et de faire en sorte qu'aucun autre Pilmer n'hérite de ce terrain. On passerait l'éponge et on recommencerait à zéro avec un Strom, et pas n'importe quel Strom : celui qui décide de tout. L'affaire est presque bouclée.

M. Pilmer. Dans le restaurant italien, ma femme a signé de son nom de jeune fille. Je m'immobilise au pied de l'escalier. Tout d'un coup, les choses m'apparaissent très clairement. Mon cerveau hyperactif se concentre sur une chose : Mia.

Je me retourne pour regarder ma femme. Elle croise mon regard et, depuis l'autre bout de la pièce, elle déclare :

— Je te quitte, Paul.

Je secoue la tête :

— Non, tu n'en fais rien. À l'heure qu'il est, les droits d'extraction ne valent pas plus de cinq cents dollars annuels. Ce n'est rien. Je voulais juste simplifier les choses, les prendre en main. Je t'aurais annoncé la bonne nouvelle une fois tout réglé.

Mon cœur bat fort. Je ne suis pas de ceux qu'on « quitte ». C'est moi qui quitte les gens quand j'en ai terminé avec eux. Elle perd la raison. Elle est jalouse parce que je mène une vie fantastique sans elle et ça, c'est de ma faute.

— Il ne s'agit pas des droits d'extraction ou d'oncle Derrick.

Je regarde Buck se lever et s'interposer entre ma femme et moi. Je dois me pencher vers la droite pour croiser son regard, la guider et l'encourager, comme je le fais d'habitude.

— Est-ce que vous pouvez sortir de chez moi, maintenant ?

Tout en parlant, je traverse le salon d'un pas vif pour rejoindre Mia mais je me retrouve nez à nez avec Buck. Au lieu de me laisser passer, il forme un barrage humain entre ma femme et moi. Nous faisons la même taille mais je suis plus lourd et plus en colère, aussi. Je suis incandescent.

S'il y a une chose qui nous sépare, ma chère Mia, c'est ce putain de voisin.

Je fais un pas vers la gauche. Mia se tient désormais juste devant moi.

— Qu'est-ce qui t'arrive, Mia ? Est-ce que tu as de nouveau besoin d'aide ? Comme quand nous avons dû consulter ce psychiatre pour cette histoire de dépression post-partum ? Tu es fragile, mon chou. Tu as besoin de te reposer.

Je prends ma voix d'éducateur de jardin d'enfants :

— C'est ma faute. Je n'aurais pas dû te donner autant de liberté, autant d'espace. Tu es retombée malade. Je suis désolé.

J'ai reculé d'un pas. De là où je suis, en dépit de ce crétin de voisin, je vois distinctement ma femme. Lui ne moufte pas. Il n'a pas bougé d'un cheveu. Je décide de m'adresser à lui, d'homme à homme, raisonnablement.

— Buck, ma femme est bipolaire. Enfin, le diagnostic n'est pas clair, mais... Eh bien, il me semble évident qu'elle entre dans une nouvelle phase de délire. Je suis désolé de m'être emporté contre vous.

Je baisse les yeux vers mes pieds dans une attitude contrite, repentante avant de reprendre :

— Pardonnez-moi. Si vous voulez bien nous excuser, je vais la mettre au lit.

— Comment ai-je fait pour épouser ça ? chuchote Mia à Buck.

Je l'ai parfaitement entendue. Ses mots me sont destinés. Ses mots parlent de moi.

Je vois Buck l'attirer contre lui, passer un bras autour de sa taille. Ils forment un block uni pour m'affronter. Je sens le dégoût m'envahir. Je fais un pas vers ma femme, mais Buck la serre plus fort contre lui et ils reculent d'un seul et même élan, comme s'ils s'apprêtaient à sortir de ma maison.

Ils ne sortiront pas.

— Écoute, Mia. Tu es déprimée et tu as clairement gagné ce bouledogue à ta cause. Je me demande ce que tu as bien pu faire pour ça, mais peu importe. Je ne vais certainement pas vous imaginer en train de baiser. Au contraire. Je vais me réjouir du fait que tu aies réussi à te faire un nouvel ami. Voilà ce qui va se passer, maintenant : je vais monter me coucher. On parlera demain matin. Personne ne quitte personne, ici. Tu as compris ? Notre histoire est unique. Et si tu pensais à nos garçons, pour une fois ? Nous sommes tous les deux stressés et nous avons bu trop de vin, voilà tout.

Une fois ces paroles prononcées, je lève les deux mains, comme si je venais de cambrioler une banque, et je fais quelques pas en arrière. J'espère que je ne vais pas trébucher sur quelque chose.

— Allez, Mia, tu es forte, tu peux le faire, lance Buck à ma femme qui essuie une larme de sa paupière.

Un ruisseau noir coule sur sa joue gauche. Elle ne porte pas de mascara waterproof. Si elle avait su ce qu'elle allait faire ce soir, elle aurait certainement prévu le rimmel adéquat. Pauvre Mia. Elle est décidément sous l'emprise de Buck.

Comme s'il lisait mes pensées, Buck reprend :

— C'est toi qui décides, maintenant, Mia.

Imbécile. Il n'a toujours pas compris que je détenais le pouvoir pour nous deux. Celui de Mia est inexistant. Je m'en suis saisi dès le jour où nous nous sommes rencontrés.

Comme pour confirmer mes réflexions, Mia lâche un sanglot.

Elle est affreuse. Des traînées noires balafrent ses joues et la morve forme des bulles sous son nez. Elle ouvre la bouche, mais aucun son n'en sort. Elle se détourne de moi pour enfouir son visage gluant dans le sweat-shirt LAKESIDE de Buck.

Ils n'ont plus qu'à baiser devant mes yeux, pendant qu'ils y sont. Enfin, au point où nous en sommes, cela m'est égal. Il me tarde de monter dans ma chambre. Il faut que je reconfigure quelques petites choses. J'ai gravi trois marches quand le tas informe se met à parler. Je m'arrête et me retourne pour regarder ma pitoyable femme.

— Je vaux mieux que cela, Paul. Mieux que la manière dont tu me traites. J'ai été une épouse et une mère aimante et fidèle. J'ai fait tout ce que tu m'as demandé de faire et bien plus encore. J'ai abandonné ma carrière et mes amis, j'ai réduit mes contacts avec ma famille, tout ça pour toi. Je t'ai aimé, Paul. Profondément, et de tout mon cœur. Mais tu ne mérites plus cet amour. Je te quitte, et c'est valable dès ce soir. J'ai posé les documents nécessaires sur la table basse. J'aimerais que tu partes de cette maison.

Elle a prononcé ces paroles fortes d'une voix fluette. Elle pointe un doigt vers moi, mais ce geste seul semble la vider de toute son énergie. Elle s'appuie de nouveau contre le présentateur télé. Je réalise tout d'un coup que c'est ce nain de jardin qui l'a poussée à faire tout ça. C'est évident. Elle n'aurait jamais tenté une chose pareille sans que quelqu'un l'y incite. Voilà pourquoi j'ai veillé à ce que ses parents restent à bonne distance de nous. Hélas, j'ai sous-estimé Buck. À vrai dire, je n'avais pas du tout pensé à lui. Erreur de jugement.

— Oh, Mia. Je crains que ce plan ne s'accorde pas avec les miens. Ceci est ma maison. Tu es ma femme. Reprends-toi.

Je secoue la tête devant tant de sottise et je gravis les dernières marches de l'escalier.

MINUIT

23

Je secoue encore la tête au moment où j'arrive en haut des marches de *mon* cottage.

Bien sûr, la valeur nette de Mia est plus élevée que la mienne. Son père vaut plus que vous, moi et l'État du Tennessee réunis. Et alors ? La richesse peut être mesurée de bien des manières : l'intelligence, le QI, la force de vente et tant d'autres choses encore. L'intelligence, c'est être capable de choisir le bon costume, la voiture idéale et la jeune femme qui vous feront paraître sous votre plus beau jour. Viril. Enviable.

L'objectif est d'abord de trouver votre âme sœur, ensuite de la convaincre qu'elle a trouvé la sienne.

Non mais, de qui se moque-t-on, ici ? On se connaît bien, depuis le temps. Que Mia vienne d'un milieu friqué était son attrait principal, pour moi. J'ai un don pour flairer l'argent. On peut même dire que je l'attire, vous ne trouvez pas ? En revanche, je ne suis pas aussi doué pour le garder, pour construire une fortune. Cela dit, maintenant que j'ai Mia, je n'aurai plus jamais besoin de me soucier de l'argent. Je peux me permettre de baiser à droite à gauche avec des reines de beauté. Gretchen est pauvre, mais ça n'a pas d'importance. Mia est ma combinaison gagnante à la loterie.

Grâce à elle, j'ai comblé cette légère faiblesse. Chacun a un talon d'Achille, et l'argent est le mien. En réalité, ce n'est même pas une faiblesse. Je suis extrêmement généreux, voilà tout. Je peux me le permettre, désormais. Grâce à ma Petite Banque Personnelle, la truie Pilmer.

En arrêt sur le palier, je tends l'oreille. Les murs de mon cottage sont assez minces, comme je vous l'ai déjà fait remarquer.

Qu'est-ce que Mia a bien pu vouloir dire ? Moi, je l'aurais mal traitée ? Je l'ai chérie, je l'ai entretenue, je lui ai donné deux petits garçons qu'elle adore. Qu'est-ce qu'elle insinuait ? Je l'entends sangloter. Est-ce moi qui fais preuve de faiblesse en me retirant de cette conversation ? Peut-être, mais c'est la faute de Buck.

Pourquoi sont-ils ensemble à cette heure-là ? Ma montre Apple me confirme que minuit a sonné. Comment ai-je pu permettre que ma famille échappe ainsi à tout contrôle, à mon contrôle, au point que ma femme se trouve, en ce moment même, dans mon salon avec un autre homme et que je n'aie pas le droit d'appeler mes propres garçons ? Comment en sommes-nous arrivés là ? D'ailleurs, ne serait-ce pas mon rôle, en tant que parent responsable, de rentrer à la maison sans tarder pour revendiquer mes droits de garde parentale ?

Si elle m'abandonne, elle en fait de même avec eux. Personne n'apprécie une femme qui néglige ses enfants. Surtout pas moi.

— Mia, je suis vraiment désolé. Laissons les papiers ici. Tu peux dormir chez moi, déclare Buck.

De l'endroit où je me tiens, sur le palier, je distingue assez bien sa voix.

Bien joué, Buck. Cela dit, un type qui veut de ma femme, avec sa graisse et ses sanglots de tristesse, ne peut être qu'une piètre et pathétique réplique de mâle.

Mia lui répond :

— Il y a tant de choses que je veux lui dire. Quel genre d'homme raconte à sa fiancée, quelques jours avant le mariage, qu'il a eu une aventure avec une cliente mais qu'il l'aime toujours, que ce n'était qu'un coup d'un soir ? À l'époque, il est allé jusqu'à me faire croire qu'elle l'avait forcé à coucher avec lui. Qui fait ce genre de choses ? Et pourquoi est-ce que je l'ai tout de même épousé ? Je n'aurais jamais dû croire un mot de ce qu'il me disait.

Je ne peux pas les apercevoir depuis l'endroit où je me tiens, mais je la vois d'ici marteler son buste avec ses poings, comme ces acteurs de mauvaises séries télévisées.

— La manière dont tu traites ton conjoint révèle ce que tu es. Cet homme est mauvais. Tu mérites d'être choyée, soutenue et aimée plutôt que contrôlée, dupée et étouffée. Tu le sais, Mia.

Eh bien non, Buck. Elle ne le sait pas. Il y a bien une raison pour laquelle je l'ai sélectionnée, elle. Et Lois. Et Gretchen. Je connais ce genre de femme. C'est comme si j'avais été dressé pour ça : développer une capacité extrasensorielle qui me permette de détecter les personnes faciles à contrôler. Les femmes, pour être plus précis. Je les repère à l'odeur, à leur présence. Dès l'instant où j'en croise une, je sais si je peux me la mettre dans la poche. Peut-être que je corresponds à un certain type d'homme, moi aussi. La différence, c'est qu'elles ne s'en rendent pas compte. Au fait ! Je ne partage généralement ces réflexions avec personne, alors gardez-les pour vous. Chacun ses secrets.

Buck a doublement tort. Ce n'est pas la manière dont vous traitez votre conjoint qui révèle votre vraie nature. C'est la manière dont vous vous traitez vous-même. La valeur que vous vous donnez. À mon contact, Mia est devenue désintéressée. C'est sa faute à elle, pas la mienne.

— Paul. Je t'en prie. Je sais que tu écoutes depuis le haut de l'escalier. C'est terminé. Il faut que je te donne ces papiers, il faut que tu les signes et, après, il faut que tu partes. Sinon, je vais devoir appeler la police.

Pour des raisons évidentes, je n'ai pas envie de voir débarquer les flics. Je n'ai jamais vraiment eu affaire à eux, certes, et les commissariats de campagne remplis de péquenauds ne m'impressionnent pas, mais je préférerais tout simplement ne pas avoir à les affronter ce soir. Vous savez comment c'est : une fois qu'ils vous ont dans le nez, cela peut vous attirer des ennuis. Même quand c'est un minuscule poste de police de Lakeside. La voix de Mia est ferme, menaçante. Ce soir, et plus particulièrement maintenant, je ne crois pas qu'elle soit en train de bluffer.

Je n'ai pas le choix. Je reprends l'escalier en sens inverse. Cette situation est tout sauf agréable, et la présence de ce bellâtre n'arrange pas les choses. Les beaux garçons m'ont toujours agacé. J'étais tout aussi beau, cela dit, mais je n'avais pas les signes distinctifs de richesse qu'il fallait. Je ne possédais pas les pantalons à la mode pour le club de danse de sixième, je ne pouvais pas me payer le meilleur équipement de foot, en cinquième. C'était tout ce que les filles voyaient. Ma maman était différente des autres mères, si volontaires – moins sûre d'elle, toujours nerveuse, soumise. Par rapport à celles de mes amis, ma famille était toujours un échelon en dessous. J'étais le pauvre garçon. Mes parents avaient beau se vanter de résider à Granville, d'avoir acheté leur premier logement dans ce qu'ils estimaient être la meilleure banlieue de la ville – alors qu'elle ne l'était pas encore –, je savais que notre maison était la moins chère du quartier. Je savais que nous avions toutes les peines du monde à finir le mois. À chaque coup que je recevais, je me disais : je ne serai plus jamais pauvre. Jamais.

Mes mains se crispent de nouveau. Je m'efforce de les ouvrir avant d'arriver à la dernière marche. J'étire mes lèvres en un sourire qui dévoile mes dents bien alignées et immaculées.

00 H 15

24

Buck me regarde, tout gonflé d'orgueil d'être en position de force. On dirait un coq sorti vainqueur du combat. Quel bouffon. Ne sait-il pas que tous les animaux meurent dans ce type d'affrontement ? Il a repris sa place entre ma femme et moi. Ils m'ont l'air factices, tous les deux, avec leurs sweat-shirts jumeaux. Est-ce qu'ils avaient prévu ça, aussi ?

— Asseyez-vous, Paul, fait Buck en pointant l'index vers le canapé.

Pour le provoquer, je m'assieds dans le fauteuil club bleu le plus proche de moi. La victoire est petite mais je suis fatigué et ils m'ennuient. Je lâche un bâillement.

— Nous vous ennuyons, peut-être, Paul ?

— Absolument. Espèce de connard prétentieux.

Mia s'approche de moi. Elle est de retour. Je crois que j'ai réussi à la récupérer. Je lui adresse mon sourire le plus irrésistible. Elle est attirée, je le sens. Je suis un aimant. Si je tendais le bras, je pourrais presque la toucher quand elle se penche pour me montrer les papiers, sur la table. Son visage rouge, couvert de taches de rimmel et strié de larmes, est encore plus hideux dans la clarté des bougies, mais je l'aime encore. Ma pauvre petite chose.

— Paul. Voici l'agrément de séparation. Il faut que tu le signes. Ensuite, tu t'en iras. Je t'ai réservé une chambre au Lakeside Inn. Toutes tes affaires ont déjà été transportées là-bas.

La voix de Mia est basse, mal assurée. Buck a dû la convaincre de se lancer dans cet exercice grotesque. J'arrangerai tout ça une fois que je serai seul avec elle. Elle recule lentement, s'immobilise une fois qu'elle a retrouvé sa place au côté de Buck et ajoute alors :

— Hormis quelques petites choses dont tu n'auras plus besoin.

Comment ose-t-elle fouiller dans mes affaires ? Et quand a-t-elle trouvé le temps de le faire ? Quand je me suis rendu à l'épicerie pour lui faire plaisir et que j'étais sagement occupé à acheter les produits qu'elle m'avait listés ? Salope. Heureusement, je crois que je n'ai rien emporté de bien compromettant. Un petit classeur sur le terrain au Texas, peut-être. Décidément, je paierais cher pour savoir ce qu'elle a découvert d'autre à mon sujet, et ce qui la pousse à prendre cette décision.

— Mia, tu me surprends Tu es devenue sournoise. Intrigante. Tu as tout manigancé. Tu es tout ce que tu as toujours détesté. Bravo.

Je lève un verre fictif en son honneur.

— Je t'ai bien appris le métier, à ce que je vois.

Mia secoue la tête. Je ne sais pas quoi faire. A-t-elle jeté ma mallette ? Qu'est-ce qu'elle possède ? Pendant un instant, les battements de mon cœur s'emballent dans ma poitrine. L'enveloppe spéciale. Tout d'un coup, je me rappelle le feu dans l'évier et je respire.

Mia se rapproche de la table et de moi, un stylo à la main.

— La maison de Columbus restera ta propriété, parce qu'elle t'appartenait déjà quand nous nous sommes mariés. Le cottage sera à moi. Tu verras que j'ai été plus qu'équitable, à tous points de vue.

Je me demande combien d'avocats new-yorkais ont facturé leur temps à un tarif exorbitant pour aider son papa à établir ce document. Peu importe. Je sais qu'il sera inattaquable, imbattable. Je vais signer, et cela marquera l'assèchement de ce bon filon.

Si je signe.

Je fais semblant d'avoir oublié que Buck se tient encore dans la pièce et je m'adresse uniquement à Mia :

— Écoute, mon chou, il est tard. Nous sommes tous un peu fatigués, sur les nerfs. Pourquoi ne commencerais-je pas par aller à l'hôtel ? On peut s'occuper de tout ça demain matin, non ? Qu'est-ce que tu en penses ?

Mia consulte Buck du regard. Ce dernier ne me quitte pas des yeux et lâche :

— Non. Ça ne marche pas. Nous avons besoin de ce papier, signé, dès ce soir. Je ne crois pas que vous reviendrez. Je ne crois rien de ce que vous dites.

— Qui êtes-vous, pour parler comme ça ? Qu'est-ce que vous faites chez moi ?

C'est la énième fois que je lui pose la question. Je me redresse. Mia se lève d'un bond et va se cacher derrière Buck. Dans mon âme, le feu commence à prendre. Je vocifère :

— Je veux que tu quittes ma maison maintenant. Cette affaire ne concerne que ma femme et moi.

— Paul, calme-toi, supplie Mia.

Elle a fait un pas vers moi. Buck l'arrête d'une main sur son épaule. Elle se retourne et lève les yeux vers lui. Traîtresse.

— Est-ce que je peux ? demande Buck.

Mia le regarde avec la mine d'un pauvre chiot perdu et lui répond d'un hochement de tête silencieux. Manifestement, mon clebs a besoin d'une nouvelle séance d'entraînement.

Encore une fois, Buck s'interpose entre Mia et moi. On dirait bien que c'est sa posture préférée, ce soir.

— Paul, asseyez-vous, je vais tout vous expliquer. Ensuite, vous signerez et vous partirez. Vous pouvez aussi rentrer à Columbus dès ce soir, si vous préférez.

L'idée ne manque pas d'intérêt. Peut-être que je choisirai cette option. Rentrer à la maison, savourer le trajet sans avoir à supporter les sottises de ma femme, installée sur le siège passager. Abandonner Mia ici, avec Buck et ses plants de fraises. Je serais rentré à la maison vers trois heures du matin, je me mettrais directement au lit et je me réveillerais en même temps que les garçons, demain matin. Une fois Claudia partie, je leur expliquerais pourquoi ils ne reverront plus leur maman. Je leur parlerais de leur nouvelle maman, jeune et brune, qui répond au nom de Gretchen. Quoique. Si, pour une raison ou une autre, je n'arrive pas à soutirer d'argent à Mia, je ferais peut-être mieux de trouver une femme plus friquée. Ce ne sera pas un problème. Je connais les femmes. C'est mon domaine de prédilection.

Je m'attarde un peu sur cette perspective. Une nouvelle amante, riche. L'idée est séduisante. Si j'accepte de partir, Mia en tirera un maximum d'avantages. Je suis sûr que c'est ce qu'il y a écrit dans ces papiers. Elle ne sait rien de la seconde hypothèque sur la maison de Columbus – j'ai eu une urgence il y a quelque temps, il me fallait des fonds. Sans les cadeaux de Donald et la source en liquide apparemment inépuisable des parents de Mia, on risque de manquer d'argent, les garçons et moi. Je me rappelle soudain l'existence de leurs comptes en banque et je souris. Je prends place dans mon fauteuil préféré tandis que Buck s'installe dans l'autre. Gretchen pourrait faire l'affaire, tant que j'ai accès aux comptes des garçons. Les alternatives sont nombreuses et la plupart sont plus alléchantes que celle que j'ai devant moi.

Mia semble se terrer dans un coin du salon comme une pâle créature prise au piège. Avec ses yeux perçants et brillants de rongeur, on dirait un rat, un rat sournois. Il fait chaud, dans cette pièce. Je sens la sueur se frayer un chemin le long de ma colonne vertébrale et, pourtant, je suis le seul, ici, à ne pas porter de sweat-shirt. Pourquoi Buck ne sue-t-il pas ? Il a l'air calme. Presque trop calme. Il se penche vers moi, les coudes bien calés sur ses cuisses, son menton ciselé délicatement posé sur ses mains jointes. Je lutte contre l'envie de lui éclater la tête ici et maintenant.

La curiosité est trop forte. Il faut d'abord que j'entende ce que ce bon vieux Buck a à me dire.

00 H 20

25

— Vous m'avez cherché sur Google. Vous avez essayé de savoir qui j'étais. N'est-ce pas, Paul ? Vous n'avez pas besoin de me répondre. Mia m'a dit que vous l'aviez fait ensemble. Qu'avez-vous trouvé ?

— Pas grand-chose. Vous avez vendu votre boîte. Votre femme est morte. Hormis cela, je crains que votre vie soit bien insignifiante.

Si vous cherchez Paul Strom sur Google, vous trouverez plusieurs pages, toutes truffées de louanges. Des trophées de l'American Advertising Awards pour des campagnes que j'ai supervisées, des récompenses civiques pour les activités communautaires auxquelles j'ai participé – sans compter, bien sûr, mon lien de parenté avec le célèbre Donald Pilmer. Comme il se doit, Internet regorge de ces infos. Oh, j'ai également fait une apparition dans la nécrologie de mes parents – le fiston chéri qui vivait dans la maison voisine. Si fidèle. Je n'ai pas mentionné Tom ; un fantôme ne mérite pas de reconnaissance.

— Certaines personnes préfèrent rester cachées, répond Buck. Mon entreprise, celle que j'ai vendue l'année dernière, s'occupe de la sécurité des individus à revenus élevés. Ni mes clients ni moi ne souhaitons être l'objet d'une quelconque publicité. Nous contrôlons très soigneusement la publication d'informations nous concernant.

— Ah, vous êtes donc une sorte d'espion ?

J'avais raison. Mon instinct ne m'a pas trompé. Je devance encore une fois cette pâle copie de James Bond.

— Disons que j'étais dans les Forces spéciales. Enfin, c'est sans importance. Tout ce que vous devez savoir, c'est que vous êtes sous surveillance depuis un bon moment, déjà.

La bougie la plus proche de moi se met à grésiller et un panache de fumée sombre annonce son trépas imminent. L'autre, celle du milieu, s'est éteinte un peu plus tôt. Il ne reste plus qu'une bougie tremblotante sur la table. Dans le coin de la pièce, je vois Mia ouvrir le coffre et en sortir une nouvelle, par réflexe. À Lakeside, il y a souvent de gros orages, qui provoquent parfois des coupures d'électricité. Elles peuvent durer des heures, voire des jours. Nous sommes bien fournis en bougies, elles sont rangées un peu partout. Bien sûr, il n'y a pas un nuage dans le ciel, ce soir, et les lampes sont allumées, mais j'avais choisi un éclairage tamisé pour notre digestif en amoureux. Comme c'est ironique.

Je recentre mon attention sur Buck et sa révélation sur les « Forces spéciales ». Je sais qu'il s'agit d'une menace, d'une mise en garde : je n'ai pas intérêt à en venir aux mains. Pourtant, je sens quelque chose s'échauffer au fond de moi. Parfois, la rage peut être plus forte que la discipline.

— Vous m'avez espionné ? Comme c'est charmant. Pourquoi ?

Il a bien compris que je ne trouvais pas cela charmant du tout, mais je dois avouer que je suis troublé. Dans un coin de ma tête, un détail essaie de revenir à ma conscience.

— Parce qu'à partir du moment où je vous ai rencontré, Paul, j'ai su que quelque chose clochait chez vous. Greg n'a pas tardé à me le confirmer, d'ailleurs. Vous voyez de qui je parle, n'est-ce pas ? Votre ancien ami, Greg Boone ?

Qu'est-ce qu'ils ont, ces crétins de Boone ? Pourquoi ne peuvent-ils pas s'occuper de leurs oignons ?

— Greg est un pauvre type. Un pauvre type, un point c'est tout.

— Quoi qu'il en soit, je dispose des moyens de me renseigner sur certaines personnes. Or, vous n'êtes pas celui que vous prétendez être. Ou plutôt, vous faites partie des un pour cent.

Je ne crois pas que Buck fasse allusion à mon salaire. Il est forcément au courant de notre petite crise passagère.

— Un pour cent ?

— Le narcisse malveillant classique, probablement psychopathe. Les définitions se recoupent, mais elles vous décrivent bien. Dépourvu de conscience, vous avez un besoin pathologique de pouvoir et de contrôle, vous pensez que vous êtes plus important que quiconque. Vous avez attiré Mia dans votre toile quand elle était jeune et sans expérience. Vous mentez en permanence et vous ne ressentez aucune honte. Vous ne vous sentez en rien responsable de tout ceci, n'est-ce pas ?

Il marque une pause et nous échangeons un sourire.

Qu'est-ce qu'il attend de moi ? Dois-je faire semblant d'être choqué ? Je sais qui je suis. Je suis spécial. Il n'y en a qu'un, comme moi.

— Qu'est-ce que vous ne dites pas, Buck ? Et pourquoi pensez-vous savoir tant de choses sur le sujet ? Qui mieux qu'un menteur peut en démasquer un autre, hein ?

En guise de réponse, Buck secoue la tête. Ma femme se matérialise derrière lui. D'une main, elle s'agrippe au dossier du fauteuil, mais je sais qu'elle préférerait s'appuyer sur son épaule. Elle ferait mieux de s'en abstenir. Elle sait très bien ce qu'elle risque, si elle le touche devant moi. Elle n'a pas intérêt à le faire. Je la regarde. J'attends qu'elle fasse sa grosse bêtise.

— J'ai demandé à Buck de m'aider parce que je craignais d'être en train de devenir folle, intervient-elle.

Elle se dirige vers la table basse et nous nous retrouvons face à face, mais elle reste aussi éloignée de moi que possible. Elle allume une nouvelle bougie avec la flamme de l'ancienne, la place dans le chandelier et s'assied sur le canapé, beaucoup plus près du fauteuil de Buck que du mien. Elle a fait couler de la cire sur la table. Quelle souillon.

— Depuis que les garçons ont repris l'école, je n'avais plus l'impression d'être moi. Quelque chose me manquait. Peut-être que la situation aurait été différente, si tu m'avais permis de sortir de la maison. Je n'en sais rien. Ensuite, je suis tombée malade. Peu importe. C'est ton comportement qui pose problème. Enfin, qu'est-ce qui cloche chez moi pour que tu te sentes obligé de te trouver des maîtresses pendant la période de nos fiançailles, et même plus tard ? Il y en a eu combien, Paul ? Tu mens à tout bout de champ, tu essaies de voler mon argent... Comment t'y es-tu pris pour me faire croire que c'était mon problème ? Que je ne te suffisais pas ? Je ne comprenais pas ce qui clochait. J'étais enfermée dans ce monde que tu avais créé, cette prison. C'est toi le fou, Paul. Pas moi.

— Et vous deux, ça copule ?

Je laisse traîner mon regard sur elle, puis sur Buck. On dirait un ado dans le vestiaire de sa salle de sport, je sais. Mais je veux créer un effet de choc. D'ailleurs, ça marche.

Mia pose sa main sur sa bouche. Ses yeux exorbités me dévisagent. Ha. Buck se redresse dans son siège. Est-ce qu'il va s'approcher de moi ? Mia lève la main et il reste assis, mais il bout. Très bien.

— Ne soyez pas rustre. Il ne s'agit pas de moi. Il s'agit de vous. Mia et moi avons jardiné ensemble, l'été dernier. Vous vous en souvenez ? Elle a séjourné ici pendant deux semaines, sans vous. Elle voulait passer du temps avec les garçons, faire du jardinage. Je l'ai vue se détendre, revenir à la vie. Je lui ai conseillé quelques lectures.

Buck regarde Mia et hoche la tête. Il l'aiguillonne comme un berger ferait pour ramener un mouton égaré, et c'est efficace.

Mia se penche vers moi et dit :

— J'ai appris qui tu étais. J'ai découvert qu'il y avait un nom pour te décrire. J'ai réalisé qu'il ne s'agissait pas de moi. Ce n'est pas moi, la dingue. Malgré cette découverte, ça m'a pris tout l'hiver pour rassembler le courage de te quitter. C'est quand tu as été licencié et que j'ai appris la raison de ce licenciement que j'ai pris ma décision. Je savais, cependant, que tu ne me laisserais jamais partir sans te battre.

— Voilà où j'interviens, avec mon équipe, renchérit Buck. On vous a suivi, Paul.

Je cligne des yeux. Je fixe le front de Buck et j'imagine une balle de revolver s'y enfoncer. Pourquoi finissent-ils les phrases de l'autre, comme un vieux couple ? Ça commence à me taper sur les nerfs. C'est sans importance, cela dit. Qu'est-ce qu'il aurait bien pu découvrir ? Rien, bien sûr.

— Je ne vois pas très bien pourquoi on prendrait en filature un brillant homme d'affaires qui se rend à son bureau tous les matins et rentre chez lui tous les soirs pour retrouver sa jolie famille dans sa magnifique maison de banlieue.

Buck grimace intérieurement, j'en suis presque certain, mais l'expression de son visage reste impassible.

— Les apparences sont trompeuses, comme vous le savez, Paul. Nous vous voyons tous les jours rejoindre votre maîtresse, Gretchen, par exemple.

Comment ose-t-il prononcer son nom devant Mia ? Mon cerveau enregistre ce fait inquiétant et, tout d'un coup, je réalise qu'elle a sans doute vu des photos. *Pauvre Mia.* Il va falloir que je la serre bien fort dans mes bras.

Ma femme a enfoui sa tête dans ses mains.

— Elle ne compte pas pour nous, Mia. Je t'aime. Tu es ma femme. Elle n'est là que pour – eh bien, pour le cul.

— Bon sang, lâche Buck.

Sur le canapé, Mia s'est remise à trembler. Je m'apprête à me lever pour aller la réconforter.

Buck pose une main sur ma cuisse, serre ma jambe et dit :

— Asseyez-vous. Tout de suite.

00 H 45

26

Je me rassieds dans le fauteuil mais personne ne me forcera à y rester. Personne ne m'oblige à rien, moi. Je sens les braises crépiter au fond de moi. Ils ne me forceront pas à rester assis indéfiniment.

— Vous avez un sacré passé avec les femmes, n'est-ce pas, Paul ? Nous sommes également au courant pour Lois, votre première femme. J'ai passé un après-midi avec elle. Une personne adorable. Vous la terrifiez encore. C'est drôle, tout de même, que vous n'ayez pas pris la peine de dire à Mia que vous aviez déjà été marié.

— Ce n'était pas important. Pas du tout.

Pour qui il se prend, à mettre son nez dans mes affaires ? Bon, c'est vrai : je ne vous ai jamais dit que j'avais été marié à Lois. L'histoire n'a pas duré, c'était compliqué. Il fallait que je passe à autre chose, c'est pourquoi je n'en ai pas parlé. J'avais mal calculé mon coup, ce qui m'arrive très rarement. Je pensais qu'il était nécessaire de se marier jeune, que ça complétait avantageusement le profil d'un futur publicitaire de talent. J'avais dans ma tête une vision très précise de ce que ma vie devait être. Il ne me restait plus qu'à intégrer des personnes dans mon scénario pour interpréter les rôles que j'avais prévus.

J'ai su que Lois serait une proie parfaite à l'instant où je l'ai aperçue, dans la salle de classe. Elle remplirait le rôle d'épouse exactement comme je l'imaginais, me suis-je dit. J'ai déployé mes charmes, j'ai commencé à l'attendre à la sortie de la fac muni de ses marguerites blanches favorites, par exemple. Plus tard, le matin, je cachais des petits mots dans son sac à dos pour qu'elle les découvre pendant ses cours. C'était très romantique et je n'ai pas été surpris qu'elle tombe amoureuse. Elle s'est fait avoir comme une bleue. Hélas, il y a eu cette fois où j'ai perdu le contrôle et où mon masque est tombé. Cela ne se reproduira plus. Non, mieux vaut ne pas parler de Lois. À personne. Cette histoire est terminée. Finie. Les documents qu'elle m'a fait signer pour le divorce étaient naïfs, mais je n'ai pas hésité à signer. Bon débarras. Il n'est pas question que j'en discute avec ce type, maintenant.

— Lois, Caroline Fisher, Rebecca More, ces femmes et bien d'autres encore, vous le savez aussi bien que moi, ont peur de vous. Aucune ne connaissait votre comportement-type, aucune ne savait que vous agissiez de la sorte depuis toujours. Maintenant, elles sont toutes au courant. Si vous croyez que vous pouvez encore les blesser ou les menacer, vous vous trompez.

— Je ne sais pas très bien quelle image vous voulez donner de moi, mais je n'apprécie pas beaucoup vos insinuations. Je n'ai jamais levé la main sur ma femme, sur Mia. Elle vous confirmera cela, n'est-ce pas, mon chou ?

Je lève les yeux vers Mia qui s'est mise en boule dans un coin du sofa, les pieds repliés sous elle. J'ai envie de la serrer dans mes bras et de l'étrangler en même temps. Cette pensée est agréable et je m'autorise à la laisser mijoter en moi quelques instants. Je ne crois pas que Buck soit doté du même feu intérieur que moi. Je peux le battre, si je veux.

À ce stade, vous avez compris, à n'en pas douter, le petit plan que j'avais échafaudé pour cette journée exceptionnelle. Ma petite femme malade, ma provision secrète de poudre. Les deux sont liés, bien sûr. Qu'est-ce qui la ferait davantage souffrir, à présent que son amant a déballé tout ça ? Qu'est-ce qui lui ferait le plus mal – mourir ou ne plus jamais revoir ses enfants ? La question ne manque pas d'intérêt. J'avais tout réglé pour la première option mais il va falloir que je révise mon projet, maintenant.

Quand on est plus intelligent que les autres, on trouve toujours des alternatives. Gretchen et moi, on vendra la maison de Columbus et on se servira de cet argent pour remonter la pente, recommencer à zéro. J'ai lu que Nashville était en pleine expansion, que c'était une des villes affichant la plus forte croissance du pays, qu'on y trouvait bien plus que de la musique country. Peut-être qu'on s'installera là-bas. Lois est heureuse, à Nashville. Ce sera amusant de la croiser. Ce nouveau projet me séduit.

— Si je comprends bien, cette petite réunion nocturne vise à me faire signer ces papiers et abandonner mon cottage. Ce qui ne me pose aucun problème, vu le voisinage – je ne dis pas cela contre vous, Buck. Je garderai la maison de Columbus. C'est bien ça ?

— Oui, répond le tas gris avachi dans le coin du canapé, à condition que tu acceptes de nous laisser tranquilles, moi, les garçons et ma famille.

Mon rire perce le silence de la pièce :

— Mia, tu perds la tête.

Les garçons restent avec moi. Ils ont besoin d'une figure paternelle. Ils sont sortis de la phase où ils étaient dans les jupes de leur maman. Il est temps d'en faire des hommes, je ne cesse de le dire à Mia. Est-ce qu'elle oublie tout ce qu'on lui dit ? Il est naturel que les garçons s'éloignent de leur mère pour se tourner vers moi, leur père. C'est dans l'ordre des choses. Voilà pourquoi ils resteront avec moi. Mia me regarde fixement, tout comme Buck. Il faut que je lui explique que ce n'est pas grave, qu'il n'y a rien de plus normal. C'est comme ça, c'est tout.

— Ne t'inquiète pas, tu auras un droit de visite. Tu as fait du bon boulot pour les garçons. C'est mon tour, désormais.

J'ai l'impression de m'adresser à un enfant. On repasse les mêmes sujets, *ad nauseam.* C'est frustrant. Je sens mon poing droit se serrer. Je m'efforce de sourire, je passe la langue sur mes dents et je reprends :

— Je les rejoindrai dès ce soir, quand j'en aurai terminé ici. Tu n'as aucun souci à te faire.

Mia se déplie, pose les pieds par terre, se penche en avant et déclare :

— Les garçons restent avec moi. Un point c'est tout.

Je me retiens de tendre le bras vers elle. De la gifler. Fort. Tellement fort que sa tête volera à travers la pièce. Une boule insipide, catapultée dans l'oubli. Le craquement de sa tête contre le sol.

— Tout est là, dans cet accord que vous allez signer, intervient Buck.

Je sais qu'il veut attirer mon attention sur lui. Il doit être bien fou pour faire irruption dans ma vie et se rapprocher de ma femme. Il ferait mieux de surveiller ses arrières.

— Je vais partager nos biens mais je ne consentirai pas à abandonner mes enfants. Qui peut me demander une chose pareille ? C'est une erreur. Les garçons ont besoin de leur père. Regardez tous ces terroristes. Regardez le système carcéral. Les prisons sont remplies de garçons qui ont manqué de modèle masculin.

C'est vrai. Tout le monde le sait.

— Parfois, l'absence de modèle masculin vaut mieux qu'un très mauvais modèle, me rétorque Mia. Peut-être que j'ai trop tardé à reconnaître ta vraie nature, mais eux, ils sont encore suffisamment jeunes pour être sauvés. Tu ne leur as pas révélé qui tu étais, tu ne les as pas encore utilisés. Tu ne leur as encore jamais fait mal et je t'en suis très reconnaissante. Tu devais savoir que je t'aurais quitté si tu avais touché un seul cheveu des garçons. Tu le savais, n'est-ce pas ? C'est sans doute la raison pour laquelle tu t'es abstenu. Ils ne savent rien de ta vie hors de notre foyer, de ta véritable identité. J'ai fait des recherches à ce sujet, Paul, reprend Mia. Ils ne finiront pas forcément comme toi. Ils ne seront pas obligatoirement colériques, ils n'auront pas tes problèmes. Je les aiderai. Mon père, entre autres, sera un bien meilleur modèle pour eux.

Est-ce que Mia vient de jeter un coup d'œil à Buck ? Je vais le tuer.

Curieusement, ma femme n'a toujours pas fini de parler :

— Tout ira bien, pour eux. Ils deviendront des hommes convenables. Malgré toi.

Ma femme croise les bras sur sa poitrine et sourit.

Comment se fait-il que je n'aie pas vu l'historique de ses recherches sur Internet ? Elle a dû l'effacer. Elle est devenue comme moi. Je me repasse le fil des derniers mois, j'essaie de me rappeler si son comportement a changé, en ma présence. Elle n'a pas sursauté, à table, elle ne m'a pas adressé de regards soupçonneux. Ceci dit, elle m'a paru plus heureuse, récemment, malgré la maladie et la perte de poids. J'ai pris cela pour de la résignation, mais c'était le contraire. Elle se réveillait. Je n'ai pas vu les signaux. Je serre les poings pendant qu'elle poursuit son sermon :

— Ils bénéficieront d'un soutien psychologique et de l'aide financière de mes parents jusqu'à ce que je sois complètement remise. Tout est arrangé.

Ah, oui. Ses parents. J'espère qu'ils ont prévu une compensation juteuse, dans leurs paperasses. Deux enfants. Sexe mâle. Blancs. Intelligents. Yeux bleus. Ça vaut un paquet, de nos jours. Nous sommes presque minoritaires.

— Voyons, qu'est-ce que vous avez prévu, ton cher papa et toi, pour me voler mes enfants, me racheter mes fils ?

C'est un jeu. J'aime jouer. Je savoure le regard de ma femme quand nous parlons de nos enfants comme s'ils étaient des biens matériels. Tout d'un coup, elle semble souffrante. Son visage se vide de toute couleur.

— Vous êtes un malade et un connard, souffle Buck.

Si je lui envoyais un petit coup de poing rapide, dans la tempe, je pourrais l'assommer suffisamment longtemps pour m'occuper de Mia. Cette pensée m'obsède et m'excite à la fois.

Une des bougies est en train de couler sur la table basse. J'ai envie de la renverser, de mettre le feu, d'incendier la maison. Elle prendrait vite, avec tout ce vieux bois, les parquets, la toiture en bardeaux. Boum. Tout partirait en fumée. Ce serait tragique, si Mia et Buck mouraient brûlés, mais parfois, le sort réserve aux tricheurs la fin qu'ils méritent.

— J'ai compris qui tu étais, Paul. Ce qui est triste, c'est que les gens comme toi ne changent pas, même avec l'aide d'une thérapie approfondie. Je ne sais pas comment vous faites, mais vous êtes là, vous partagez notre monde, cachés. Vous manipulez votre entourage sans vous soucier de blesser les autres au passage. Même ceux que vous prétendez aimer. Je sais que tu ne ressens aucun amour. C'est incompatible avec tes actes.

Mia s'interrompt et se mord la lèvre. Elle secoue doucement la tête et me regarde avec pitié. Son visage est crispé. Je ne vais pas me battre pour ça, c'est certain.

Mia lève la main et pointe son index vers moi :

— Je sais que tu essaies de m'empoisonner. Que tu m'as déjà empoisonnée. Quand j'ai ouvert la boîte à gant, pendant le trajet, c'était pour te faire flipper.

Elle s'arrête et penche la tête avant d'ajouter :

— C'était plutôt réussi, non ?

00 H 35

27

LA PIÈCE EST PLONGÉE DANS LE SILENCE, comme si tout le monde retenait sa respiration. Je dévisage ma femme, incrédule. Ma bouche s'est ouverte et je sens l'air frais du salon s'infiltrer dans ma gorge. Quant à savoir si mon plan a fonctionné – eh bien, si elle parle bien du poison que je lui aurais, ou non, administré, la réponse est claire : ça n'a pas marché. Au lieu de la regarder s'étioler, j'aurais dû la tuer d'une bonne dose unique. Je me suis trompé dans mes calculs, c'est évident.

D'abord, j'ai pris un certain plaisir à la voir se dégrader, à observer cet amaigrissement progressif, malgré son régime « propre », son mode de vie si sain. Quelle ironie. Vous ne trouvez pas ? Bien entendu, si j'ai choisi cette formule, c'est aussi parce que les petites doses sont plus faciles à cacher. Cela dit, je n'ai jamais eu à m'inquiéter. Qu'il fût classique ou hippie, aucun des super docteurs qu'elle a consultés n'aurait prescrit le test d'urine spécifique. C'est le seul moyen de déceler un empoisonnement à l'arsenic, et encore, il faut le faire dans les trois jours suivant l'ingestion du poison.

J'en avais terminé avec Mia, certes, mais je n'avais pas prévu une « fin » aussi abrupte. Gretchen et moi étions de plus en plus proches et mon mariage me procurait de plus en plus cette impression de corde au cou. Je réalisais cependant qu'une mort brutale aurait été violente, pour les enfants. Il était beaucoup plus facile, pour eux, de voir Maman s'effacer petit à petit. Des adieux prolongés, en quelque sorte. Comme toujours, ma priorité, c'était les garçons. Je n'ai jamais eu à m'inquiéter. J'avais soigneusement planifié mon projet. Bon, j'admets qu'il a dévié de sa conception originelle. Ce week-end, ce dernier moment partagé, eh bien, il a été précipité parce que j'avais besoin de liquide. Mes économies étaient à sec. Et puis, j'aime tant mes garçons, ils méritent ce qu'il y a de mieux, dans la vie. Grâce à leur héritage, ils ne manqueront de rien. Il fallait en finir dès ce soir, mais tout de même, je voulais que le rideau tombe après une belle journée romantique avec ma femme, ma petite Mia. Elle le méritait. Sincèrement, c'est vrai. Jusqu'à ce que cette journée exceptionnelle prenne une tournure différente, imprévue.

Jusqu'à ce que Buck s'en mêle, ce connard. Ils me dévisagent tous les deux, maintenant. La bouche de Mia est entrouverte, comme si elle essayait de trouver quelque chose à dire. Mais c'est mon tour de parler, maintenant. Elle m'a posé une question.

— Pour reprendre ta phrase puérile : tu ne m'as jamais fait « flipper », Mia. Regarde-toi, toute pleurnicheuse et rachitique, débraillée, avec des traces de mascara sur le visage. Comment as-tu pu croire un seul instant que tu avais un quelconque pouvoir sur moi ?

— Il est temps de signer les papiers, Paul, s'interpose Buck.

Il tend la main vers la table basse et ramasse le stylo. Il a dû coûter bonbon, tout brillant et argenté. Je me demande à qui il appartient. Soit au père de Mia, soit à Buck. Si je signe, je l'empocherai. Un petit souvenir de ce moment, de cet enfer qui se déchaîne en moi. Le point de départ de ma revanche. Ma pierre de touche.

— Et si je ne le fais pas ?

— Je porterai plainte, réplique Mia, pour tentative de meurtre. Nous avons la preuve. Des photos de toi avec l'enveloppe, d'autres de toi en train de verser la poudre dans mon verre de brandy.

Je songe à la fenêtre de la cuisine, au-dessus de l'évier. Il n'y a ni rideaux, ni store. Je pourrais me gifler pour mon auto-complaisance, ma négligence. Je n'aurais jamais cru que quelqu'un pouvait m'espionner sans que je m'en aperçoive. À cet instant, je réalise que nous étions également observés pendant le dîner au restaurant. Buck, probablement. C'est à lui que Mia souriait à travers la fenêtre. Bien sûr.

— Pour la petite histoire, mon vieux, c'est du sucre que vous avez ajouté dans le verre de votre femme.

Buck me sourit comme s'il avait gagné. Il n'a rien gagné du tout. Il ne me connaît pas. Il ne sait rien du tout.

— Vous nous avez suivis, ce soir, au restaurant. Vous avez soudoyé le voiturier et vous avez remplacé mon enveloppe par la vôtre. Voilà pourquoi ce voyou a mis si longtemps à trouver la voiture.

Je comprends vite, en général. Dans ce cas précis, cependant, je n'ai pas été assez rapide. Ils sont en possession de la preuve, de l'arsenic. Je lance :

— Vous croyez vraiment que ces affabulations sont crédibles ?

— Tu nies, Paul ? Nous avons des preuves. Tu as essayé de me tuer.

De toute évidence, Mia recommence à s'agiter. Elle tremble et de la morve coule de son nez.

— Ça va aller, Mia. Ne t'inquiète pas, assure Buck.

Il ne fait pas un geste pour la réconforter. Il est bien avisé. Il vaut mieux ne pas me tourner le dos, en ce moment. Il devrait également savoir que ce n'est que partie remise. Je vais m'occuper de lui.

— Signez et dégagez.

Buck tapote ma cuisse avec le stylo et je l'attrape. Et si je le lui enfonçais dans la nuque ? Quelle bonne idée.

Je réalise que si je signe, je renonce à la garde des garçons. Je dirai au tribunal que j'ai été menacé, que j'ai signé ces papiers contraint et forcé, contre ma volonté. Ils verront bien. Je ne vais pas m'évanouir comme ça dans les ténèbres. Certainement pas.

J'ôte le capuchon du stylo. Il est vraiment beau, j'aime son poids dans ma main. Je tends la main vers les papiers.

— Vous pouvez lire ces documents, si vous le voulez, mais nous vous en avons déjà détaillé le contenu. Cet acte de séparation sera suivi de la dissolution complète de votre mariage. Ce sera comme s'il n'avait jamais eu lieu. Les papiers seront déposés en votre nom. Signez l'agrément aux endroits que nous avons marqués, dit Buck, là. Et là.

Il est vraiment serviable, ce bon vieux Buck. Je souris néanmoins et je fais ce qu'on me dit de faire. Je scanne les mots – garde exclusive, propriété, droits, dissolution. Comme annoncé, elle garde tout, à l'exception de la maison de Columbus. Peu importe. Même avec la seconde hypothèque, il reste de nombreux biens à liquider. Cette maison est un véritable coffre à trésor, remplie de meubles de valeur, d'antiquités et d'œuvres d'art héritées de ses parents. Cela devrait suffire pour recommencer à zéro. C'est un exercice dans lequel je suis bon : prendre un nouveau départ, réfléchir patiemment à ma revanche. Il y a plus d'une façon de plumer un canard, je le sais d'expérience. Le moment est mal choisi pour vous parler du trépas prématuré de mon propre animal de compagnie. Tommy était inconsolable. Je vous raconterai ça une autre fois.

Quand j'en ai fini avec les papiers et le stylo, Buck récupère le tout. Enfoncé dans mon fauteuil, j'observe leur petit numéro. Buck tend les feuilles à ma femme sans me quitter des yeux.

— Mia, vérifie qu'il ne manque aucune signature.

Je regarde Mia s'en emparer. Ses mains ne tremblent pas quand elle tourne, une à une, les pages du document avant de le déposer sur ses cuisses.

— Tout est signé, déclare-t-elle.

Je la vois déglutir. Elle semble soulagée. Elle ne pleure plus. Elle me toise sans cligner des yeux, sans peur. Elle repose le stylo sur la table basse. Elle a gagné cette manche et elle le sait.

— Il est temps d'y aller, mon vieux. L'hôtel vous attend pour la nuit. C'est compris ?

Buck s'est relevé et me regarde de haut.

— Très bien. Je suis bien content de m'en aller. Où avez-vous mis les affaires que vous m'avez volées, déjà ?

J'attrape le stylo et je me lève.

Buck et moi sommes face à face, maintenant. Nez à nez.

— Au Lakeside Inn. Le joli petit hôtel qui donne sur le lac. Parlez à Scott. Jusqu'à votre arrivée, il conserve vos affaires derrière le guichet de la réception.

Je fais un pas en arrière, puis je me retourne pour me diriger vers la cuisine. Ma femme a eu la bêtise d'abandonner, sur le comptoir de la cuisine, le petit verre de brandy au sucre encore plein. Je tends la main pour m'en saisir quand une poigne solide me saisit par l'épaule et me cloue sur place.

— N'y pensez même pas. Vous savez aussi bien que moi que même s'il ne s'agit que de sucre, cela reste une preuve à charge.

En exerçant une pression de sa paume sur mon épaule, il me force à prendre la direction de la porte de service et l'ouvre. C'est tout juste s'il ne me flanque pas dehors. Il jette les clés de ma voiture par terre, dans l'allée. Ordure. Je ne suis pas près d'oublier ces gestes. Jamais. Je l'entends claquer la porte dans mon dos, puis tourner le verrou. Comme si ce type de loquet pouvait empêcher qui que ce soit d'entrer dans la maison. Il rêve. Je fais rouler le lourd stylo dans ma poche.

J'en ai assez de lui et de ma femme. J'entends gémir la porte du garage qui commence à s'ouvrir. Je tourne le dos à la maison, j'attends le bon moment pour m'échapper. Une fois installé dans la voiture, alors que je m'éloigne du cottage en marche arrière, j'aperçois Buck qui m'observe depuis la fenêtre de la cuisine. Je me demande s'il va passer la nuit là, chez moi, avec ma femme.

Je me demande s'il arrivera à fermer l'œil. Aujourd'hui, et pour le restant de ses jours.

1 HEURE DU MATIN

28

JE M'ENGAGE UN PEU TROP VITE dans notre rue et je vérifie dans le rétroviseur que je ne suis pas suivi.

Je suis presque certain que Buck va rester avec Mia. Il faut bien réconforter cette pauvre femme. Elle est dans un sale état, c'est évident. Bon débarras. Une fois arrivé au croisement, j'active mon clignotant pour prendre à gauche et je marque une pause pour jeter un coup d'œil à la maison des Boone, désormais plongée dans l'obscurité. On dirait que la fête est finie, pour ce soir. Je me demande si Greg a encore perdu au jeu. Si j'avais le temps, j'entrerais pour échanger quelques mots, ou autre chose, avec Greg et Doris. Peut-être même que je leur montrerais les ennuis qu'on peut s'attirer, quand on fouine chez ses voisins et qu'on répand des potins. Malheureusement, ils devront attendre d'être de retour à Columbus pour comprendre la leçon.

Je m'engage à gauche sur 2nd Street et avance jusqu'à la vieille bâtisse imposante. Avant de devenir propriétaires, nous avions dormi là, une fois, avec les enfants. Certains trouvent que c'est un lieu de séjour acceptable, une fois surmontée l'odeur de moisi. Je ne vais pas y passer la nuit. Il faut juste que je récupère mes affaires. Je me gare à l'emplacement affichant le panneau « check-in uniquement », devant la bâtisse, et j'éteins le moteur. Une fois sorti du véhicule, je parcours les alentours du regard. Le lac est tout près, juste derrière l'étendue de pelouse verte qui appartient à l'établissement. La grande fontaine de pierre gargouille et le son de l'eau a quelque chose d'inquiétant, au milieu de cette nuit silencieuse. Le parc s'ouvre de l'autre côté de la route et, un peu plus loin encore, je distingue les contours du hangar à bateaux et la jetée. Il fait très noir et tout est très silencieux, ici.

Il n'y a personne dans les parages. Je descends les marches pour entrer dans le lobby, m'assurant une nouvelle fois que je n'ai pas été suivi. En face de moi, derrière un large comptoir de bois surmonté de l'inscription « Réception », un adolescent au teint cireux et aux joues couvertes d'acné a l'air de s'ennuyer. Étouffant un bâillement, il m'accueille d'un :

— Bonsoir. C'est pour passer la nuit ?

Sa décontraction me fait réaliser que j'ai les épaules crispées. Je souris et je me détends un peu.

— Bonsoir, fiston. Des amis ont gentiment déposé ma valise et mes affaires chez vous. Malheureusement, je ne vais pas pouvoir rester dormir.

J'affiche mon visage le plus aimable et je choisis un vocabulaire particulièrement poli. Je m'inspire du serveur de tout à l'heure pour adopter une attitude obséquieuse.

— Oh, pardon. Vous voulez vos affaires, alors ?

Sur la surface dorée et brillante de son badge, je lis le nom « Scott » en lettres noires.

— S'il te plaît, Scott.

Je suis un aimable voyageur, patient et las, qui a tout simplement besoin de récupérer son barda sans tarder, Scott.

— Votre nom ? Il va me falloir une pièce d'identité, aussi.

Je me demande combien d'individus se pointent dans des hôtels à une heure du matin pour récupérer des affaires qui ne leur appartiennent pas. Surtout à Lakeside.

Le risque est assez faible, à mon avis, mais Scott se contente de faire son boulot. Je tempère mon impatience croissante et fais glisser mon permis de conduire vers lui.

— Je reviens, dit le garçon.

C'est tout juste s'il a jeté un coup d'œil au document. Je le reprends et je le remets dans mon portefeuille. Je m'aperçois que je n'ai pas un centime à donner à ce gamin, pas plus que je ne possède de carte bleue pour l'essence. Ce n'est pas idéal pour rentrer à Columbus au plus vite. Je me retourne pour repérer d'éventuelles caméras mais, bien sûr, je n'en vois aucune. Lakeside est décidément un petit coin de campagne vierge de toute méfiance, de tout crime et de toute suspicion. Je fais lentement le tour du comptoir et j'aperçois ce qui doit être la caisse. Légèrement entrouverte, elle trône juste devant l'emplacement où se tenait Scott.

Je tends le bras, ouvre le tiroir, en extrais tous les billets de vingt dollars et l'unique billet de cinquante dollars, puis je glisse le tout dans ma poche. Une fois le tiroir refermé, je reviens à ma place, devant le comptoir, et je me compose une mine amène et paisible.

Je réalise alors que j'aurais pu voler un peu de monnaie pour son pourboire, pendant que j'y étais. Tant pis. Ce pauvre enfant devra se contenter de mon sourire.

— Et voilà, monsieur Strom.

Scott réapparaît à la porte par laquelle il a disparu quelques instants plus tôt, tractant derrière lui un chariot avec ma valise et ma mallette.

— C'est bien à vous, n'est-ce pas ?

— C'est ça. Merci, mon garçon.

Il pousse le chariot de mon côté du comptoir. J'attrape ma valise, je fais coulisser la poignée, j'enfile mon attaché-case dessus et, avec un hochement de tête aimable à ce garçon serviable, je me dirige rapidement vers la porte.

— Vous êtes sûr que vous ne voulez pas passer la nuit ici ? La chambre est toujours réservée à votre nom, lance Scott au moment où je m'apprête à passer la porte.

— Non, fiston, changement de programme, mais merci. Bonne nuit.

Je lui adresse un grand sourire. J'ai mauvaise conscience pour ce pauvre garçon qui va être accusé d'avoir volé de l'argent dans son tiroir-caisse. Il va être licencié, c'est sûr. Enfin, ce sera une bonne leçon de vie. Il aurait dû faire attention, fermer sa caisse avant de s'en éloigner. En dépit des apparences, on ne sait jamais à qui on a affaire.

En roulant ma valise jusqu'à ma voiture, je me dis que j'aurais dû vérifier si Mia y avait bien remis toutes mes affaires. Tant pis, je le ferai une fois rentré à la maison. J'ouvre le coffre, je glisse mes effets à l'intérieur, je lutte contre l'envie de m'assurer une fois encore qu'il n'y a personne autour de moi, puis je m'installe au volant. Je verrouille les portières et je mets le contact. Avant de me mettre en route, cependant, je considère les options qui se présentent à moi. Ce que je devrais faire, ce que je veux faire, c'est prendre la direction de Port Clinton pour rejoindre l'autoroute jusqu'à la maison. Une autre part de moi, cependant, souhaite retourner à mon cottage pour échanger avec Buck et ma femme ce qu'on pourrait appeler *le mot de la fin*. Buck m'attend, j'en suis sûr, surtout si Scott lui signale que je ne reste pas à l'hôtel.

Peut-être devrais-je me contenter de passer une dernière fois devant la maison – sur le chemin de la sortie, vous voyez, histoire de réfléchir tranquillement à tout ça. Un coup d'œil à ma jauge m'indique, cela dit, que je n'ai pas beaucoup de temps pour méditer avant de devoir prendre de l'essence. En descendant 2nd Street vers ma maison, je repense à mon vilain larcin et je souris. Si j'ai de la chance, Scott ne vérifiera pas sa caisse ce soir et la personne qui le remplacera demain matin pensera qu'il a volé l'argent. Décidément, cet adolescent n'est pas digne de confiance.

Si je n'ai pas de chance et que Scott remarque qu'il manque des billets, il ne pensera certainement pas à cet étranger si gentil et si bien habillé, avec l'allure d'un homme d'affaires d'une grande ville. C'était forcément quelqu'un d'autre, plus tôt dans la soirée. J'ai été aimable avec lui, même si je ne lui ai pas donné de pourboire. Il se dira que si j'avais pris l'argent, je lui aurais sûrement donné un pourboire.

À moins, bien sûr, que Buck ne lui ait parlé de moi, qu'il ait répandu de viles rumeurs pour salir mon nom. Je vais devoir lui faire passer l'envie de colporter des mensonges à mon sujet, à Buck. Je ralentis au croisement, devant le cottage des Boone. Tout est sombre et immobile, comme il se doit à cette heure avancée. Le contraste est d'autant plus frappant avec ma maison baignée de lumière, de l'autre côté de la route. Deux voitures de police sont garées dans l'allée centrale. À travers les fenêtres, je vois trop de monde entrer dans mon salon tout illuminé. J'aperçois Mia, assise sur le canapé, mon canapé. Satisfaite et rassurée, elle boit une tasse de thé. Elle est entourée de policiers auxquels elle sert le récit larmoyant de sa vie de femme brimée. Pauvre petite Mia, toute terne et froissée. Son mari était un homme terrible, vraiment. Il lui a donné une grande maison, deux garçons en parfaite santé, une vie dont la plupart des gens n'osent même pas rêver.

J'effleure le stylo qui brille sur le siège passager. Sa surface est froide, comme ma femme.

Contrairement à moi, Mia est une sale gosse pourrie gâtée, qui a toujours reçu tout ce qu'elle désirait, tout ce qu'elle méritait. Je remets le stylo dans ma poche, éteins les phares et me gare à une maison de la nôtre, sur le même trottoir. Il n'y a pas beaucoup de réverbères, à Lakeside, et aucun autour de la maison. Les étoiles sont cachées derrière les nuages. Il fait noir, très noir, dans notre rue. Mia s'en plaint souvent, mais moi, je suis une créature de l'ombre. Je me sens bien ici, comme vous le savez.

Je repère ma proie à côté de ses précieux plants de fraises, l'élément perturbateur. Buck a baissé la garde parce que les flics, des gars de la campagne qui devraient être chez eux à baiser leur femme ou à descendre de l'alcool de contrebande, la protègent. L'un des officiers arbore une mouche sous sa lèvre inférieure – non mais franchement, la mode est passée depuis trois ans. Je reporte mon attention sur Buck. Il s'est retiré dans le jardin – mon jardin – et laisse les autorités réconforter la masse grise qu'est ma femme. Quel looser. Il ne se foule pas.

Je me glisse dans mon jardin sans me faire remarquer. Il met un moment à comprendre que quelqu'un le frappe par-derrière avant de réaliser que c'est moi. Malgré son entraînement, il ne peut faire le poids face à ma rage. Je le tiens fermement coincé dans la pliure de mon bras, prêt à l'étouffer. Il se débat. Je savais que c'était un type costaud, mais je suis plus fort. Il enfonce le talon de sa chaussure dans mon menton mais – dommage pour lui – il porte des baskets. Quel naze. Je serre un peu plus fort et je l'entends haleter. Je l'attire par terre, derrière les plants de fraises, et je m'installe à califourchon sur son torse. Je frappe son joli visage, je savoure le contact direct avec cette fossette, cette mâchoire impeccable. Cela produit un son mat, satisfaisant.

Ma main brûle. J'adore ça. Je me sens vivant. Je lâche un dernier coup dans les côtes, un seul. J'espère en avoir cassé une. Cela devrait l'empêcher de monter ma femme pendant un moment. Je me dresse au-dessus de lui. Il roule sur le côté, essaie de se relever, mais je le retiens fermement au sol. Je porte des chaussures de ville à bout pointu. Je vise d'abord sa tempe, puis ses côtes, et enfin sa gorge. Il gémit, puis il s'immobilise. Prends ça, gros dur. J'ai terminé ce que je voulais faire ici. Je ne vais pas le tuer. Ce serait trop simple. Je sens le poids du stylo dans ma poche et je le vois d'ici : planté dans sa gorge, l'artère percée. L'image me plaît mais je préfère l'avoir vivant. Je vais lui faire payer ce qu'il m'a fait mais plus tard, lentement, progressivement. Je vous assure qu'il paiera pour avoir détruit ma vie, volé ma femme. Je me vengerai au moment où il s'y attendra le moins.

Quand j'entends des voix, je m'accroupis derrière les fraisiers. Les policiers se dirigent vers leurs voitures, ils repartent. Ces crétins vont laisser Mia seule dans notre maison. Je couvre ma bouche d'une main ; mon sourire éblouissant pourrait me trahir. Tel un requin, je me cache dans les profondeurs en attendant de frapper.

Les phares des deux voitures de patrouille s'allument et elles s'éloignent.

Je me retourne vers la maison. Mia se tient derrière la fenêtre et scrute le jardin. On dirait qu'elle sent ma présence. Je lui adresse un petit signe de la main, mais ce n'est pas moi qu'elle cherche.

À mes pieds, Buck gémit. Et ça prétend avoir été dans les Forces spéciales. Quelle blague.

Je lui balance mon pied dans les côtes.

— Ta gueule.

Ma voix est ferme, autoritaire. Je n'ai vraiment pas le temps de m'occuper de ce nain de jardin. Je dois aller à la rescousse de ma femme, que je la libère d'elle-même, de cette histoire qu'elle a concoctée dans sa tête. Pauvre créature. Je regarde le cottage tout éclairé et je murmure :

— Salut, Mia. Ne t'inquiète pas. Je suis là.

J'ai fait un pas vers la maison quand une main se referme sur ma cheville. Putain de Buck. C'est quoi, son problème ? Cette fois, je libère brutalement mon pied de son emprise et j'en profite pour lui asséner un grand coup dans la tête. Un craquement agréable se fait entendre et du sang jaillit de son oreille. Je serre le stylo dans ma poche : il me serait facile d'en finir avec lui tout de suite. Non, il faut d'abord que j'aille chercher Mia.

Je cours vers la porte de service et l'ouvre d'un coup de talon. Je vous avais bien dit que le loquet ne servait à rien. C'était facile, pourtant je n'ai rien à voir avec les Forces spéciales, moi.

Depuis la pièce d'à côté, Mia hurle. Elle va être tellement contente de me voir.

Je me dépêche de traverser la cuisine pour la rejoindre dans le salon. Elle court vers la porte d'entrée mais je l'attrape par les cheveux et je l'arrête net dans son élan. Elle trébuche, sa main s'agrippe à la mienne quand elle se retourne. Une vraie poupée de chiffon. Et maintenant, petite Mia ?

Quelques secondes passent avant que je ne découvre le couteau qu'elle brandit dans ma direction avec la fureur d'un chat sauvage. Elle l'approche de ma main et je relâche ses cheveux.

Mia tremble tant qu'elle serait à peine capable de couper une pomme avec ce couteau, mais elle le pointe vers moi. Elle joue aux héroïnes.

— Sors d'ici, Paul. J'ai actionné le bouton d'appel d'urgence. Les secours arrivent. Buck est là, aussi.

— Buck s'occupe de tes fraises, pour le moment, ce pauvre garçon.

Je souris en voyant les pupilles de Mia s'agrandir.

— Qu'est-ce que tu lui as fait ?

— Rien qu'il n'ait pas mérité. Mais parlons plutôt de nous, d'accord ?

Je souris de plus belle avant de reprendre :

— Le bouton d'appel d'urgence, vraiment ? De quel bouton parles-tu, mon chou ? Tu perds la tête. Il n'y a pas de bouton d'appel d'urgence. C'est dans les films, ça. Tu n'aurais pas pu en faire installer sans que je sois au courant. Sans moi, tu n'as rien. Sans moi, tu n'es rien.

Ma main me lance d'avoir frappé Buck. J'aime cette sensation.

— Sors d'ici, Paul. Je ne plaisante pas. Tu ne veux sûrement pas que la police découvre que tu as essayé de t'introduire ici.

Le petit couteau de Mia se remet à trembloter. C'est mignon.

— Mia, ceci est ma maison, notre maison. Elle nous appartient. Je ne vois pas pourquoi je n'y entrerais pas. N'oublions pas les bons souvenirs que nous avons créés ici, même si ce n'était qu'une seule et courte année. Tu te souviens du champagne que nous avons sabré sur la véranda, quand nous avons acheté la maison ? Nous étions si heureux !

Je souris, mais Mia n'en fait rien.

— À cette époque, tu avais déjà commencé à m'empoisonner, répond-elle en secouant la tête.

— Oh, mon chou. Ne sois pas ridicule.

Je ne l'ai pas empoisonnée tout le temps. Quelle idiote.

— Viens là, viens dans mes bras. Tu m'as l'air si bouleversée. Tu es perdue, sans moi.

Je fais un pas vers ma femme mais elle se réfugie dans le coin, à côté de la porte d'entrée, sans cesser de brandir son petit couteau à fromage. Je ferais sans doute mieux de lui donner une leçon.

Nous sommes en train de nous jauger pour anticiper le prochain mouvement quand j'entends les sirènes. Le son est encore faible, mais il se rapproche. Il ne fait aucun doute qu'elles viennent vers nous.

Mia a dû les entendre, elle aussi. En tout cas, elle parvient à esquisser un sourire, sans doute le plus sincère de la journée. C'est le même, en forme de demi-lune, qu'elle m'a servi ce matin, et aussi quand nous sommes sortis ensemble pour la première fois. Un sourire d'amour. Tout d'un coup il disparaît, comme s'il n'était pas pour moi. Comme s'il n'était plus pour moi.

— Tu as tort, Paul. Je vaux beaucoup plus que toi. Et je vais bien mieux sans toi.

Elle continue de pointer vers moi son ridicule couteau de cuisine. Ce serait tellement facile de l'attraper, de retourner la lame sur elle et de l'enfoncer dans sa poitrine traîtresse.

Les sirènes se font plus fortes. Elle possède vraiment un putain de bouton d'appel d'urgence. Il faut que je me décide. Soit je finis ce que j'ai commencé avec le poison, soit je disparais avant que les flics de Keystone arrivent, je prends les enfants et je repars à zéro. Il me semble évident que Mia n'a pas pensé à tout. Nos enfants, nos précieux garçons dorment à la maison, heureux et ignorants de notre dispute. Deux petits agneaux qui attendent d'être sauvés par leur berger.

Des éclairs rouges et bleus illuminent la route. Je dois sortir d'ici.

— On n'en a pas terminé, toi et moi. Mais pour aujourd'hui, je te souhaite bonne nuit. Dors bien. On se reverra bientôt. Probablement quand tu t'y attendras le moins.

Je me retourne, sors en courant et traverse le jardin pour regagner ma voiture. Au moment où les flics me dépassent pour s'engouffrer dans l'allée du cottage à une allure que quiconque jugerait excessive, je me recroqueville derrière le volant. À les voir, on pourrait croire qu'un vrai crime a été commis. Ils ne trouveront rien de plus qu'une folle ratatinée dans un coin, derrière la porte, et brandissant un minuscule couteau de cuisine et, plus tard, un ancien officier des Forces spéciales, KO dans ses précieuses plates-bandes de fraisiers. Bande de loosers. Il n'y en a pas un pour rattraper l'autre.

Ma pauvre petite femme. Elle se croit si intelligente. Elle veut jouer à la plus maline avec Paul Strom ? Elle n'a aucune chance.

J'appuie sur le champignon et je passe rapidement devant la maison. J'ai pris ma décision. Dans mes rétroviseurs, je vérifie que personne ne me suit jusqu'à ce que j'aie dépassé la barrière de Lakeside.

Je sais que je roule trop vite, et même si tous les flics de la ville sont réunis chez moi en cet instant, je lève le pied. Je dois économiser l'essence jusqu'à la prochaine ville dotée d'une station-service ouverte. Il ne serait pas prudent de tomber en panne sur l'une de ces routes de campagne en pleine nuit. J'ai trop de choses à régler pour prendre ce genre de risque.

1 H 45

29

Je n'ai croisé aucune voiture depuis des kilomètres et, croyez-moi, ce n'est pas faute de guetter. De nuit, quand on est vigilant, on peut aisément repérer si on est suivi. C'est facile, quand on doit garder ses phares allumés pour y voir quelque chose. Or, dans la campagne, on en a vraiment besoin. Si Buck ou ses complices ont été à mes trousses à un moment ou un autre, ils ne le sont plus. Je serre les mains sur le volant en imaginant les hommes de Buck en train de me suivre et de m'espionner à Granville. Comment ai-je fait pour ne pas les voir ?

La station-service est encore ouverte. Les pompes sont visibles de loin, éclairées par un halo fluorescent beaucoup trop violent. Hormis un gros papillon de nuit qui ne cesse d'aller et venir dans mon champ de vision, tout est immobile, sinistre. Je m'arrête et je sors de la Flex. Je constate avec curiosité que mes paumes sont en sueur, pourtant je n'ai pas l'impression d'avoir eu peur. Mon corps est tendu, sur le qui-vive. Je m'oblige à respirer profondément pendant que j'inspecte les alentours. À part l'employé de la station, je suis la seule âme vivante, ici.

Je me dirige vers la silhouette de l'homme, derrière le comptoir, et je souris quand j'aperçois la caméra. Aucun souci. De nos jours, tout le monde est filmé tout le temps. Si quelqu'un se donne vraiment la peine de visionner cette bande d'enregistrement, ils constateront tout simplement que j'ai décidé de rentrer chez moi plutôt que dans cet hôtel poussiéreux. Ce n'est pas un crime.

La cabine du pompiste est fermée à clé. Je secoue la poignée mais l'employé, un gars costaud, probablement motard à ses heures perdues, se penche en avant et appuie sur un bouton.

— C'est pour de l'essence ? retentit la voix à travers un haut-parleur.

Non, je voulais juste vous faire un petit coucou, répond mon esprit survolté. Je me demande pourquoi je ne pars pas vivre dans un autre pays. Ici, les gens sont de vrais crétins. Je suis sûr que son frère est l'un des gros bras assignés à la protection de Mia. Aussi efficaces l'un que l'autre. Quelle bande de débiles.

— Oui. Pompe numéro un. Quarante dollars.

Je sors mon portefeuille pendant que l'employé ouvre le guichet qui sert à payer en dehors des horaires d'ouverture, je dépose deux billets de vingt dollars tout neufs dans le tiroir et il referme la trappe.

Je me demande s'il se sent en sécurité, enfermé comme ça dans sa cloche de verre. Il ne devrait pas.

— La pompe numéro un est activée, dit-il d'un ton impatient, comme s'il avait autre chose à faire que de fournir de l'essence à des conducteurs noctambules.

Il s'agit pourtant de son unique fonction. Bref, je l'ignore. C'est moi qui suis pressé, me dis-je pour me calmer.

Je tourne le dos à cette brute, regagne ma voiture et commence à mettre de l'essence. À présent, je me tiens en plein dans les projecteurs, exposé à quiconque passerait sur cette route de campagne. Qui pourrait bien me chercher, à cette heure-ci ? Buck et Mia sont convaincus d'avoir géré la situation. Buck est en train d'arroser les fraises avec son sang et Mia est terrée dans un coin avec un couteau à fromage. Soit les autorités savent que j'ai quitté

Lakeside, soit elles croient que je loge à l'hôtel. Ou alors elles s'imaginent que je guette, tapi dans l'ombre, prêt à récidiver. Quoi qu'il en soit, tout le monde se trompe. Toute cette sécurité, toute cette police. C'est complètement superflu. Je suis ici, en train de prendre de l'essence dans une station-service perdue dans la cambrousse. Un homme fatigué qui n'espère qu'une chose, arriver enfin chez lui pour retrouver ses garçons. Le soleil ne se lèvera pas avant sept heures moins le quart. Il me reste beaucoup de temps.

Mes garçons. La joie de ma vie. Mikey et Sam seront tellement heureux de me voir. Peut-être même que je me glisserai dans leur chambre pour les serrer dans mes bras de père. Ils étaient si fiers que ce soit moi qui les dépose à l'école, ce matin. Ils m'ont même supplié de les emmener au lac. Leurs petits visages déçus me donnent mauvaise conscience, maintenant que j'y pense. Je leur revaudrai ça. Peut-être qu'un voyage à Disneyland fera l'affaire ? Je suis sûr que ça plairait aussi à Gretchen. Peut-être pourrais-je les empaqueter, les mettre dans la voiture et les emporter dans son appartement dès ce soir. Ce serait une super aventure, bien mieux que Lakeside. On pourrait se mettre en route avant le lever du soleil. L'idée m'arrache un sourire. Juste nous quatre, Gretchen, les garçons et moi, en route vers l'endroit le plus heureux de la Terre. Les garçons seraient fous de joie.

La pompe s'arrête. Je sors la buse, je referme le bouchon d'un tour de main et me dépêche de rentrer dans la voiture. Au moment de quitter l'éclairage éblouissant de la station, je me demande s'il est trop tard pour appeler Gretchen. Elle a essayé de me joindre quatre fois depuis que je me suis mis en route avec Mia. Cela ne lui ressemble pas. Et moi, j'ai décliné ses appels. Elle a bien fait de ne laisser aucun message. C'est contraire à nos accords.

Une fois sur l'autoroute, je sens une onde de soulagement m'envahir. J'ai échappé aux péquenauds de la campagne. Personne ne m'a suivi. Je respire un grand coup et je me détends. Je sais qu'il est tard, mais j'appelle quand même Gretchen. À travers les haut-parleurs de la voiture connectés via mon système Bluetooth, la sonnerie du téléphone perce l'habitacle. Une sonnerie, deux sonneries.

— Paul ? murmure Gretchen.

Elle semble à moitié endormie. Je rêverais d'être au lit, à côté d'elle.

— Salut, mon amour.

J'ai appris qu'il était important de ne pas se servir des mêmes mots d'amour pour différentes personnes. Mia, c'est *mon chou.* Gretchen, c'est *mon amour.* Caroline – eh bien, désormais, c'est la pute. Avant, elle était *mon bébé.* Lois, c'était *mon cœur,* jusqu'à ce qu'elle ne le soit plus. Mon esprit se rappelle soudain que Buck a parlé à Lois. Il va vraiment falloir que je m'occupe de lui. J'aurais mieux fait de le tuer dans le jardin, tout compte fait. Je le finirai dès que j'en aurai le temps. Il se croit tellement cool, tellement fort. Foutaises. Vous avez remarqué à quelle vitesse je l'ai maté ? Il est tombé comme une pierre. Quel vantard.

— Pourquoi n'as-tu répondu à aucun de mes appels, aujourd'hui ? demande Gretchen.

— Tu le sais bien, mon amour. Il fallait que je passe du temps avec Mia. Mais j'ai de bonnes nouvelles. Je l'ai quittée. On va pouvoir réaliser tous les rêves que tu avais pour nous deux.

— Paul, un type est venu me voir, ce matin. Il m'a dit qu'il s'appelait Buck. Il a dit qu'il fallait qu'il me parle, que c'était urgent, alors je l'ai laissé entrer.

Elle semble bien réveillée, maintenant. *Urgent.* J'aurais mieux fait de décrocher. Gretchen poursuit :

— Il voulait me parler de toi. Il... Paul, il m'a dit des choses horribles. Il avait même des photos. Un visage de femme défiguré par les coups. Il a dit que c'était toi qui avais fait ça.

Très bien. Ce connard a essayé de lui faire croire que j'étais méchant. Je vais la convaincre du contraire.

— Oh, mon amour, je suis désolé. Buck est dingue. Ce type est jaloux de moi. C'est notre voisin, au lac. Il n'est pas net, il est complètement obsessionnel et, cette fois, il s'est mis en tête de détruire ma vie à coups de mensonges et d'insinuations. Oublie-le, s'il te plaît. Tu sais bien que je ne ferais jamais de mal à une femme. Personne n'aime les femmes autant que moi. Personne ne sait mieux t'aimer que moi, n'est-ce pas ?

Mes mains se crispent de nouveau autour du volant. Je crève d'envie de faire demi-tour, de retourner à Lakeside et de tuer Buck, même si ce n'est pas mon genre d'agir de la sorte. Je dois mobiliser toutes mes forces pour continuer ma route vers les garçons et Gretchen.

— Il joue avec moi. C'est un type tordu et cruel. Tu ne l'as pas cru, tout de même, mon amour ?

— Je ne veux pas le croire, Paul.

Sa voix se casse. Je l'imagine, assise sur son lit, les genoux relevés jusqu'au menton. Elle est nue. Peut-être que je ferais mieux de passer chez elle pour l'emmener à la maison.

— Je ne sais pas quoi penser, reprend Gretchen.

Je n'en reviens tout simplement pas de la manière dont Buck et Mia ont fichu ma vie en l'air. Ils ne vont pas s'en sortir comme ça. J'ai beau avoir très envie de réconforter Mia, je réalise que mon véritable levier, dans ce jeu de pouvoir, se trouve à la maison, en train de dormir paisiblement en attendant l'arrivée de Papa. J'irai voir Gretchen plus tard.

— Je sais que tu as peur, mon amour, dis-je d'une voix douce en jetant un coup d'œil à mon rétroviseur.

Je dépasse un semi-remorque, mais à part lui et moi, il n'y a personne sur la route. J'en suis sûr : aucune voiture ne me suit. Je reprends :

— Buck n'aurait pas dû t'inclure dans ses règlements de compte ridicules. C'est malhonnête de sa part. Cet homme est malade, il a besoin d'aide. Écoute, mon amour, que dirais-tu si je t'apportais le petit déjeuner, demain matin, et que nous parlions de tout ça tranquillement ? Tu as toujours rêvé qu'on aille à la plage, tous les deux. Eh bien, nous allons pouvoir le faire. Ça te plairait ?

— Il faut que je réfléchisse, répond Gretchen d'une voix faible. J'ai besoin d'un peu de temps. Je te rappelle dans quelques jours. Ne m'appelle pas, Paul. D'accord ?

Elle pleure. J'entends un gros sanglot, puis plus rien.

Ma maîtresse vient de me raccrocher au nez. Comment est-ce possible ? C'est incroyable. En l'espace d'une seule journée, ma femme m'annonce qu'elle me quitte pour un autre homme et ma maîtresse me demande de ne plus l'appeler. C'est la faute de Buck, tout ça. J'aurais dû planter ce stylo dans son cou ou écraser sa trachée, dans le jardin. J'ai envie de hurler, de balancer un objet à la tête de quelqu'un, mais je suis en train de conduire et puis, ce serait ridicule. Je dois me calmer et me concentrer. Je suis en sueur. J'allume l'air conditionné et fais rouler ma tête de droite à gauche jusqu'à ce que mon cou lâche quelques craquements libérateurs. C'est encore moi qui mène le jeu, du moins ce sera le cas dès que j'aurai rejoint les garçons à la maison. Peut-être même que nous pourrions aller à Disneyland dès demain ? Si Gretchen change d'avis, elle pourra toujours se joindre à nous.

Tout d'un coup, je réalise que j'ai oublié de lui en parler. Je rappelle sur son numéro qui se cache sous le nom d'un restaurant, le Savory. Pas bête, n'est-ce pas ? Le Bluetooth se met en marche et la sonnerie retentit. Une. Deux. Trois. Quatre fois, puis :

« Bonjour, vous êtes bien sur la messagerie de Gretchen, dit sa boîte vocale, laissez-moi un message. »

Je n'arrive pas à croire qu'elle refuse de répondre à mon appel. Comment ose-t-elle ? C'est inacceptable. Dans un accès de rage, je lance mon téléphone contre la fenêtre, côté passager, et je l'entends tomber dans l'interstice qui sépare la porte du siège. Hormis le son irrégulier de ma respiration, la voiture est silencieuse, désormais. Je crispe les poings sur le volant, je serre les mâchoires et j'écrase l'accélérateur. Je vais écouter ma playlist. J'appuie sur marche et ma chanson préférée, une interprétation de « Mack the Knife » par Bobby Darin, explose dans mes haut-parleurs et je chantonne avec elle.

Quand je jette un nouveau regard au rétroviseur, je découvre les gyrophares d'un véhicule de police. Je sens que la situation m'échappe et je crains de faire une erreur. Mon cœur bat à tout rompre. Je réduis ma vitesse à cent kilomètres-heure. Ce n'est pas le moment de faire un excès de vitesse. Les lumières sont juste derrière moi, maintenant, et j'entends les sirènes. La voiture me dépasse à vive allure. C'est bon signe. Mes épaules se détendent, je relâche mes mains sur le volant et je monte le son. Les notes de jazz se succèdent : calmes, structurées, contrôlées. Comme moi.

2 H 45

30

Les lumières vives du centre-ville de Columbus apportent un peu de réconfort à mon esprit agité. Je suis largement dans les temps ; excepté quelques routiers au long cours et moi, il n'y a presque personne sur la route. Je n'arrête pas de vérifier l'heure sur ma montre. Il me tarde d'arriver à la maison, mais j'ai encore deux ou trois choses à faire avant de retrouver mes garçons. De toute manière, ils dorment. Ils sont heureux, eux, contrairement à moi. Il me reste au moins trois heures d'obscurité, largement de quoi régler ce que j'ai à faire.

L'ironie veut que la prochaine sortie d'autoroute ne mène pas seulement à ma maison, mais aussi à mon bureau. C'était pratique de n'avoir que dix minutes à parcourir pour gagner mon rutilant bureau depuis mon imposante maison de banlieue. Mon foyer et mon travail, deux mondes si proches géographiquement et pourtant si différents. Ma boîte de pub est un cube de verre et d'acier perché sur une colline et offrant une vue directe sur la ligne d'horizon du centre-ville. Un emplacement idéal, et les associés ont été félicités pour leur choix quand ils ont décidé de construire ici. C'était judicieux, bien sûr. En quelques minutes d'autoroute, on rejoignait soit l'aéroport, soit le centre-ville, et le même temps de trajet dans l'autre sens vous ramenait chez vous. C'était pratique, si vous aviez oublié quelque chose ou si vous vouliez vérifier que votre femme faisait vraiment la sieste avec les enfants. D'ailleurs, elle a toujours fait ce qu'elle disait, ma douce Mia. Après quelques années, j'ai relâché ma surveillance. C'est drôle, comme on peut se laisser aller et prendre les choses pour argent comptant. Quand a-t-elle cessé de me demander si je rentrais pour déjeuner ? Sans doute étais-je empêché par le boulot, à moins que ce ne soit la faute de Caroline.

Caroline n'est pas comme Mia.

Mia ne m'a jamais menti. Pas jusqu'à présent, en tout cas. Caroline, elle, m'a menti depuis l'instant où je l'ai rencontrée. Quand je l'ai draguée, elle a joué le jeu. Elle a senti que c'était chaud, entre nous, dans l'ascenseur, et elle a compris qu'on pouvait avoir une histoire, tous les deux. J'avais envie d'être celui dont elle avait besoin. Nous avions ce potentiel, elle et moi. Mais pendant toute cette période, elle avait Chadwick.

Chadwick. C'est quoi, ce prénom ? Enfin, apparemment Caroline le préfère à Paul.

Nous y voilà. Mon vieux terrain de jeu. Je me gare dans l'un des deux emplacements réservés aux associés de Thompson Payne – des connards prétentieux. Le reste du parking est vide. Je me penche par-dessus le siège passager pour récupérer mon téléphone et constate avec soulagement que l'écran ne s'est pas brisé quand il a percuté la portière. Il faut vraiment que j'arrive à me contrôler. Calcul et contrôle, voilà ce dont j'ai besoin, en ce moment. L'éruption devra attendre encore un peu.

Je sais que ce parking et l'entrée des bâtiments sont surveillés par des caméras de sécurité, cependant les associés sont non seulement prétentieux, mais aussi radins. Si l'alarme n'a pas été déclenchée, les caméras se réinitialisent tous les matins à six heures et enregistrent par-dessus les anciennes bandes.

L'alarme ne sonnera pas. Je glisse ma clé dans le verrou. Comme prévu, elle s'ouvre. Rebecca m'a demandé de lui rendre mon jeu de clés, bien sûr, mais j'ai suffisamment de jugeote pour en avoir fait faire un double il y a des années de cela. D'une rapide enjambée, je rejoins le pavé numérique et je tape les quatre mêmes chiffres dont l'entreprise se sert depuis sa fondation – une combinaison des dates de naissance de Thompson et de Payne. Les bips se taisent, le petit bouton passe au vert. C'est parti. Je savais bien qu'ils ne changeraient pas le code, qu'ils ne remplaceraient pas les clés de l'immeuble. J'étais leur licenciement exemplaire, leur « on-en-sacrifie-un-de-l'équipe-pour-montrer-qu'on-prend-le-harcèlement-sexuel-au-sérieux ». Je ne suis pas une menace, pour eux. Pas vraiment. En ce qui concerne l'égalité des droits, je ne suis rien de plus qu'une malheureuse note de bas de page dans l'histoire sans faille de l'entreprise. Très bien.

Je m'aperçois que cela me fait plaisir d'être de retour, d'entrer dans l'ascenseur en acier inoxydable, d'appuyer sur le bouton qui mène à l'étage supérieur du bâtiment. Mon étage. Au même niveau : les associés, les ressources humaines et… oui, notre précieuse Caroline. Je foule d'un pas rapide la moquette luxueuse du couloir. Tous les prix remportés par des campagnes publicitaires de l'agence sont affichés ici. J'ai contribué à une bonne partie d'entre elles, j'en ai conçu certaines. Je marque un arrêt devant mon bureau où se trouvent désormais les affaires de quelqu'un d'autre. Je sais qui a pris mon poste. C'est Rick Jacobs qui a été promu – le seul à m'avoir écrit après mon départ, le seul à m'avoir dit qu'il me regrettait. Je reprends mon chemin.

La porte du bureau de Rebecca est fermée à clé. Bien sûr. C'est la seule personne, dans cette entreprise, qui prenne la peine de verrouiller son espace. Ce n'est pas un problème. Mon poste était doté de nombreux privilèges, l'un d'eux étant la possession d'un passe-partout. Sa porte s'ouvre et je recule devant l'odeur de purin. Bon Dieu, n'y a-t-il personne pour empêcher cette femme de transformer son bureau en jungle ? C'est contraire à la courtoisie la plus élémentaire. Pensez un peu à ses pauvres voisins de bureau. À quoi les expose-t-elle, avec cette utilisation massive de pesticides, cette atmosphère moite, moisie par des arrosages excessifs ? Je suis probablement en train de sauver la vie de quelqu'un, me dis-je en arrachant la première plante de son pot pour la jeter sur son bureau.

Elle les aime comme si c'étaient ses enfants. J'ai entendu quelqu'un dire ça, peu après notre première rencontre. Pire que Mia avec ses fraisiers. Une folle.

J'élimine rapidement sa progéniture qui forme maintenant un tas de terre feuillu sur sa chaise blanche et son bureau. J'écrase sur le beau tapis – rapporté d'Asie, je crois – un spécimen particulièrement grand et informe. La tache ajoute une touche de vert forêt aux motifs majoritairement fauves et bruns. Je suis un artiste.

Une fois le jardinage terminé, j'essaie d'ouvrir le tiroir mais il est verrouillé. Ce n'était pas prévu. Je n'ai pas de clé pour celui-ci. Rebecca est décidément une femme méfiante, sournoise. Oh, et puis je n'ai pas besoin de ses dossiers.

Je repasse par le couloir pour me rendre dans le bureau de Caroline. Le petit espace sent la cannelle et le jasmin, l'odeur de la bougie qu'elle gardait toujours allumée sur son bureau. Je prends un moment pour m'en emplir les poumons. Je m'assieds sur sa chaise et ferme les yeux, les deux mains posées à plat sur son plan de travail. Je sens son énergie. Quelle occasion manquée, quelle idiote. Nous aurions pu être super, ensemble.

Quand je rouvre les yeux, mon regard tombe sur la photo encadrée qui se dresse à côté de la bougie. On y voit Caroline, les bras passés autour de la taille d'un sac à muscles. Il est blond, il mesure au moins un mètre quatre-vingt-quinze et c'est un crétin. Ça se voit. Il porte le tricot de foot de son équipe de sport, à la fac. *Coup de foudre sur les bancs de l'université, comme c'est touchant.* Pourtant, elle m'a bien dit qu'elle était célibataire, non ? Oui, j'en suis sûr. Quand j'étais là, il n'y avait pas de Chad sur son bureau. Je m'en serais aperçu, c'est évident. Je suis le premier à respecter les histoires des autres. Nous voilà donc réunis, Chad, Caroline et moi. Que pourrais-je donc offrir à ce couple souriant qu'ils ne possèdent pas encore ? Une fleur en pot, peut-être ? Hélas, nous venons de constater une rupture de stock, chez Thompson Payne. Il faut que je lui laisse un petit souvenir, quelque chose qui lui fasse comprendre que je suis passé par là, qu'elle a fait le mauvais choix.

J'attrape le cadre et j'en extrais la photo. Sur le dos, je découvre une inscription de la main de Caroline : « C&C pour toujours ». Je lutte contre l'envie de déchirer ce cliché grotesque. Au lieu de cela, je sors mon nouveau stylo, je barre ce C&C ridicule et je le remplace par « P&C pour toujours » en ajoutant un petit cœur. Avec un sourire, je replace ensuite la photo dans son cadre et à son exact emplacement initial, près de la bougie.

Il lui aurait suffi de me dire qu'elle avait un petit ami, à cette pute.

Je me tourne vers son ordinateur, il est allumé. Je clique sur un dossier intitulé : « CC ». Il est rempli de photos d'eux. Des centaines de clichés du couple heureux. J'ouvre sa messagerie et je cherche mon nom. Une bonne cinquantaine de messages apparaissent. Je les inspecte rapidement. Certains sont en rapport avec des dossiers, j'en suis l'expéditeur ou le destinataire. Je réduis ma recherche à Paul et Chad.

« Il y a un type plus âgé, ici, qui s'appelle Paul. Il me fait peur. Il n'arrête pas de me regarder, il fait semblant de me croiser par hasard. Il me fout les jetons. »

Caroline a écrit ça à Chad. Je lui faisais peur ? Je voulais lui faire l'amour. Salope.

Je sors de sa messagerie et j'ouvre une page web. Elle doit se sentir seule, sans Chad. Il vit en Virginie, et même s'ils ont parlé de mariage, il veut terminer ses études de droit avant de lui faire sa demande. Comme c'est mignon. En attendant, ceci devrait l'aider à passer le temps. Je regarde s'afficher les unes après les autres les pages que j'ai choisies et pendant que je continue de cliquer, ce qui ressemble à un méchant virus porno envahit l'écran.

J'ouvre encore plus de sites et la débauche continue de se déverser. Je ne sais pas quelle capacité a son ordinateur, mais je vais continuer jusqu'à ce qu'elle ne puisse plus en venir à bout. Le son du disque dur qui rame m'arrache un sourire. Pour être sûr qu'elle partage ses perversions sexuelles avec tout le monde, j'ouvre un nouveau message que j'adresse à Chad. J'attache les photos les plus intéressantes – vous voyez ce que je veux dire – à son message d'amour. Pour m'amuser, je mets tout le bureau en copie cachée. Oups, désolé, Caroline.

Je programme le message de manière à ce qu'il parte lundi, en début d'après-midi.

Les ressources humaines de l'agence observent une politique très stricte vis-à-vis d'Internet, et plus encore du porno. Tout le monde comprendra, cela dit, que cette pauvre Caroline se sente seule, avec son copain à deux États de distance d'ici. Elle n'y peut rien, la pauvre âme. Mais enfin, la loi, c'est la loi. Même pour notre parfaite Caroline. Rebecca, encore endeuillée par la perte de ses bébés végétaux, sera obligée de la virer. Je vois la scène d'ici, le bras du vigile sur l'épaule de Caroline, ses larmes qui s'écrasent sur la grosse tache verte, au milieu du tapis de Rebecca.

Je consulte ma montre. Il est l'heure de partir. Je prends une dernière fois l'ascenseur et descends au premier. Voilà, j'ai fait la paix avec cet endroit. Peut-être même qu'une fois installé en Floride, j'enverrai une carte postale à l'équipe. Ou pas. Je réinitialise l'alarme et je ressors dans la nuit encore noire. C'est incroyable ce qu'on peut accomplir en une seule journée, quand enfin on se décide à régler ses affaires. Quand on a un plan précis.

Gretchen sera contente de me voir. Bien sûr, elle est troublée – grâce à ce connard de Buck –, mais une fois que je serai auprès d'elle, elle réalisera en qui elle peut placer sa confiance, sa foi. Par chance, son appartement est à un pâté de maisons de mon bureau et je me retrouve sous ses fenêtres en moins de deux minutes. Je saute de la voiture et remonte prestement l'allée familière. Le domicile de Gretchen fait partie de toute une série de vieilles bâtisses en brique, au charme délabré. Gretchen a planté des géraniums roses dans la jardinière, à côté de la porte d'entrée. Sa voisine, une vieille dame que j'ai saluée quelques fois, a opté pour des géraniums rouges. Cela donne à la maison une apparence très accueillante, très américaine.

J'aurais bien aimé que Gretchen me donne une clé. Elle dit qu'elle oublie toujours d'en parler à son propriétaire. Elle promet aussi qu'elle s'en souviendra le jour où je me rappellerai que je veux divorcer de ma femme. C'est mignon, non ? Je me rends compte qu'un petit jeu de pouvoir se trame entre nous, et je sens mes poings se fermer. Je respire un grand coup pour me calmer. Je dois me dépêcher.

Je toque doucement à l'épaisse porte d'entrée. J'imagine Gretchen en train de dormir dans une nuisette de soie douce. Je ne veux pas l'effrayer, mais il faut tout de même que je la réveille. Je résiste à l'envie d'envoyer mon poing dans la porte et décide de faire le tour de la maison. J'avance sous l'auvent à voitures, mes pieds crissent sur l'allée de gravier. Sa fenêtre est protégée par un grand sapin qu'elle aime tout particulièrement parce qu'il garantit son intimité, mais ses branches griffent mon visage quand je les écarte pour passer. Elle fait confiance à l'arbre pour lui épargner les regards indiscrets, si bien que sa fenêtre n'a pas de rideau. Il faut que je lui dise que ce n'est pas prudent. C'est vrai, il suffit d'arracher quelques branches pour avoir une vue dégagée sur son appartement.

Je tape plusieurs fois aux carreaux de sa fenêtre, chaque fois un peu plus fort, et je la regarde ouvrir les yeux. Elle se redresse dans son lit, tourne la tête dans ma direction mais ne me voit pas. Je toque une fois de plus. *Je suis là, mon amour.* Elle allume sa lampe de chevet et plisse les paupières dans la lumière vive. Elle est désorientée, cette pauvre petite. Elle prend son téléphone, peut-être pour vérifier l'heure. Il est tard, ou tôt, selon la manière dont on voit les choses. Presque quatre heures et demie du matin. Pour ma part, entre deux poussées d'adrénaline, je lutte contre l'épuisement.

Je frappe encore trois coups, puis je fais des signes de la main pour qu'elle sache que c'est moi – un ami, un amant, et non un voyeur ou un autre taré. Elle se lève et sa courte nuisette révèle ses merveilleuses jambes. Elle tient son téléphone à deux mains, droit devant elle. Je réalise trop tard qu'elle est peut-être en train de composer le numéro des urgences.

Je lance à travers la vitre :

— Gretchen, c'est moi, mon amour. Tout va bien. Tu n'as pas besoin d'appeler la police.

Heureusement, les carreaux de la fenêtre sont anciens, sertis de plomb. Jolis, mais minces. Son radin de propriétaire n'a pas pensé à les doubler, évidemment.

Elle se penche en avant et fait un pas vers la fenêtre pour distinguer ma silhouette dans le noir. Sur la défensive, elle brandit toujours son téléphone.

— Paul ? Qu'est-ce que tu fais là ?

— Oui, oui, c'est moi !

Je sens une vague de soulagement me submerger.

— Mon amour, je suis venu te chercher pour t'emmener dans l'endroit le plus heureux de cette planète.

J'ai poussé la mièvrerie un peu trop loin, mais certaines femmes adorent ce genre de phrases.

— Je t'ai demandé de me laisser tranquille pendant que je réfléchis, répond Gretchen reculant d'un pas, il faut que tu partes, Paul.

C'est grâce à Buck, tout ça. Il a empoisonné tout le monde, avec ses mensonges. Peut-être que je vais devoir m'arrêter à Nashville, en chemin, pour passer faire un petit bonjour à Lois. Histoire de vérifier qu'elle ne fera pas de folies. Mais avant, il faut que je m'arrange pour que Gretchen réintègre l'équipe Paul.

— Mon amour, écoute-moi. Laisse-moi entrer. Il faut qu'on parle. Je vais t'aider à faire ta valise. On va s'amuser !

Je pose ma paume sur la vitre et je savoure sa fraîcheur douce et bienfaisante. J'ai envie de toucher la joue de Gretchen, de sentir son corps chaud en dessous du mien. Je lui adresse mon beau sourire augmenté de mon célèbre clin d'œil.

Elle ne semble pas partager mon enthousiasme et recule encore un peu plus vers la porte de sa chambre à coucher.

— Je ne t'accompagne nulle part. Si tu ne pars pas, j'appelle la police.

Tout d'un coup, la lumière s'allume dans l'allée et sous l'auvent à voitures. Je suis aussi exposé qu'en plein jour. Toutes les lampes sont allumées dans la maison de la vieille dame d'à côté et sa porte de service ne tarde pas à s'ouvrir :

— Qui va là ? J'appelle la police !

Quelle idiote. Si j'étais un sale type, j'attendrais précisément ce moment pour l'agresser, maintenant que sa porte est ouverte. Je lui casserais la figure et je prendrais tout l'argent qu'elle possède. Mais cette vieille dame a des couilles. Elle se tient à quelques mètres de moi, toutefois je suis protégé par mon sapin.

Je jette un nouveau coup d'œil à l'intérieur. Gretchen articule :

— Va-t'en.

Très bien. C'est compris.

La vieille chouette referme sa porte, éteint les éclairages extérieurs et je me retrouve enveloppé de noir. Tout va bien. Je n'ai pas besoin de Gretchen. Elle n'est même pas riche. En fin de compte, il vaut mieux qu'on recommence à zéro, tous les trois. Les garçons et moi. Les trois mousquetaires contre le reste du monde. Va te faire foutre, Gretchen, mon amour. Je lui brandis un doigt d'honneur mais je ne crois pas qu'elle le voie. Elle disparaît dans le salon.

Je coupe à travers le jardin pour regagner ma voiture. En passant devant le salon, je passe la tête par la fenêtre, juste pour rigoler.

— Bouh !

J'accompagne mon cri d'un petit geste de la main.

L'expression de son visage est impayable et je ricane pendant tout le chemin du retour vers ma voiture.

Les femmes sont tellement prévisibles, tellement faciles à manipuler. Je suis bien content que nous n'ayons pas eu de fille. Les garçons sont transparents, faciles à décrypter, faciles à élever. Ils vont bien s'amuser en Floride – ou à Nashville, selon l'endroit où nous nous retrouverons.

Je m'éloigne de l'appartement de Gretchen en repensant avec tendresse à toutes ces belles parties de jambes en l'air que nous avons partagées ici, et je savoure la pointe de désir qui m'envahit pendant le trajet familier qui me ramène à la maison. Au moment où je traverse l'avenue Lane, Norah Jones chante : « Come Away with Me ». Les rues me guident tout droit à travers ma belle banlieue, un coin truffé de boutiques de luxe, de restaurants étoilés, de country clubs, d'enfants chanceux et d'épouses gâtées. Mes garçons se souviendront à jamais de cet endroit. Partez dans la nuit avec moi, les enfants. Nous allons construire notre nouvelle maison au soleil.

C'est le seul point négatif que je puisse vous citer au sujet de Granville, il n'y fait jamais beau. C'est vrai. Entre octobre et fin avril, c'est la grisaille en continu. Quand le soleil arrive enfin, c'est génial pendant une ou deux semaines, et puis ça se transforme en une chaleur et une humidité insupportables. On sera bien mieux ailleurs. N'importe où plutôt qu'ici.

Le feu passe au vert et je tourne dans ma rue. Je n'ai pas croisé de voiture depuis que j'ai quitté le bureau et il n'y en a pas davantage ici. Juste la Ford Flex et moi, en train de parcourir tranquillement le quartier en direction de la maison. Il ne me reste plus qu'un petit détour à faire.

Je me range le long du trottoir et éteins mes phares. La résidence principale des Boone n'est pas aussi impressionnante que leur cottage au bord du lac. Tout comme vous, j'ai vérifié la valeur des maisons de tous mes voisins. Je sais que la nôtre fait partie des deux plus chères. Celle des Boone, en revanche, se situe au milieu du paquet. D'ailleurs, ceux qui n'ont pas vu leur maison de Lakeside doivent croire qu'ils arrivent tout juste à joindre les deux bouts.

C'est peut-être le cas. On dit que Greg a fait un mauvais investissement, il serait surendetté. Il suffirait d'un rien pour les faire basculer dans le gouffre, surtout depuis qu'ils ont baissé leur assurance d'habitation au minimum. Je n'ai pas de certitude à ce sujet. J'ai appris ça par ouï-dire. Nous partageons le même assureur. Je lui posais la question pour moi, bien sûr, parce que je suis un peu coincé financièrement. Je voulais voir où je pouvais économiser. Mon assureur, Bob, m'a invité à déjeuner mais m'a déconseillé de réduire ma couverture autant que mon voisin l'avait fait.

— Qu'entendez-vous par là ? ai-je demandé en sirotant mon café trop chaud dans son gobelet en carton – comme vous pouvez le constater, Bob est très généreux, je me suis d'ailleurs brûlé la langue de cette manière agaçante qui vous empêche de savourer la moindre nourriture pour le restant de la journée. Bravo, Bob.

Dans notre box, Bob s'est penché vers moi et m'a jeté un regard conspirateur. Il a murmuré comme un type s'adresserait à son pote :

— Vos voisins, les Boone. Eh bien, entre vous et moi, il a réduit son assurance à peau de chagrin. Vous voyez ce que je veux dire : il est complètement vulnérable. Je ne vous conseille pas de faire pareil.

— Ah, ça !

Merci, Bob. Brave type. Un puits d'informations.

— Ne dites pas que je vous l'ai dit, a-t-il ajouté.

J'ai souri, heureux d'avoir acquis ce savoir pour un prix relativement bas. Mes papilles s'en remettraient.

— Oh, bien entendu, me suis-je empressé d'assurer. Pas un mot. Quelle protection me recommanderiez-vous, alors, si je voulais réduire les coûts ? Je sais, je sais : une autre que celle de cet imbécile de Greg Boone.

Nous avons rigolé et Bob est parti dans de grandes explications mais moi, je ne pouvais penser à autre chose qu'à la grande vulnérabilité de Doris et Greg.

— Vous m'avez convaincu, ai-je déclaré quand l'exposé de Bob a enfin touché à sa fin.

Nos œufs étaient arrivés, coupant court à sa diatribe. Si je n'ai aucun souvenir gustatif de ce repas, je me souviens qu'il fut très appréciable. Vous savez que je ne crois pas aux potins. Parfois, cependant, il faut avouer qu'ils sont très utiles.

Comme maintenant, par exemple. La villa des Boone est sans vie, tous les membres de la famille sont réunis dans leur grand cottage du bord du lac. Malheureusement pour eux et heureusement pour moi, le réverbère le plus proche se trouve devant la maison suivante, de l'autre côté de la rue, si bien que la leur est plongée dans l'obscurité. Bien entendu, je connais suffisamment les lieux pour m'orienter dans le noir.

Comme la plupart d'entre nous, les Boone se sont fait livrer un ou deux stères de bois au mois de septembre, en prévision de l'hiver. Et comme la majorité d'entre nous, ils n'ont pas encore utilisé tout leur bois. Je me glisse vers le tas soigneusement empilé contre le mur de la maison, d'un côté du jardin. C'est drôle, la pile a une forme idéale pour faire un feu, sans compter que, protégé par l'avancée du toit, le bois est bien sec. Avec le mois de mars chaud et sec que nous avons eu, il suffira de quelques branchages pour le démarrer. Je veux qu'il prenne lentement. Cette petite flamme ne doit pas attirer l'attention avant d'avoir trouvé son chemin jusque dans les parois de leur foyer, quand les langues de feu remonteront les câbles électriques en crépitant jusqu'en haut des murs.

Je lève les yeux et je remarque la porte de service, avec son panneau décoratif aux carreaux sertis de plomb, parfaitement positionné pour un cambriolage. Ce sera un jeu d'enfant. J'enlève ma chemise et l'enroule autour de ma main. Après avoir donné un grand coup dans la vitre, je tâtonne pour trouver la poignée intérieure et, enfin, j'entre dans leur cuisine. Greg est trop radin pour se payer un système de surveillance. Encore une économie qu'il n'aurait pas dû faire. Il va le regretter. Je trouve sa collection de couteaux design rangée dans un bloc de bois, sur le comptoir, et je choisis le plus grand, celui qui a une lame dentelée. Je sors la cuisinière, trouve le tuyau qui relie l'appareil à la conduite de gaz et le coupe sans effort. Je ne peux retenir un sourire quand je sens l'odeur familière du gaz se répandre dans la pièce. J'ai vite fait de dénicher une bougie. Je l'allume avec mes allumettes de l'épicerie de Frank et ça me rappelle l'excellent moment que j'y ai passé, à faire la queue entre ces petites gens et l'homme aux mains jaunes. Je déglutis et je regarde autour de moi.

La chandelle a fière allure, posée là, au milieu de l'îlot central de granite noir taillé. Je reste quelques minutes à contempler les œuvres d'art des enfants affichées sur la porte du réfrigérateur. Une minuscule empreinte de main trempée dans de la peinture avant d'être pressée sur du papier kraft pour reproduire la silhouette d'une tulipe. Adorable. Les petits Boone sont de véritables artistes, mais ils ne sont pas aussi doués que mes garçons. Je jette un dernier coup d'œil autour de moi, je jauge l'éclat vacillant de la bougie et je hume la forte odeur qui s'échappe de la cuisinière Viking : quatre brûleurs, seulement. Le nôtre en a six. Une belle marque, cela dit. Bravo, Greg.

J'ai terminé ce que j'avais à faire ici.

Il est temps de rentrer à la maison.

4 H 45

31

JE SUIS À UN PÂTÉ DE MAISONS de chez moi et je n'ai toujours pas trouvé le meilleur moyen d'annoncer mon arrivée à Claudia. L'alarme est sûrement enclenchée. Je ne veux pas qu'elle réveille tout le quartier à presque cinq heures du matin. J'ai une minute avant qu'elle ne se mette à hurler, aussi je croise les doigts pour que la baby-sitter n'ait pas verrouillé la porte de service ou celle du garage.

Cela dit, je n'ai pas vraiment le choix. Il faut que je voie mes garçons, que je les emmène. Que je les prenne. Personne ne m'en empêchera, je vous le promets. Entre la demeure des Boone et la nôtre, une série de réverbères éclaire la rue et l'ambiance est plus légère et joyeuse ici qu'à Lakeside. Je me fais le serment d'apprendre à apprécier davantage cet endroit, tout au moins jusqu'à la vente de la maison. Nous allons savourer les derniers moments passés ici avant le départ. Je vérifie l'heure sur ma montre. Il ne reste plus beaucoup de temps avant le lever du soleil. Une fois dans l'allée du jardin, j'éteins les phares. Je ne veux pas effrayer Claudia en dirigeant mes pleins feux vers ses fenêtres. Qui sait comment une junkie réagirait ? Notre chambre d'invités est juste au-dessus du garage, derrière le coin où se trouvent les chambres des garçons. Je décide de ne pas ouvrir la porte du garage, car le bruit pourrait l'alerter. Je vais plutôt vérifier ce qu'il en est de la porte de service. Claudia est paresseuse. Avec un peu de chance, elle ne l'a pas fermée du tout.

Je gare la voiture et je sors. C'est bon, d'être de retour à la maison. Je marche lentement vers la porte arrière, je prends même le temps d'admirer le gazon vert et les buissons soigneusement taillés, les tulipes en pleine floraison, comme pour célébrer le printemps. Je jette un coup d'œil à droite, vers l'ancienne maison de mes parents, sombre, habitée d'étrangers en train de dormir. Je réalise que ce bon vieux Buck ne semble pas avoir découvert cette partie de mon histoire, et cela me fait sourire. Comme toujours, il m'a sous-estimé. Erreur.

L'alarme n'est pas enclenchée. Sur le petit panneau, la lampe est verte. En temps normal, cet argument aurait suffi pour virer Claudia mais là, c'est une excellente nouvelle. La situation étant ce qu'elle est, je suis reconnaissant à cette droguée pour son incompétence. Je glisse ma clé dans la serrure et j'entends un clic ; je tourne la poignée et entre chez moi. Pendant quelques instants, je suis stupéfait de constater que la table du vestibule, un meuble antique et coûteux offert par mes beaux-parents, a disparu. C'est ici que je dépose mes clés, tous les jours, après le travail. Elle n'est plus là. Je suis pourtant certain de l'avoir vue ce matin, avant de partir.

C'est étrange. Pourquoi Claudia se donnerait-elle la peine de déplacer une table ? Je traverse le couloir sur la pointe des pieds et j'arrive dans la cuisine. Tout semble en ordre, ici. Je ravale un sentiment croissant d'inquiétude, d'agitation. Il n'y a aucun signe de désordre. Pas d'assiettes qui traînent. Rien n'indique que de jeunes enfants vivent ici. Pas de cubes. Pas de rehausseur à la table de la cuisine.

Où est le rehausseur de Sam ? Je quitte la cuisine et monte deux à deux les marches de l'escalier. Je me dirige d'abord vers notre chambre à coucher mais je change d'avis et je presse le pas pour rejoindre la chambre de Mikey. Je tourne doucement la poignée de la porte et la pousse très lentement.

La pièce est entièrement vide. J'étouffe un hurlement.

Je me précipite dans la salle de bains qui relie les chambres des deux garçons, décorée sur le thème de la comptine « Jack and Jill ». J'ouvre grand la porte de la chambre de Sam. Vide. Pas de meubles, pas de Sam.

Où sont mes garçons ?

Je hurle en me dirigeant vers la chambre d'invités :

— Claudia !

Il n'y a personne dans cette pièce, non plus. La porte est ouverte. Les meubles, les lampes, les peintures et même le petit nu de Picasso offert par les parents de Mia, que nous avons accroché ici pour impressionner les invités – tout a disparu.

Je reste planté dans la pièce vide, en état de choc. Cela ne dure pas. Je passe une main dans mes cheveux, puis j'attrape mon téléphone portable, dans ma poche, et je compose le numéro de Mia. Mon appel débouche sur sa boîte vocale :

— Mia, qu'as-tu fait de mes garçons ? Où sont mes meubles ? Mes antiquités ? Mes œuvres d'art ? Où est mon Picasso ? Le paysage marin d'Alice Schille qui était accroché au mur ? Il a disparu. Il va falloir m'expliquer ça. Rappelle-moi immédiatement.

Ma voix est calme. Je maîtrise la situation. Elle va être aussi paniquée que moi. Elle va m'obéir.

Enfin, je me rends dans notre chambre à coucher. Le lit est encore là, avec ses deux tables de chevet. Les murs sont glabres, avec des vides béants là où étaient accrochées des œuvres d'art. Le joyeux portrait de famille où nous posions, tous les quatre, dans le pavillon du bord du lac, et qui était suspendu juste derrière la porte, s'est également volatilisé. J'effleure l'emplacement où il devrait être, où il a toujours été. Qui a bien pu faire une chose pareille ? Qui a violé notre sphère privée ?

Je m'engouffre dans le dressing. Seule la moitié est encore pleine. Toutes les affaires de Mia ont disparu. Sur le comptoir de la salle de bains, je découvre une enveloppe sur laquelle est écrit « Paul », de l'écriture de Mia. Je la saisis, sens son épaisseur sous mes doigts. Un message d'amour, bien sûr. Peut-être aussi une explication. Peut-être que nous déménageons ailleurs, tous ensemble. Peut-être que tout cela est une belle, grande surprise.

Je déchire l'enveloppe et j'en sors la lettre.

Cher Paul,

À l'heure qu'il est, je suis sûre que tu as hâte de comprendre ce qu'il se passe. C'est dur de se sentir hors du coup, je suis bien placée pour le savoir. Grâce à toi, j'ai appris beaucoup de choses. Alors voilà : bienvenue chez toi, dans ta nouvelle réalité.

Les garçons vont bien, ils sont en sécurité, cachés avec mes parents, tout comme moi. Nous te l'avons déjà dit : n'essaie pas de nous trouver, les enfants ou moi. Ne menace personne, n'entreprends rien contre ceux qui m'ont aidée, ou cela se retournera contre toi. Tout ce que nous voulons, c'est vivre paisiblement, loin de toi. Le seul moyen que j'ai trouvé pour m'assurer cette paix était d'organiser la mise en scène que tu découvres en ce moment.

Si tu lis ces mots, cela signifie que tu as déjà signé l'agrément. Je ne sais pas ce qui se sera passé d'autre. Si tu m'as blessée ou si tu as fait du mal à Buck, mes parents porteront plainte contre toi. Ils savent ce dont tu es capable. Je leur ai dit tout ce que je savais. C'est déjà bien assez. Je ne vais pas perdre mon temps à te détailler ce que nous avons découvert sur toi, sur ton passé et ta situation actuelle. Tu te connais mieux que quiconque, tu sais ce que tu as fait. Il y a une chose que je peux te promettre, cependant : ton futur sera sans nous.

Les garçons et moi sommes sortis de ta vie pour toujours, ne l'oublie pas.

Ne mens plus, Paul. Beaucoup de monde te surveille, désormais.

Mia

Elle a emporté toute ma vie. Ma main se crispe sur l'enveloppe rouge et je commence à la déchirer, puis je change d'avis et la froisse jusqu'à ce qu'elle ne soit plus qu'une petite boule. Je vais garder sa lettre de trahison. Elle me rappellera qu'il ne faut jamais, jamais, faire confiance à une femme. Je plie son mot stupide en un petit carré plat que je glisse dans ma poche. Je n'arrive pas à croire qu'elle ait eu le dessus. Je n'arrive pas à croire que je l'ai laissée faire ça, que je l'aie laissée gagner. C'était une grossière erreur, qui ne se reproduira plus.

Tout va s'arranger. Je suis un survivant. Je vais simplement changer de cap et recommencer à zéro. Personne ne peut venir à bout de Paul Strom. Paul Strom se relève toujours. Bien sûr, elle a pris mes garçons, mais je peux en faire d'autres. Il y a beaucoup de femmes qui aimeraient avoir ce que je peux leur offrir, qui aimeraient être Madame Strom. Pas Gretchen, elle est trop pauvre. Pas cette mateuse de pornos de Caroline, non plus. Lois est mariée, sans compter qu'elle n'a pas d'argent. Je crois que je vais me mettre en quête de pâturages plus verts. Je n'ai pas besoin de Disneyland pour trouver l'endroit le plus heureux du monde. Tout ce qu'il me faut, ce sont des femmes fortunées, jeunes et veuves de préférence. À moi Palm Beach.

Je retourne vers mon armoire et je choisis mes costumes d'été favoris, quelques caleçons de bain et des bermudas. Je suis le phœnix qui renaît de ses cendres. J'enfile un polo rose – impec, non ? –, un jean confortable et des mocassins pour conduire. Le look parfait du *businessman* qui s'offre quelques jours de repos. Un homme qui se retrouve seul après avoir perdu toute sa famille – sa femme, ses deux garçons et ses beaux-parents – dans un affreux accident d'avion, le mois dernier. Avec ces jets privés, on ne peut jamais savoir ce qui a pu se produire. Non, leurs corps n'ont pas encore été retrouvés. Oui, une véritable tragédie.

Je me regarde dans le miroir de plain-pied, puis je consulte l'heure sur ma montre. Lever de soleil dans quinze minutes. Il faut que je sois parti avant qu'il fasse jour, avant que l'enfer ne se déclenche dans notre rue, aussi. J'attrape ma valise de marque et je reprends le couloir en sens inverse.

Hein ? Il y a quelqu'un en haut des escaliers. J'enfouis ma main dans ma poche et constate avec satisfaction que le stylo est encore là, mais cela ne suffit pas à me calmer. Je n'ai pas d'arme de longue portée. Je vais devoir miser sur l'effet de surprise, mais je ne vois pas de cachette dans mon environnement immédiat.

— Montrez-moi vos mains et levez-les au-dessus de votre tête, dit une voix d'homme tandis qu'un flash m'aveugle.

J'aperçois l'extrémité d'une arme à feu dirigée sur ma poitrine.

— Agent Clark, police de Granville. Nous avons reçu un appel. Un voleur serait entré ici par effraction.

— Je suis le propriétaire de cette maison. J'habite ici.

Qui peut bien avoir appelé la police, bon sang ? Qui sait que je suis là ? Mia est au courant, bien sûr. J'aurais dû la mater définitivement depuis longtemps. Cela m'apprendra à avoir voulu être charitable, avec son empoisonnement lent.

— On va vérifier vos papiers d'identité. Mon équipier, l'agent Miles, va venir prendre votre portefeuille. Ne bougez pas.

Debout dans ma maison à moitié pillée, les mains levées tandis qu'on me fait les poches, je sais que je n'ai pas dit mon dernier mot. Je ne peux pas laisser Mia gagner. Je ne vais pas lui faire ce plaisir. J'aurais dû en finir une bonne fois pour toutes, avec elle et Buck.

L'officier sort ma carte d'identité de mon portefeuille et l'éclaire avec sa lampe de poche.

— L'adresse sur la carte est exacte, mais d'où vient cet argent ? demande-t-il en extrayant brutalement les billets de ma poche arrière.

Il a également sorti le message d'amour de Mia. J'entends le stylo tomber par terre. Le flic fait semblant de ne pas le remarquer mais moi, je lutte pour ne pas le ramasser et l'enfoncer dans son cou graisseux. Je scrute le visage de l'officier Miles, couvert de cicatrices et criblé de trous résiduels d'acné. Hideux, il n'y a pas d'autre mot. En voilà un qui ne pourra jamais s'offrir de deuxième vie. Les possibilités qui s'offrent à lui, sur cette Terre, sont tellement plus limitées que les miennes. Peut-être que je ferais mieux de mettre un terme à ses souffrances.

— Je vous ai posé une question, monsieur, lâche Miles Face-de-lune.

— Ah, c'est un message d'amour de ma femme, monsieur l'agent. Elle l'a mise dans une enveloppe rouge, la couleur de la passion. C'est une lettre spéciale. Intime.

Il jette la lettre par terre et agite la liasse de billets que j'ai empruntée à l'hôtel devant mon visage viril, à la peau impeccable.

— Je parle de ça.

À l'heure qu'il est, l'ombre sur mes joues a dû se transformer en véritable barbe de trois jours. La journée a été longue. Son regard passe de mon visage aux billets, comme s'il n'en avait jamais vus autant en une seule fois. Pauvre gars.

— C'est du liquide. Des billets. Je sais que vous n'en gagnez pas beaucoup, mais ceci est bel et bien de l'argent.

Décidément, les individus censés nous servir et nous protéger ne valent pas grand-chose.

— T'es un petit rigolo, toi, connard, dit Sale tête.

Il peut s'estimer heureux de travailler la nuit. En plein jour, il risquerait d'effrayer des enfants.

Je hausse les épaules tandis que l'agent recule, mon portefeuille et mon argent serrés entre ses doigts. Il va empocher mon fric, j'en suis sûr. Il ne se donnera même pas la peine d'écrire un rapport. Son camarade garde son flingue rivé sur mon cœur et, tout d'un coup, je m'aperçois qu'il bat plutôt vite.

— On a signalé un vol, là-haut, dans un endroit qui s'appelle Lakeside. Un hôtel. Quelqu'un a cambriolé la caisse pas plus tard que ce soir. Ça vous dit quelque chose, monsieur Strom ?

Oh, c'est vraiment grotesque. Je ne vais quand même pas tomber à cause d'un larcin insignifiant.

— Je ne vois pas de quoi vous parlez. Est-ce que je peux baisser les bras ?

— Lakeside… c'est de là que vous venez, non, monsieur ? insiste la tête de nœuds.

Pourquoi tient-il absolument à m'appeler « monsieur » comme si j'étais un vieillard ? D'accord, il est jeune, mais regardez sa gueule. Franchement, je préfère être moi.

— Ils ont relayé votre numéro de plaque d'immatriculation. Nous savons que c'était vous, monsieur. Que vous étiez à Lakeside. Il y a une caméra dans le lobby de l'hôtel.

Comme c'est intéressant. Je ne l'ai pas vue. Ils font des caméras de plus en plus petites, de nos jours. Scott va s'en sortir, pour cette fois. Très bien. Il n'y a rien qu'on ne puisse surmonter ou esquiver. Il suffit de se servir de son cerveau, et le mien est imbattable.

— Mettez les mains derrière votre dos, monsieur Strom. On vous emmène au poste, déclare l'agent Clark.

Est-ce que j'ai le choix ? Ils sont à deux contre un et je ne suis pas armé. Je sais bien ce que vous pensez. Au lieu de prendre des gants avec Buck, j'aurais mieux fait de le liquider. Est-ce que je pourrais mettre ces deux gars KO ? Probablement. Mais je serai relâché dès que la caution aura été déposée. À quoi bon me donner tout ce mal ? J'ai tout intérêt à me rendre au poste, à me débarrasser de ces deux ploucs, à grimper dans ma voiture et à filer vers mon avenir dès demain. Bon sang, ma valise était prête ! Je jette un regard nostalgique à ma Rimowa gris anthracite, très classe, et je décide d'obéir.

Après m'avoir passé des menottes, ils m'escortent dehors. Heureusement, il fait encore noir. Dieu merci, mes garçons ne sont pas témoins de cette scène embarrassante. Je ne leur en dirai rien, quand on se reverra.

Je m'apprête à me glisser sur le siège arrière quand l'agent Clark pousse brutalement ma tête vers le bas.

— Hé ! dis-je, n'allez pas m'obliger à vous accuser de maltraitance.

— Je la fermerais, si j'étais vous, monsieur Strom, répond l'agent Clark avant de claquer la portière.

Il réapparaît bientôt sur le siège conducteur tandis que son collègue Miles s'installe côté passager. Je m'aperçois que deux autres voitures de patrouille sont garées devant ma maison.

— J'espère que vous avez apprécié votre dernière journée de liberté, connard, dit Miles.

Je n'irai sûrement pas en prison pour un pitoyable larcin, peu importe ce que dit Face-de-rat. Les prisons ne sont pas faites pour les gens comme moi. Elles sont pour les toxicos, les gens du centre-ville. Mia et Buck ne leur diront rien de plus. Tout ce qu'ils veulent, c'est que je les laisse tranquilles et c'est bien ce que j'ai l'intention de faire. Tout au moins pour le moment. Je sais que j'ai amoché ce brave vieux Buck, peut-être même qu'il est mort. On ne perd rien à espérer.

Tout d'un coup, la voiture est secouée par une explosion et le ciel se remplit brièvement d'une vive lumière.

— Qu'est-ce que… ? demande Face-d'acné, alarmé.

Il saute de son véhicule et disparaît dans la nuit. Les deux véhicules de patrouille qui étaient postés devant la maison enclenchent leurs sirènes et s'éloignent à toute allure. Quand Miles revient, il est à bout de souffle, très excité. Il ne se passe jamais rien de grave, à Granville, alors forcément, c'est l'événement.

— Une maison vient d'exploser au bout de la rue, mec. J'ai appelé les pompiers, ils sont déjà en route. Tu devrais voir ça. La maison a littéralement disparu. Fuite de gaz, quelque chose comme ça. Le genre de truc qu'on lit dans les journaux. J'espère que tout le monde a pu sortir à temps, mec.

Sa description est enfantine mais je n'en suis pas moins satisfait. Au moment où il s'installe au volant, deux camions de pompiers et deux ambulances débouchent dans la rue, tous phares allumés, toutes sirènes hurlantes. Je suis le seul à savoir qu'ils ne vont pas avoir besoin des urgentistes.

— Il faut qu'on boucle ce type, déclare Clark d'une voix autoritaire.

— Oui, dis-je, tous les voisins doivent être réveillés, à l'heure qu'il est. Allons-y, voulez-vous ? J'aimerais éclaircir ce petit malentendu et reprendre ma vie normale.

C'est la vérité. D'un bout à l'autre de la rue, le quartier revient à la vie, les lumières s'allument, les femmes en robe de chambre et les hommes en caleçon émergent de leur charmant petit pavillon. Les tragédies ont le dont d'attirer les gens, n'est-ce pas ? Les voilà, mes voisins, attirés comme des papillons par la lumière, ou, dans le cas présent, attirés par les fondations béantes de ce qui était un foyer coquet comme le leur. Dans peu de temps, ces mêmes voisins feront des gorges chaudes de ma personne, de notre mariage en décomposition. Je n'aime pas les échecs et ça, ma maison vide, vide et sans amour, me donne un sentiment de défaite.

— Mon vieux, vu la taille de cette explosion, ton passage au poste n'apparaîtra même pas dans les nouvelles, me lance Face-de-lune.

Comme si j'avais envie de faire la une des journaux.

— Comme c'est dommage.

Il a tort. Je suis important. La destruction de notre famille va alimenter les potins de la ville. Pas autant que la déchéance de ces pauvres Greg et Doris, cela dit.

— On peut y aller, maintenant ?

L'agent Clark lâche un éclat de rire, active les pleins phares et nous descendons l'allée dans la nuit encore sombre. À travers la fenêtre de la voiture, j'aperçois deux étoiles lumineuses dans la voûte céleste, les yeux de chat qui forment la queue du scorpion.

Ai-je mentionné que Mia était Scorpion ?

UN AN PLUS TARD

ÉPILOGUE

L'UNE DES CHOSES LES PLUS AGRÉABLES, quand on se tient au bord du lac Érié, un soir de mai, alors que le fond de l'air est encore frais, c'est d'observer comment la surface étincelante reflète le coucher du soleil. Ce soir, des tourbillons d'orange et de rose se forment et se déforment à mesure que l'eau vient lécher les rochers, sur le rivage.

— Maman ! crie Sam.

Mikey et lui jouent sur les balançoires du parc, juste derrière moi. Je me retourne, je regarde mon petit garçon et je souris.

— Regarde comme je vais haut !

— C'est génial, mon chéri, dis-je en tripotant mon bracelet porte-bonheur autour de mon poignet.

J'avais caché ce bijou dans la boîte à gant de Paul, ce jour-là. Pour me protéger, me souvenir que l'on n'est jamais tout seul. Un symbole de foi en l'avenir, la preuve que j'avais repris confiance en moi. Je ne l'ai jamais ôté depuis.

Mon cœur s'emplit du bonheur de Sam. Il a sept ans, désormais ; ses cheveux blonds foncent un peu plus tous les ans. Depuis que je suis séparée de Paul – depuis que je suis exorcisée de Paul, me plais-je à penser –, tout le reste de sa petite personne me semble plus lumineux. Il en est de même pour nous tous. Sans doute n'avais-je pas réalisé la force du déni et l'ampleur de ce que je supportais auprès de mon mari.

Ce ne sont pas seulement ses multiples infidélités qui ont eu raison de moi. Il avait trouvé mille façons subtiles pour me convaincre, jour après jour, du fait que j'étais négligeable, insignifiante. Il vérifiait chaque jour si j'étais réellement à la maison avec les enfants, il veillait à ce qu'il ne me reste plus assez de temps libre pour entretenir mes relations avec mes amis, il s'interposait entre moi et mes parents. Je l'ai laissé faire. Aujourd'hui encore, je suis submergée de honte d'avoir imposé tout cela à mes enfants et d'avoir failli y laisser ma vie. S'il n'a jamais levé la main sur mes garçons, Paul m'a meurtrie jusque dans ma chair et les garçons l'ont senti. Je ne parle pas seulement du poison. Je suis tellement plus forte, aujourd'hui.

— Je vais encore plus haut ! lance Mikey à son tour.

Mon fils aîné va avoir neuf ans. Il faut toujours qu'il soit le meilleur des deux, et c'est le cas la plupart du temps. Mikey ressemble davantage à Paul, il a ses yeux, mais il n'est pas comme lui. Malgré son esprit de compétition, il a un cœur généreux et bon. Il est ouvert, honnête. Des deux garçons, c'est lui qui se souvient le mieux du comportement de son père, de sa domination autoritaire. Malgré la brume de déni que j'avais créée, il nous observait. Il a senti ma souffrance, mon isolement, ma peur de me faire remarquer. Mon fils aîné a perçu mon manque d'assurance dès sa petite enfance, et il en a souffert. Pourtant, je suis optimiste. Le psychologue dit que Mikey s'en sortira très bien, tout comme son frère. Elle s'inquiète davantage pour moi : serais-je capable de dépasser la honte, la culpabilité ? J'aurais dû nous sauver beaucoup plus tôt. Elle me propose de me concentrer sur les choses positives. Même si c'était tard, j'ai pu nous tirer de là. Tout le monde n'a pas cette chance.

— Tu vas vraiment très haut, Mikey, dis-je, est-ce que tu touches les étoiles, avec la pointe de tes baskets ?

— Bien sûr que non, Maman, répond-il, mais le sourire qui apparaît sur son visage me montre qu'il se l'imagine en cet instant.

Je croise les bras autour de mon ventre et je souris en palpant les petits bourrelets qui ont repris leur place autour de mes hanches. Depuis que je n'ingurgite plus de poison, je reprends du poids. J'accueille ces kilos comme un signe de forme et de joie retrouvées. J'en ai presque terminé avec la désintoxication : les dialyses, le lavage d'estomac, pour débarrasser mon système de toute trace d'arsenic. Je suis suivie par un médecin, je suis confiante. Je vais aller mieux. Mon visage a repris des couleurs. J'ai l'air en bonne santé. Je ne ressemble plus à la victime que j'ai été. Je veille encore à m'alimenter sainement, mais j'ai baissé la garde. Les frites ont retrouvé une bonne place dans nos menus. Avec les garçons, nous avons même partagé une pizza au fromage de chez Sloopy, pour le déjeuner. Le coupable, dans mon mal-être, n'était pas le fromage. C'était mon mari.

Un frisson parcourt ma colonne vertébrale quand je repense à Paul. Il a déposé une caution le soir même de son arrestation et depuis, il n'a donné aucune nouvelle. Les hommes de Buck l'ont pisté jusqu'à notre maison, où il est passé chercher une valise avant de quitter la ville. Ils ont cessé de le suivre à Cincinnati, mais ils ont confié la filature à une autre équipe qui l'a suivi jusqu'à Palm Beach, en Floride. Cela explique le polo rose qu'il portait quand ils l'ont pris en photo, au moment du départ. Beaucoup d'autres explications me manquent encore.

Pourquoi Palm Beach ? Le climat ? L'éloignement géographique, par rapport à son passé ? Il devait y avoir une raison plus importante. Nous l'avons découverte quand le détective nous a livré un cliché où on le voyait en compagnie d'une femme de son âge – c'est-à-dire plus âgée que sa cible habituelle – et couverte de bijoux. Il cherchait sa prochaine poule aux œufs d'or.

D'après les rapports, il semble avoir trouvé. Si les choses prennent un tour plus sérieux, l'équipe de Buck tentera de la mettre en garde. C'est la meilleure chose à faire, bien sûr, mais je préférerais éviter tout contact. Qu'il reste loin de nous tous.

Doris et Greg vivent désormais dans un deux-pièces de location, dans la ville voisine de Columbus. Si la plupart des habitants de la ville n'ont pas fait le lien entre Paul et la destruction de leur maison, Buck et moi l'avons fait. Nous sommes certains que c'était lui, mais il n'y a aucune preuve. Nous avons tenté notre chance en passant un coup de fil anonyme à la police, mais il n'a pas abouti. À moins que je porte plainte pour tentative de meurtre et que Buck en fasse de même pour son agression, la police ne soupçonnera pas d'intentions criminelles chez Paul.

Les enquêteurs ne voient en lui qu'un pauvre type, déprimé d'avoir été abandonné par une femme qui l'a dépouillé, lui a pris ses enfants et l'a laissé sans rien. Il n'avait pas d'autre choix que de voler l'argent. Il a remboursé. Tout est pardonné. Fin de l'histoire. Ce sont des contacts de Buck, à la police, qui le lui ont raconté.

Le portrait de Paul que les enquêteurs détiennent n'a rien à voir avec l'homme que je connais, mais je ne veux pas que les enfants et moi ayons à endurer un procès. Au lieu de cela, j'invite souvent Doris à déjeuner et ses enfants à dormir chez nous, pour laisser aux parents le temps de souffler. C'est la moindre des choses.

Depuis l'autre côté des balançoires, Buck m'adresse un petit signe de la main et je lui réponds de la même manière.

— On va tirer quelques balles ! crie-t-il, un garçon coincé sous chaque bras.

Bien qu'il ait subi la violence rageuse de Paul, qui lui a coûté une nuit d'hôpital et plusieurs mois de rééducation, il a toujours l'air aussi fort. Il dit que tout ce qu'il a encaissé en valait la peine.

Quelle joie de voir Buck et les garçons sur le terrain de baseball ! Quand ils rient aux éclats et se chamaillent, ils sont l'incarnation même des plaisirs simples de la vie. Je n'en reviens toujours pas que Buck soit entré dans nos vies à ce moment-là. S'il n'avait pas été notre voisin, ici, si nous n'avions pas partagé cet amour pour le jardinage, je n'aurais jamais compris ce qu'il se passait – la perte de cheveux et de poids, la fatigue... il s'en fallait de peu pour qu'il soit trop tard. Buck a passé outre mon refus de voir les choses en face. C'est lui qui m'a convaincue de faire un test d'urine. Une demi-douzaine de médecins m'avaient soumise à une myriade d'examens et personne n'avait jamais rien trouvé d'anormal. Cette dernière analyse a révélé l'empoisonnement à l'arsenic et marqué le point de départ de mon plan de fuite. J'ai appelé Buck depuis le cabinet de mon médecin et je lui ai transmis la nouvelle.

— Ça suffit. Il va payer, a-t-il répondu d'une voix grave, puissante.

J'ai compris qu'avec cet homme à nos côtés, nous allions nous en sortir, les enfants et moi.

— Le temps de rassembler quelques affaires, a repris Buck, et je viens m'installer dans une chambre d'hôtel de Columbus. Il faut que tu parles à un avocat. Prépare un plan pour sortir les garçons de la maison et de la ville. Tout va s'arranger, maintenant, Mia.

Agrippée à mon téléphone, tremblante, j'étais submergée par ce constat : de la femme que j'avais été, il ne restait qu'une coquille vide. Paul m'avait brisée, physiquement et mentalement. Buck allait m'aider à me reconstruire, il l'a fait dès l'instant où nous nous sommes rencontrés.

— Merci, Buck. Je ne sais pas ce que je ferais, sans toi.

— Je préfère ne pas le savoir, a-t-il répondu, mon équipe te suit vingt-quatre heures sur vingt-quatre, sept jours sur sept. Je passe demain. Je t'accompagne à ton traitement.

À cet instant, j'ai compris que ce devait être ça, l'amour. Nous ne nous étions même jamais effleurés, mais j'en ai eu l'intuition. Il en était de même pour Buck.

Chaque jour, pendant les deux semaines qui nous séparaient de notre week-end au lac, je partais pour l'hôpital une fois Paul parti rejoindre Gretchen. Pendant que mon mari faisait l'amour à sa maîtresse, je me soumettais à des dialyses et des lavages d'estomac. Je me consacrais entièrement à ma santé. L'équipe de Buck l'avait à l'œil. Mon rôle était de ne rien manger qu'il puisse avoir empoisonné. Tous les soirs, après qu'il eut secrètement versé du poison dans ma nourriture ou ma boisson, je posais mes mains sur mon estomac et me déclarais trop nauséeuse pour avaler quoi que ce soit. Il dissimulait le poison dans mon yaourt, dans mon thé, dans tant et tant de plats et de breuvages différents. C'était épuisant d'avoir toujours à anticiper ses actions. Comme il veillait à ne pas altérer les aliments que nos garçons appréciaient, je ne prenais aucun risque en mangeant des nuggets dès qu'il avait le dos tourné. Les dîners étaient particulièrement éprouvants car il guettait tous mes mouvements afin de trouver le meilleur moment pour verser sa poudre dans mon assiette ou mon verre.

Je voyais qu'il s'impatientait. Il voulait que je tombe vraiment malade, ça n'allait pas assez vite à son goût. Il était prêt, il voulait me voir mourir et confier ma place à Gretchen. Il avait perdu son boulot, il avait raté l'opportunité d'entamer une relation avec Caroline et il en avait terminé avec moi, avec nous. Il manquait d'argent, aussi. Or, sans moi, les garçons représentaient une véritable mine d'or. Cela faisait six mois qu'il partageait la plus grande partie de son quotidien avec Gretchen. Il était passé à autre chose. J'étais encombrante, je faisais obstacle à son futur. Mon père avait beau lui avoir fait comprendre qu'il n'aurait pas un centime des comptes des enfants, ma mort ferait de Paul leur unique tuteur et on lui octroierait une pension pour subvenir à leurs besoins. Quel homme avare et sans cœur.

Je frissonne. Paul en a eu assez de moi, mais au lieu de me frapper et de quitter la ville, comme il l'avait fait avec

Lois, il a décidé de me tuer à petit feu. Quand je m'autorise à y penser, j'en ai la chair de poule.

J'étais prête à en finir, de quelque manière que ce soit. Sa proposition de week-end en amoureux au bord du lac a été un soulagement. Je savais qu'il m'y emmenait pour que j'y meure, loin des garçons et des voisins. Il n'y aurait que nous deux, une enveloppe pleine d'arsenic et un dîner aux chandelles. Pour le psychopathe qu'il est, tout était logique. Il ne restait plus qu'à m'administrer une bonne dose de poison pour m'achever. Notre nouveau cottage était un cadre parfait pour cette scène macabre.

De mon côté, il fallait avant tout que je lui fasse signer les papiers à un moment où les garçons étaient hors d'atteinte, en sécurité. De son point de vue comme du mien, Lakeside était une destination parfaite pour ce week-end.

Mes parents ont été soulagés d'apprendre que j'avais retrouvé la raison. Surtout mon père, qui n'a jamais aimé Paul et nourrissait à son égard une méfiance tenace depuis notre mariage précipité. Il a eu raison depuis le début, mais j'étais trop amoureuse pour voir au-delà de mon désir, l'illusion de l'amour.

Pour les illusions, on peut dire que Paul était doué. J'avais trouvé en lui un magnifique soupirant de la vieille école, de ceux qui apportent des fleurs, écrivent des messages d'amour et vous emmènent dîner dans des endroits merveilleux, très luxueux. Le beau publicitaire d'âge mûr qui avait parcouru le monde, qui m'initiait au jazz et à l'extase sexuelle. Je n'ai vu que le Paul que j'avais envie de voir, celui qu'il voulait que je voie. Un romantique. Un homme de la Renaissance. Un leurre.

La différence entre ses paroles et ses actes m'est apparue clairement quand Buck s'est assis à côté de moi, pendant une séance de dialyse. J'ai respiré profondément, j'ai décidé de reprendre les commandes de ma vie et j'ai appelé mes parents.

— Il ne touchera pas un centime, ce chien, a vociféré mon père, j'appelle mes avocats dès que j'ai raccroché.

— Oh, chérie, est-ce que tu vas bien, s'est inquiétée ma mère, et comment vont les garçons ?

Sa tristesse m'a brisé le cœur.

— Est-ce que tu pourras t'occuper d'eux, le jour où je lui donnerai les papiers ? Nous partons au lac vendredi. J'aimerais que vous veniez chercher Mikey et Sam et que vous les emmeniez chez vous.

Buck a effleuré mon genou et j'ai ajouté :

— Une équipe de sécurité vous escortera et un camion de déménagement viendra prendre nos affaires dès que nous serons en route.

— Bien sûr. Veux-tu que nous venions tout de suite ?

Je voyais d'ici le regard épouvanté de ma mère et les yeux de mon père, réduits par la colère à deux fentes étroites et étincelantes.

— Non, Phyllis, a-t-il décrété. Nous prendrons le premier vol, jeudi, et nous ne verrons pas les enfants avant vendredi. Il ne faut pas que ce chien se doute de quelque chose.

— Exactement, papa. Au fait : peut-on rédiger un agrément de séparation qui débouchera sur la dissolution du mariage ? Je ne veux plus rien avoir à faire avec lui, jamais.

J'essayais d'être forte, mais à ces mots, je n'ai pu réprimer un sanglot.

— Oh, ma chérie ! Bien sûr. Tu vas voir. On va lui faire la peau, à ce connard, m'a rassurée mon père.

— J'aimerais tellement venir te prendre dans mes bras, a renchéri ma mère. Est-ce que tu es seule ? Nous avons toujours redouté qu'il t'isole de tes amis.

J'ai pris une grande inspiration et Buck a saisi ma main pour me donner du courage.

— Oui, il m'a coupé de vous et de tout le monde, mais j'ai un ami, ici. Son entreprise est spécialisée dans la sécurité. Je suis en sûreté jusqu'à votre arrivée et je vous rejoindrai en avion dès que je pourrai.

— Eh bien, Dieu merci. Dis à cet homme… comment s'appelle-t-il ? a demandé mon père.

— Buck, Buck Overford, ai-je répondu en plongeant mes yeux dans ceux de Buck, qui essuyait justement une larme de mes paupières.

À l'autre bout du fil, je savais que mon père notait son nom pour vérifier son identité, et ce geste m'a arraché un sourire amer : qu'est-ce que cela aurait changé, si mon père avait vérifié l'identité de Paul avant que je l'épouse ? Son dossier était irréprochable.

— Transmets toute notre gratitude à Buck et dis-lui de veiller à ta sécurité et celle des garçons, a repris mon père. Maintenant, il faut que je contacte les avocats. J'aimerais que tu nous appelles tous les jours jusqu'à vendredi. C'est compris ?

— Compris. Merci à tous les deux.

J'avais bien fait d'attendre avant de leur révéler que Paul tentait de m'empoisonner. Je n'aurais jamais pu empêcher ma mère, si angoissée, de venir me chercher.

Notre plan a parfaitement fonctionné. La journée avait été préparée étape par étape, à l'exception de l'appel téléphonique que Paul a reçu au moment de quitter la maison. Peu importe laquelle de ses femmes l'appelait, cela n'avait aucune importance à mes yeux, mais je n'ai pas pu cacher ma frustration quand il s'est enfin installé au volant. Durant toute cette journée, d'ailleurs, mes capacités de comédienne ont été mises à rude épreuve. Il fallait absolument que je contienne ma peur alors que je me trouvais, seule, dans la voiture d'un homme qui avait l'intention de me tuer.

Avec le recul, je me demande comment j'ai pu rester aussi calme. J'avais acheté un magazine people et j'essayais de me concentrer sur les potins des autres, mais je n'y arrivais pas. Ma seule consolation était les messages codés de Claudia, m'informant que mes parents passaient à l'école pour aller chercher les garçons. J'avais laissé un message à Sam et Mikey, leur annonçant que leurs grands-parents leur avaient préparé une surprise pour le week-end. Le détour pour aller acheter les croissants devait me permettre de vérifier que les garçons étaient bien en route vers l'aéroport, avec mes parents. Je me suis sentie mieux dès que je les ai sus en sécurité.

Claudia m'a également avertie quand le camion de déménagement est arrivé, puis quand il est reparti chargé de toutes les affaires que j'avais marquées d'un signe. Outre mes parents, Claudia, aidée de deux collaborateurs de Buck, a été l'héroïne de ma journée. Elle a d'ailleurs trouvé l'un des deux hommes « super mignon ». Cette remarque m'a arraché un sourire quand je lui ai parlé, sur le trottoir de 2nd Street, alors que j'étais parvenue à m'éloigner de Paul pendant quelques instants, après notre déjeuner chez Sloopy.

Je me souviens comme j'ai été tentée de m'enfuir, à ce moment-là. Les garçons ne risquaient plus rien, toutes mes affaires étaient empaquetées et en route. Pourtant, il restait une étape essentielle à accomplir. Il fallait que Paul signe les papiers de dissolution. Au même instant, il est sorti du restaurant et il a cligné des yeux dans la clarté du soleil. Il ressemblait au bel homme que j'avais épousé. Bien entendu, il avait payé son tribut aux dix années passées et je le taquinais parfois à cause de ses poignées d'amour, mais il avait encore belle allure. Son large sourire semblait m'être entièrement réservé. Une part de moi continuait d'admirer la manière dont il se déplaçait, avec cette démarche qui trahissait son assurance arrogante. Cette confiance. Toutes ces choses qui m'attiraient et qui ont failli me tuer. L'espace d'une seconde, j'ai presque oublié que nous étions ennemis. Presque.

L'autre élément qui m'empêchait de partir en courant, c'était la certitude que Buck m'attendait au cottage. Si Paul avait de la prestance, Buck, lui, avait de la consistance. Aujourd'hui, la différence m'apparaît clairement. Même si je n'étais pas encore capable de me laisser aller dans les bras de Buck, je savais que je me sentirais plus forte à ses côtés. Sa seule présence m'aiderait à recouvrer mon énergie. Quand Paul a engagé la Ford Flex dans l'allée du jardin, j'ai eu toutes les peines du monde à attendre que la voiture soit immobilisée pour ouvrir ma portière. J'ai marché aussi rapidement que possible, tout en me retenant de courir jusqu'au jardin. Buck était là, comme promis. Il a souri et sa fossette est apparue comme pour calmer mes nerfs à vif.

— Respire, Mia. C'est presque terminé, m'a-t-il assuré.

Nous nous sommes placés côte à côte devant les plants de fraises, comme pour les étudier de plus près.

— Tu as réussi, a-t-il repris, tu es en sécurité. Tu m'entends ? Est-ce que ça va aller ?

— Oui, ça va mieux, maintenant.

En sentant Paul approcher dans mon dos, j'ai failli flancher. J'étais soulagée d'avoir Buck à mes côtés, néanmoins je savais que la nuit allait être longue. Je ne mesurais pas, cependant, à quel point elle serait interminable.

C'était au restaurant, surtout, que j'allais devoir me contenir. J'allais devoir quitter la proximité rassurante de Buck pour remonter dans la voiture avec mon mari. Cela faisait partie de notre plan, bien sûr. Buck profiterait de notre absence pour rassembler les affaires de Paul et les déposer à l'hôtel, non sans en avoir au préalable vérifié le contenu. Il devait également s'assurer que toutes les caméras placées dans la maison fonctionnent correctement et tester le bouton d'alerte qu'il avait installé un peu plus tôt dans la semaine. Dieu merci, il a fonctionné.

Tandis que Buck mettait en place les derniers éléments de notre piège, je devais supporter cet ultime dîner avec Paul. Malgré les efforts de ce gentil serveur, pour me protéger des affreux commentaires de Paul, le repas a été une torture. Tout, dans ce prétendu dîner romantique et élégant, n'était que mise en scène : essayer d'avoir l'air amoureuse de l'homme qui se tenait devant moi alors que je le haïssais – et je le hais encore. Mon esprit ne cessait de revenir à ce portrait de femme tuméfié, à cet autre cliché où il brandissait une nuisette devant la jeune vendeuse d'une boutique de lingerie. Je sais maintenant qu'elle s'appelle

Gretchen. Nous ne possédions pas encore d'image le montrant en train de verser quelque chose dans mon brandy, mais je m'imaginais sans peine ses mains gantées manipuler la poudre blanche au-dessus de ma tisane ou mon yaourt grec.

Ses mensonges, ses manipulations m'ont hantée pendant tout le dîner, mais je me suis bien gardée d'exprimer la moindre accusation. Je ne devais pas me trahir.

J'étais tendue, sur le qui-vive. Jusqu'à ce que j'aperçoive Buck qui me regardait, devant la fenêtre. Il veillait sur moi. Je n'ai pas pu réprimer un sourire, pourtant je voyais le regard de Paul posé sur moi dans le reflet de la vitre. Il a dû se dire que j'étais bien vaniteuse. Je ne l'étais pas. Je souriais à cause de notre signal. Le pouce levé de Buck signifiait que tout était en place, que nous avions Paul, que nous détenions la preuve d'empoisonnement qu'il nous fallait. Cette preuve signifiait que la mascarade touchait à sa fin. J'ai souri parce que j'étais soulagée, que je me sentais forte. Cette journée resterait à jamais le point de départ de ma nouvelle vie. Une journée exceptionnelle, vraiment – mais pas celle que Paul avait imaginée.

Il m'arrive de regretter de n'avoir pas vu le visage de Paul, sa belle assurance ébranlée quand il s'est fait arrêter à son propre domicile. Est-ce que son cœur s'est serré quand il a vu que ses enfants avaient disparu, ou s'est-il dit qu'il finirait forcément par gagner ? J'aurais tellement aimé être une petite souris quand il a ouvert l'enveloppe rouge. Je mettrais ma main à couper que dans son esprit retors, elle ne pouvait contenir qu'un message d'amour. Je me demande s'il a éprouvé quelque remords pour ce qu'il a fait, ne serait-ce qu'un instant. A-t-il été choqué de découvrir tout ce qu'il avait perdu ? La plupart du temps, cependant, je suis soulagée de n'avoir pas vu sa réaction. Cela aurait sans doute été l'ultime déception.

Pendant que Paul découvrait toutes les surprises que je lui avais réservées, j'étais à l'hôpital avec Buck. Les premières heures du matin ont été dures. En voyant les blessures de Buck, j'ai pris la mesure exacte de ce que Paul était capable d'infliger à un autre être humain. J'étais là quand Buck a été admis aux urgences et qu'il a été relié à des machines. Je me demandais si la police de Columbus parviendrait à mettre la main sur Paul ou s'il se montrerait plus malin que tout le monde. J'avais l'estomac noué à l'idée qu'il s'en sorte, l'attente était insupportable. Enfin, l'appel est arrivé : Paul avait été arrêté pour vol aux premières lueurs de l'aube.

— Pour vol ? C'est tout ? ai-je répondu, incrédule.

— C'est tout ce qu'ils ont trouvé, madame. Nous pensons qu'il déposera une caution d'ici quelques heures, tout au plus. Soyez prudente.

Plus tard, je découvrirais l'existence de ses cartes bleues secrètes. Après sa fuite, il nous faudrait plusieurs mois pour dénouer ses petits trafics financiers.

J'ai regardé Buck, qui dormait grâce à quelque médicament administré par intraveineuse, et je me suis dit que tout allait s'arranger. Nous étions en sécurité. Paul n'oserait pas revenir tant que Buck se tiendrait à mes côtés. Il avait signé les papiers, nous avions gagné. Sa seule option était de disparaître. Je me suis assoupie, assise sur ma chaise d'hôpital, à côté du lit de Buck, et même dans cette posture inconfortable, j'ai dormi plus profondément que depuis des mois.

Le lendemain, Buck a pu sortir et je l'ai ramené à Lakeside. En engageant la voiture dans l'allée de notre maison, j'ai été prise de tremblements et Buck a proposé :

— Allons chez moi, plutôt.

J'ai hoché la tête, coupé le moteur et me suis hâtée d'ouvrir la portière de Buck. Avec ses côtes endolories, il devrait se ménager pendant quelque temps et cette perspective me convenait : c'était mon tour de prendre soin de lui.

Malgré la douleur, il rayonnait. C'était une belle journée d'été. Les arbres étaient touffus et verts, des enfants pédalaient sur des vélos de location. Si nous avions passé deux semaines à jardiner ensemble à Lakeside, l'été précédent, je n'étais jamais entrée dans la maison de Buck. À l'époque, cela m'avait semblé déplacé. Les garçons étaient avec moi, et puis j'avais peur que Paul ne me surveille. J'avais toujours l'impression qu'il m'espionnait. Aujourd'hui, je sais que c'est la vérité. Quand Buck a ouvert sa porte et qu'il s'est effacé pour me laisser passer, sur ses jambes mal assurées, j'ai été surprise de découvrir l'élégance sophistiquée de son intérieur. J'ai eu le sentiment de pénétrer dans l'archétype d'une maison au bord du lac, tout droit sortie d'un magazine de décoration et de jardinage.

— Quel bel endroit !

J'ai admiré les canapés de lin blanc, le parquet de bois sombre, les meubles raffinés et la grande cheminée en pierre blanche du salon.

— Je suis heureux qu'il te plaise.

Je l'ai regardé refermer la porte, pousser le verrou. Mon mari était parti mais Buck était encore sur ses gardes. Mon héros.

— Tu es en sécurité maintenant, Mia.

Buck s'est approché de moi et, enfin, j'ai pu me réfugier dans ses bras. À l'hôpital, il avait été l'objet des soins de son équipe et des infirmières. L'heure n'était pas à la passion, mais plutôt au soulagement, à la gratitude, à la liberté.

Nous sommes restés là, dans sa maison, serrés l'un contre l'autre. C'était notre nouveau départ.

Je suis plus forte, aujourd'hui. Le fait que Paul soit encore sous surveillance m'aide beaucoup. Je sais où il est, je sais ce qu'il fait en Floride – à Palm Beach pour couronner le tout. J'espère qu'un jour, je ne craindrai plus de le voir apparaître à tout instant. J'aimerais tant avoir la certitude qu'il est passé à autre chose. Je veux croire que si je suis capable d'entamer une nouvelle vie, il en est de même pour lui. La dernière fois que nous nous sommes vus, il m'a dit que je le dégoûtais. Avec tout ce qu'il s'est passé depuis, son sentiment de dégoût a dû s'intensifier. J'espère que ces sentiments ne se transformeront pas en désir de revanche. Buck m'assure que je n'ai rien à craindre. Ils l'ont à l'œil. Si Paul décidait de mettre le cap sur l'Ohio, nous serions les premiers à l'apprendre. Buck dit que je dois panser mes blessures, que nous devons aller de l'avant.

Nous tous, en tant que famille. Cette fois, mon fiancé bénéficie de la pleine approbation de mes parents – surtout depuis que nous cherchons une maison à New York. Les garçons pourront enfin vivre près de leurs grands-parents qui les adorent. Pour l'instant, il n'est pas prévu que nous abandonnions nos maisons du bord du lac. Cet endroit garde son charme particulier et nous ne laisserons pas Paul nous en priver.

— Maman, il faut qu'on aille manger ! lance Sam qui accourt pour m'attraper par la main.

Son visage est rougi par l'effort. Il est content, il a faim. Il est normal.

— Est-ce que tu t'es bien amusé, avec Buck ?

J'adore sentir sa petite main humide entre mes doigts et je la serre tendrement.

— Ouais, on a passé une journée exceptionnelle !

En reconnaissant l'expression de son père, je déglutis, puis je souris :

— Tu as raison, c'était une journée exceptionnelle.

PLAYLIST DE PAUL STROM POUR SA JOURNÉE EXCEPTIONNELLE

« Mack the Knife » – Bobby Darin
« Come Away with Me » – Norah Jones
« Somebody That I Used to Know » – Gotye (featuring Kimbra)
« As Time Goes By » – Frank Sinatra
« Crazy He Calls Me » – Billie Holiday
« The Story Of Us » – Taylor Swift
« Unforgettable » – Nat King Cole
« You Don't Know What Love Is » – Billie Holiday
« We Are in Love » – Harry Connick Jr.
« You Know I'm No Good » – Amy Winehouse
« Cold, Cold Heart » – Dinah Washington
« Every Breath You Take » – The Police
« Bad Romance » – Lady Gaga

NOTE DE L'AUTEURE

Quand Paul Strom a émergé dans mon subconscient, il était presque entièrement formé, mais je ne savais pas d'où il venait.

Maintenant que vous avez lu le livre, vous comprendrez à quel point c'était effrayant. Les personnalités comme celle de Paul Strom peuvent vous donner la chair de poule, même quand c'est vous qui couchez leur histoire sur papier. Pourtant, j'ai profondément savouré cette période passée en sa compagnie. Qui sait s'il ne sera pas l'objet d'une autre histoire ? J'aime écrire et lire des ouvrages où le narrateur n'inspire pas confiance. L'un de mes précédents romans, *All The Difference*, met en scène un autre de ces narrateurs douteux qu'on appelle « narrateurs incertains » – une femme cette fois, tout aussi effrayante.

Susciter la méfiance n'est pas l'apanage des personnages de roman. À la réflexion, nous sommes tous les narrateurs incertains de nos récits personnels. Nous réécrivons notre histoire. Nous tordons la réalité. Nous essayons de montrer au monde une version plus épicée de nous-mêmes, pour impressionner notre partenaire, notre patron ou notre enfant. Nous photoshopons, nous enjolivons. Aujourd'hui plus que jamais, nous exploitons le pouvoir des médias pour créer une version plus présentable de notre vie. Nous choisissons soigneusement les photos que nos « amis » verront, nous recréons notre monde, nous le présentons à travers nos filtres. Nous avons les moyens d'adopter une apparence parfaite, heureuse, enviable aux yeux de ceux qui nous regardent, là, dehors.

Nous savons tous, pourtant, qu'aucune vie n'est parfaite. Une bonne part de la fascination que nous ressentons à lire des romans à suspense traitant de la vie domestique s'explique par cette opportunité de jeter un coup d'œil derrière les portes fermées de ces vies d'apparence irréprochables. À première vue, Paul et Mia ne manquent de rien. Cette façade ne se fissure qu'au moment où l'on réalise ce qu'il se passe vraiment.

Dans *Une journée exceptionnelle*, Paul essaie de nous impressionner par son intelligence, son amour pour sa femme et ses enfants, son succès professionnel hors pair. Cela ne nous empêche pas de lire entre les lignes. Parfois, le secret se cache dans ce qu'un personnage passe sous silence, bien plus que dans ce qu'il dit. Voilà précisément ce qui est attirant dans la rédaction et la lecture d'un ouvrage comme celui-ci. J'espère que vous serez d'accord.

Kaira.

REMERCIEMENTS

À ma famille et tout spécialement mon mari, Harley, mon premier lecteur et plus grand admirateur. À mes enfants, Trace, Avery, Shea et Dylan, avec mon amour indéfectible et éternel. À ma mère, Pat Sturdivant, ainsi que les familles Sturdivant et Wise au sens large – je vous aime. À mes amis de Columbus, Malibu et Laguna Beach, de Vanderbilt et d'au-delà : vous ajoutez du merveilleux à ma vie et j'ai beaucoup de chance de vous connaître. Notez bien, par ailleurs, que Columbus est une ville extraordinaire, florissante, où il fait bon vivre et qu'il faut visiter, malgré les commentaires méprisants de Paul.

Des remerciements tout particuliers à ma merveilleuse agente Katie Shea Boutillier, à mon amie géniale Andrea Katz, de Great Thoughts, Great Readers, qui m'a encouragée à me lancer dans cet ouvrage et ne cesse jamais de me pousser dans la meilleure direction possible, et aussi à Laura Garwood, ma première éditrice dédiée. Quels mots pourraient décrire fidèlement ma fabuleuse éditrice Margo Lipschultz, qui m'a cherchée au moment même où je la cherchais ? Cette collaboration était notre destinée, Margo, et j'espère qu'elle perdurera pendant les années à venir. Votre vision de l'intrigue, doublée de celle de Brittany

Lavery, a rendu l'aventure de Paul tellement plus intéressante, plus glaçante aussi. Merci, aussi, à Tahra Seplowin #meilleureéditricedetouslestemps. Je suis très excitée à l'idée de contribuer au lancement de la nouvelle impression de Graydon House Books chez Harlequin et je suis très admirative du talent et de la créativité de l'équipe tout entière, en particulier Loriana Sacilotto, Dianne Moggy, Susan Swinwood, Merjane Schoueri, Amy Jones, Ana Luxton, Diane Lavoie, Sheree Yoon, Erin Craig, Michelle Renaud et Lisa Wray. Chez HQ UK, merci à Lisa Milton et Charlotte Mursell. Chez HQ Australie, merci à Lilia Kanna et Jo-Ann Milne. Merci à Dilan Swain et Michelle Kroes de CAA qui ont acquis les droits audovisuels et croient que Paul a sa place sur les grands écrans.

Merci, aussi, à Laguna Beach Books pour le soutien constant qu'ils apportent à mes livres, à mes fabuleuses communautés d'auteurs, y compris la *Tall Poppy Writers* et la *Women's Fiction Writers Association.* Des remerciements tout particuliers à Jennifer Tropea O'Reagan de *Confessions of a Bookaholic,* à Marlene Engel du *Book Mama Blog* et à tous ces bloggeurs littéraires fantastiques qui m'ont encouragée depuis le début.

Pour terminer, merci à vous, mes lecteurs. Sans votre aide, je ne pourrais vivre cette vie de rêve. J'espère que vous avez apprécié *Une journée exceptionnelle.*

Achevé d'imprimer en France
par CPI Bussière
À Saint-Amand-Montrond (18)
Dépôt légal : avril 2018
N° d'impression : 2035345